クリスティー文庫
37

動く指

アガサ・クリスティー
高橋　豊訳

早川書房

5380

THE MOVING FINGER
by
Agatha Christie

Translated by
Yutaka Takahashi
Published 2022 in Japan by
HAYAKAWA PUBLISHING, INC.
This book is published in Japan by
arrangement with
AGATHA CHRISTIE LIMITED
through TIMO ASSOCIATES, INC.

わが親友
シドニーとメアリー・スミス夫妻に捧げる

動く指

登場人物

ジェーン・マープル……………………探偵好きな独身の老婦人
ジェリー・バートン……………………傷痍軍人。この物語の語り手
ジョアナ・バートン……………………ジェリーの妹
ディック・シミントン…………………弁護士
モナ・シミントン………………………ディックの妻
ミーガン・ハンター……………………モナの先夫の娘
エルシー・ホーランド…………………シミントン家の家庭教師
アグネス・ウォデル……………………シミントン家のお手伝い
ローズ……………………………………シミントン家のコック
オーエン・グリフィス…………………医師
エメ・グリフィス………………………オーエンの妹
エミリー・バートン……………………リトル・ファーズ邸の持主
パトリッジ………………………………リトル・ファーズ邸のお手伝い
デイン・カルスロップ夫人……………牧師の妻
ナッシュ…………………………………郡警察の警視

第一章

1

私はやっとギプスをはずされた。そして医師たちが私の手をひいて満足のいくまで部屋を連れまわったり、看護婦がおだてるようにして用心深く私の足を動かしたり、赤ちゃんをあやすような口ぶりで私に話しかけたりするのにうんざりしていると、マーカス・ケントは退院して田舎で生活しろと私にすすめた。

「よい空気と静かな生活と何もしないこと――それがあなたにはいちばんいい薬です。妹さんに世話をしてもらって、できるだけよく食べよく眠り、植物のような生活を送るんですな」

私はまた飛行機に乗れるかどうか訊かなかった。いろいろ訊きたいことはあったが、それに対する答えが恐ろしくて質問できなかった。過去五カ月の間、私はそんなふうにして過ごしてきたのだった。一生寝ていなければならないと宣告されるのが心配で、訊けなかったのだ。婦長からこんなふうにいなされてしまうのが怖かった。「あら、ひどい質問！　患者がそんな質問をするのは厳禁ですよ、ここでは！」

そんなわけで、私は訊かなかった――しかし、結局は無用な心配だった。私はみじめな体にならなくてすんだのだ。足を動かし、立ち、やがて二、三歩、歩けるようになった――膝が少々ぐらつき、足の底が柔らかい綿底の靴をはいたようで、よちよち歩きはじめた赤ん坊のような危なっかしさを感じたが、しかしそれは長い間使わなかったために弱っていただけにすぎなかったから、やがて治るだろう。

名医といわれるマーカス・ケントは、私が一度もたずねなかったことに答えてくれた。「あなたは全快しますよ。先週の火曜日に最後の精密検査をするまでは、はっきり断定しかねていたのですが、いまは自信をもってそういえます。しかし、それには長いことかかります。いや、長いだけでなくて、退屈な仕事になるでしょう。神経や筋肉を治すときには、頭脳の方も協力しないといけないものでしてね。気をもんだりいらいらしたりすると、すぐぶり返すのです。決して早くよくなろうとしてはいけません。そんなことをしたら、また病院へもどらなければいけなくなりますよ。静かに、楽な気持ちで暮らすことです。テンポはレガートでね。あなたの体は静養を要するだけじゃなくて、長い間薬を使っていたために神経が弱っているのです。

ですから、やはり田舎へ行くのがいちばんいいでしょう。家を借りて、地方の政治や村の世間話やスキャンダルに興味を持って暮らすことですよ。隣り近所のことを詮索したり、関心を持ったりしてね。ま、欲をいえば、近くに友だちのいないところへ行くのが理想的でしょう」

私はうなずいた。「ええ、ぼくもそうしようかと思っていました」

遊び仲間の者たちがわんさと見舞いに押しかけてきて、自分勝手なおしゃべりをされることを考えただけでも、家にいるのがいやだった。

〝しかし、ジェリー、きみはほんとに顔色がいいよ。その調子じゃもう大丈夫だろう。ところでね、バスターのやつ、いまどうしてると思う……〟

そう、家にいるのはたしかによくない。犬はその点なかなか利口で、負傷するとさっさと物置きの陰に隠れて一生懸命に傷口をなめ、傷が治るまで決して仲間とつき合おうとしないものだ。

そこで私と妹のジョアナは、イギリス全島の土地をまんべんなくほめてばかりいる不動産業者らの話をいろいろ聞いてみたすえ、結局リムストックのリトル・ファーズ邸を下見してみることにきめた。その理由は主として、私たちが一度もリムストックへ行ったことがなく、むろんそのあたりに知り合いが一人もいないことだった。

ジョアナはリトル・ファーズ邸を見に行くと、一目でその家が気に入った。

それはリムストックの町から半マイルほど離れたところにあり、狩猟場へ行く道に面していた。形のととのった、屋根の低い白いしっくい塗りの家で、あせた緑色のヴィクトリア王朝風なベランダがあり、そこからギョリュウモドキに覆われた斜面が美しく眺め渡され、はるか左手にリムストックの教会の尖塔が見えた。

そこにはバートン家という未婚の女ばかりの家族が住んでいたのだが、いまはその姉妹のうちいちばん年下のミス・エミリーが一人生き残っているだけだった。

エミリー・バートンはこぎれいなおばあさんで、いかにもその家に似合った感じだった。おだやかな、詫びるような口ぶりで、その家はこれまで人に貸したことがなく、貸そうと思ったこともなかったと、ジョアナに説明した。「でも、このごろは事情が変わりましてね――税金が高くなったばかりでなく、わたしの持っている株や債券は――中には銀行の支配人さんがすすめてくれたものもあって、ほんとうに安心して持っておれると思っていたのですけど――最近はそれがぜんぜん配当なしになってしまったのです。むろん、海外株です。で、生活が苦しくなってまいりましてね。ま、知らない人に家を貸すなんて、考えるだけでもいやなことですけれども（あなたはやさしくていらっしゃるから、その気持ちがわかっていただけると思いますけど）——でも、そんなことをいっておれない事情なものですからね。もしあなたのようなおかたにきていただけたら、ほんとうに嬉しいですわ——若いかたは気持ちがいいですもの。正直な話、あなたにお会いするまでは、男のかたにお貸しするなんて、考えてもぞっとするくらいだったんですけど」

ここで、ジョアナは私の事情を説明しなければならなかった。ミス・エミリーはほっとした様子だった。

「おや、そうですか。それはお気の毒な。飛行機事故ですか。若い男のかたは勇敢ですわ。あなたのお兄さんは結局傷病兵ということになるわけですね」

そのことがこの親切なおばあさんをやや安心させたらしい。私が彼女の恐れているような荒々しい、男性的な行動を取ることができないだろうと思ったのかもしれない。彼女は私がタバコを吸うかどうかを、遠慮がちにたずねた。

「煙突みたいにふかしてますわ」と、ジョアナは答えて、さらにこういいたした。「でも、あたしもそうなんですよ」

「そうでしょう、そうでしょうとも。そんなことをお訊きするなんて、まったくどうかしてますわね。わたしはどうも時代遅れでして——わたしの姉たちはわたしよりずっと長生きしましたし、母などは九十七まで生きていました――ほんとうに珍しいほど長生きしたんですよ。ええ、いまはみんながタバコを吸いますからね。でも、困ったことに、家の中に灰皿が一つもないんですのよ」

ジョアナは灰皿をたくさん持ってくるつもりだといい、微笑してこうつけ加えた。

「火のついたタバコをお宅の上等な家具の上において焼くようなことは決していたしませんからご安心ください。あたし自身、ほかの人がそんなことをしているのを見ると、ぞっとしますわ」

こうして、その問題はそれでけりがつき、私たちは六カ月間このリトル・ファーズを借りることにきめ、事情によっては、なお三カ月延期できることにした。エミリー・バートンは、むかし雇っていた小間使いの家へ行けるので安心だとジョアナにいった。

「あの忠実なフロレンスはわたしたちと十五年もいっしょにいましてね、それから結婚したのです。とても気だてのいい女で、彼女の旦那さんは大工なんですけど、大通りにきれいな家を持っていて、その二階にりっぱな部屋が二つありますから、あそこならわたしも落ち着いて暮らせます。フロレンスは喜んでわたしに貸してあげるといってました」

こうしてすべてがうまくいき、契約書の署名が終わり、やがてジョアナと私はその家に住みつくことになった。ミス・エミリー・バートンのお手伝いのパトリッジはそのままあとに残ることに同意してくれたので、私たちは、頭は鈍そうだが親切そうなそのお手伝いに世話をしてもらうことになった。

パトリッジは痩せた口の重い中年の女で、料理が上手だった。彼女は夕食の献立については難色を示したが（ミス・エミリーは夕食をゆで卵一つで軽くすます習慣だった）、しかし、話し合った結果、私たちのやりかたをすなおに受け入れ、私が滋養を充分に取って体を丈夫にしなければならないことをよく理解してくれた。

私たちがリトル・ファーズに住むようになってから一週間ほどすると、ミス・エミリー・バートンがしかつめらしい顔つきでやってきて名刺を置いていった。それから彼女につづいて、事務弁護士の妻のシミントン夫人、医者の妹のミス・グリフィス、司祭の妻のカルスロップ夫人、プライアーズ・エンドのパイ氏などがやってきて同じように名刺を置いていった。

ジョアナはひどく感激した。

「ここの人は、いちいち名刺を持って訪問する習慣なのかしら」と、びっくりしたような声でいった。

「それはそうさ」と、私はいった。「おまえは田舎のことをなんにも知らないんだな」

「あら、あたしだって週末なんかに何度も田舎の人たちとつきあったことはあるわよ」

「それとこれとはまるっきり違うんだよ」

私はジョアナより五歳年上で、子供のころ田舎の大きな白いみすぼらしい家で暮らした記憶がある。広い畑地が河の方へゆるやかに傾斜していて、庭師に見つからないようにしてキイチゴの茎の網の下を這ってくぐったことや、納屋の白いほこりの匂いや、そこを横切っていった黄色い猫や、厩《うまや》で何かを蹴っている馬のひづめの音などをいまも憶えている。

しかし、私が七歳になり、ジョアナが二歳になった年に、私たちは叔母とロンドンに住むことになった。そしてその後はクリスマスやイースター祭のときなども、おとぎ芝居や映画や演劇を見にいったり、ケンジントン・ガーデンへ出かけてボートで遊んだり、少し大きくなってからはスケートリンクへ行ってすごすようになった。八月にはどこかの海浜のホテルへ連れていかれた。

私はそれを思い、また自分がいまひどくわがままな病人になっていることに気がついて、うしろめたいような気がした。

「こんなところへきておまえは寂しいだろうね。なんにもないんだからなあ」

ジョアナは美しくて陽気な性格だったし、ダンスやカクテル・パーティや、異性との交際や、馬力の強い車で飛びまわることが好きだったからだ。

ジョアナは笑って、そんなことはぜんぜん気にならないといった。

「それより、うるさいことから逃れることができて嬉しいわ。都会の人ごみにはうんざりしちゃったし、あなたは同情してくれないかもしれないけれども、あたし、ポールとはすっかり絶交しちゃったのよ。だから、むしろそれを忘れるまで静かにしていたいの」

私はその話には懐疑的だった。ジョアナの恋愛事件は、いつも同じ道をたどっていた。彼女は優柔不断な男を天才だと思いこんで、めちゃくちゃに惚れてしまう癖があった。そしてその男の際限のない不平不満に耳を傾け、なんとかして男の気に入ろうとつとめるのだが、やがてその男がちっとも感謝していないことがわかると、彼女はがっかりして失恋したというのだった――だが、三週間とたたないうちに、やがてつぎの憂鬱な青年が彼女に近づいてくるのだ。

だから、私はジョアナの失恋話をあまりまじめに受け取らなかった。しかし、田舎に住むということは、この美しい妹にとっては新しい試みだったにちがいない。

「話は違うけど、あたしの服装これでいいかしら」

私は彼女を批判的な目で見なおしたが、同意することはできなかった。

ジョアナは（ミロチンのデザインした）スポーティな服装をしていた。スカートは途方もなくはでなチェックで、そのタイトスカートの上にチロール風な妙に小さな袖のついたジャージーを着て、うすい絹の靴下をはき、新品のしゃれたブローグをはいていた。

「いや、ぜんぜんだめだね。そんなはでなスカートじゃなくて、古いツィードのスカートをはかなきゃいかんよ。くすんだ緑か、ぼけた褐色のやつがいいだろう。そしてそれに合う上等なカシミヤのジャンパーか、カーディガンを着て、フェルトの帽子をかぶって、厚い靴下と古い靴をはいた方がいい。そうしてこそ、リムストックの大通りの背景にとけこむことができるというものだ。そんな目立つ服装はいかん」私はさらにつけ加えた。「おまえの顔も、それじゃまずいよ」

「これでも悪いの？　あたし、ちゃんと田園調のタン・メーキャップ・ナンバー2の化粧をしてるのよ」

「なるほど。しかし、リムストックに住むつもりなら、おしろいは鼻が光らない程度にして、口紅もほんのちょっぴり――ていねいに塗る必要はない――眉毛だって、四分の一ぐらいしか生やさないようなことはせずに、ぜんぶのばしておいた方がいいだろう」

ジョアナは目を丸くして面白がった。

「じゃ、この土地の人はあたしをぎょうぎょうしいと思うのかしら？」と、彼女がいった。

「いや、ちょっといかれてると思うだろうよ」と、私は答えた。

ジョアナは訪問者たちが置いていった名刺を調べはじめた。幸か不幸か、ジョアナに会えたのは司祭の奥さんだけだった。

　ジョアナはつぶやいた。

「まるで幸福な一族みたいね。弁護士の奥さんのリーガル夫人や、医者の娘さんのミス・ドーズ、その他大勢……」彼女ははしゃいでつけ加えた。「ねえ、ジェリー、この土地はすてきじゃない？　きっと住み心地のいい、おもしろい古い世界だわよ。こんなところでいやな出来事が起こるとは思えないわ」

　私は彼女の話を単なる冗談ととって、軽い気持ちで同意した。たしかにこのリムストックのような土地では、いやな事件など起こりそうもなかった。それからわずか一週間後に私たちがあの最初の手紙を受け取ろうとは、夢にも思わなかった。

2

私はどうやら、話の順序をまちがえたらしい。リムストックがどんな町かを知っていないと、私の物語を理解できないにちがいない。

リムストックの起源は古い。ノルマン征服のころには、すでに要衝《ようしょう》の地の一つに数えられていた。もっとも、その重要性は主として教会と関連したものだった。リムストックには修道小院があり、代々野心的な徳望の高い院長がつづき、周辺の王侯貴族はこぞって土地を献納して忠誠をささげていた。こうしてリムストック修道小院は富と権勢を兼ね備え、数世紀にわたって全土にその威光が喧伝されていたものだった。しかし、やがてヘンリー八世の時代になると、この修道小院も時代の流れにさからうことができなくなり、そのころから町の支配権が城主に移った。しかし、その重要な地位には変わりなかった。依然として特権と富と権勢をほしいままにしていた。

しかし、やがて十七世紀後半に入ると、リムストックは文明の進歩の波に押し流されてしまった。城は滅びた。鉄道も近くを通らなかった。そしていまや、ゆるく起伏した牧場地や周辺の閑静な農園などに支えられた小さな田舎の市場町にすぎなくなり、世間から忘れ去られるようになったのだった。

市場は週に一度開かれるが、その日には町のいたるところの小路や通りで家畜の群れに会う。また年に二回小さな草競馬が催されるが、出る馬はいずれも名もない馬ばかり。小ぎれいな大通りにはいかめしい構えの家が古色蒼然と並んでいて、その階下の窓の下に菓子パンや野菜や果物が陳列される風景はちょっとちぐはぐな感じを与える。その通りには、間口のやたらに広い店に品物をまばらにおいてある服地屋や、大きなものものしい構えの金物屋、見かけだおしの郵便局、何屋ともつかないがらんとした店の列、商売がたきでせり合っている二軒の肉屋、さらには国際ストアまである。ここには医者もいるし、ガルブレイスとシミントン両氏の共同経営になる弁護士事務所もあり、一四二〇年からいままでの由緒を誇る、美しい、驚くほど大きな教会には、いまなお数人のサクソン人の末裔が加入している。そのほか新しい見るからに安普請らしい小学校と、居酒屋が二軒。

リムストックはそんな町だし、私たちを訪ねてきた人たちの中でもとくにエミリー・バートンの説得がものをいい、手袋を買ったり、あまり似つかわしくないビロードのべレー帽をかぶったりしていたジョアナは、さっそくそれを返しに飛んでいった。

私たちにとって、それはすべてが目新しく面白かった。私たちは一生ここにいるわけではなくて、そこでの生活は、私たちにとっては幕間狂言のようなものだった。私は医師の忠告どおり、もっぱら近所の人たちに関心の目をそそぐつもりでいた。

ジョアナにとっても私にとっても、それはとても楽しかった。

田舎町のスキャンダルなどを楽しみながらのんびり暮らせといったマーカス・ケントの助言を、私はたしかに憶えていた。だが、そのスキャンダルがどのようにして私の耳に入るのか、想像したこともなかった。

したがって、いま思えば奇妙なことだが、例の手紙が舞いこんだときは、私たち二人はむしろ面白くてたまらなかった。

その手紙はちょうど朝食の最中にとどけられた。のんびりしているときにだれでもやるように、私はまずそれを二、三度ひっくり返しながらぼんやり眺めた。宛名をタイプで打ってあり、この町から出されたものだった。

私はロンドンからきた二通の手紙より先にそれを開いた。その一通にはある請求書が入っていることがわかっていたし、ほかの一つはかなり退屈ないとこの手紙だったからだ。

封を切ってみると、印刷された文字や単語が切りはぎされて一枚の用紙に貼り並べられていた。私はしばらく意味がつかめぬままにそれを眺めていたが、やがてあっと叫んで息を呑んだ。

眉をしかめて何かの請求書に目を通していたジョアナが、ふと顔を上げた。

「どうしたの、そんなびっくりした顔をして」

その手紙は、ジョアナと私は兄妹ではないはずだと、下卑た言葉で書かれていた。

「匿名で、何やらいやらしい手紙だぜ」

私はまだショックから覚めきらずに、ただそう答えた。リムストックのような静かな片田舎で、そんな手紙を受け取ろうとは思いも寄らなかった。

ジョアナはすぐさま興味ありげに目を輝かした。

「へえ？　どんなことが書いてあるの」

たいがいの小説は、匿名で書かれた卑猥な手紙は決して女性に見せないようになっているようだ。女性の繊細な神経を傷つけまいとする思いやりからだろう。

しかし、あいにく私は、ジョアナにその手紙を見せてはいけないという気持ちがぜんぜん起きなかった。すぐ彼女にそれを手渡してしまったのだった。

私の予想どおり、神経の太い彼女は驚くどころか、すっかり喜んでしまった。

「いやらしいわね！　匿名の手紙なんか受け取ったのははじめてだけど、匿名の手紙っていつもこんな書き方をするものなの？」

「さあ、どうかな。ぼくもはじめての経験なんでね」

ジョアナは目玉をくりくりっと回した。

「あなたがあたしのお化粧についていったことは、当たっていたらしいわね、ジェリー。あたしがはすっぱ女に見えたのよ、きっと」

「それに、ぼくはおやじに似て背が高く、髪が黒くて顔が長いのに、おまえはおふくろ似で、金髪だし、小柄で目が青いから、よけいそんなふうに見えるのかもしれないな」

ジョアナは考え深げにうなずいた。

「ほんとに、あたしたちはちっとも似てないから、だれにも兄妹とは見えないかもしれないわ」

「事実、兄妹じゃないと思っているやつがいるんだ」私は憮然《ぶぜん》としていった。

ジョアナはまったく滑稽な話だといった。

彼女は手紙の端をつまんで振りながら、どうしようかと訊いた。

「いまいましい、暖炉にくべちまおう」

私が身ぶりを添えてそういうと、ジョアナは手をたたいておだてた。

「いいわね！　暖炉に火が残ってるし――おあつらえ向きよ」

「くずかごじゃ、芝居にならないからな」と、私は同意した。「もっとも、マッチで火をつけて、燃えるのをじっくり眺める――いや、ゆっくり燃えるのを、じっと眺めるって手もあるだろうがね」

「いざとなると、なかなかうまく燃えてくれないかもよ。すぐ消えちゃって、マッチで何度もつけなおさなければならなかったら、感じが出ないわ」

彼女は立ち上って窓際へ行き、急にふり返った。

「だけど、そんな手紙をよこしたのは、だれかしら？」

「見当もつかん」

「そうね……」彼女は間をおいていった。「しかし、おかしいわね。この町の人たちはみんなあたしたちに好意を持っているみたいなのに」

「そうなんだ」と、私は答えた。「だから、これは少しおつむの狂ったやつの仕業だろう」

「たぶんね。それにしてもいやらしいやつね！」

ジョアナが陽の当たる庭に出て行ったとき、私は食後のタバコをくゆらせながら、彼女のいうとおりだと思った。たしかにいやらしいことだった。だれかが私たちをねたんで——あるいは、ジョアナのしゃれた潑剌《はつらつ》とした美しさをねたんで——いやがらせをしたのだろう。こんなものは一笑に付してしまうにかぎる。あまり愉快なことではなかったが……。

その日の午前中にグリフィス先生がやってきた。週に一度往診してくれることになっていたのだ。私はオーエン・グリフィスが好きだった。色が黒く、風采があがらず、身ぶりもぎこちなかったが、手はきれいで器用だった。訥弁《とつべん》で内気な性格を想わせた。

彼は私の体が順調に回復に向かっていると報告してから、さらにこういった。

「気分はいかがです。わたしの気のせいかもしれませんが、今朝はちょっと気分がすぐれないようですね」

「いや、体はべつにどうもありませんけど、ただ、今朝の食事どきに下劣な匿名の手紙を受け取りましてね。何やらまずいものを食わされたような感じで」

彼はなぜかはっとして、カバンを床に落とした。痩せた浅黒い顔が異様に興奮していた。

「ほう、あなたもそんな手紙を?」

私は不審に思って訊き返した。

「じゃ、あんな手紙があちこちへ出されてるわけですか」

「ええ、しばらく前からね」

「なるほど。ぼくはてっきり、ぼくたちがよそ者なので、嫌われてるのじゃないかと思っていました」

「いやいや、そんなことには関係ないのですよ。あれはただ――」グリフィス先生は言葉を濁し、間をおいてから、気づかわしげに問いかけた。「で、どんなことが書いてありました？　いや――」彼は急に顔を赤らめて――「そんなことを訊くべきじゃないかもしれませんが――？」

「いいえ、構いませんよ。じつにばかげたことです。ぼくがいっしょに連れてきているのは、ぼくの妹でも、女房でもないというのです！　いってみれば、みだらな箇所を削除したような、思わせぶりな手紙でした」

彼の浅黒い顔が怒りで紅潮した。

「ひどいですな、それは！　妹さんはさぞ怒っていらっしゃるでしょう」

「ジョアナはちょっとクリスマスツリーのてっぺんの天使みたいな顔をしてましたけど、でも、あいつはごくさばけた女で、神経も太いのです。とても面白がっていましたよ。こんなことは、妹にとってもはじめてなものですから」

「いや、そうたびたびあっちゃ大変ですよ」グリフィスはやさしく言った。

「ま、ほどほどにしてもらいたいと思いますね。まったくばかげていますよ」

「そうですな、まったく――」

「しかし、困ったことに、こういういたずらは、一度はじまると、図に乗ってだんだんひどくなるものでしてね」

「そうですとも！」と、私はいった。

「そうかもしれませんな」

「むろん病的な行為なんですが」

私はうなずいた。「犯人はだれか、心当たりはありませんか」

「それが、残念ながらぜんぜん見当がつかんのですよ。だいたい匿名の手紙を出す疫病のようなものの原因は、二種類あると思います。一つは特殊な原因――特定の個人あるいは一連の人たちを対象としていて、つまり、はっきりした動機のある場合です。相手に何かの怨恨を抱き、卑劣な手段でひそかにその恨みを晴らそうとする場合です。これはたとえあきれるほどえげつなくても、かならずしも気が狂っているわけではなくて、書いた犯人をつきとめるのも比較的容易です――馘《くび》になった召使いとか、嫉妬深い女とか、そういった者たちの仕業なんですね。ところが、それが一般的で、特殊な原因がない場合は、始末が悪い。見境もなくあちこちに手紙を送って、欲求不満を慰めているわけです。これはまったく病的なんです。そしてその狂気はどんどんつのってくる。もちろん問題の人物は結局見つかってしまうわけですが、それは往々にしてびっくりするほど意外な人であったりするものです。去年もこの州のある地方で同じような騒ぎが起き、犯人はある大きな老舗《しにせ》の服地屋の婦人帽子売場の主任であることがわかりました。そこに長年勤めていた、おとなしい、上品な女性でした。わたし自身も、ここへくる前にずっと北の方で開業していたとき、これに似た事件が起きたのを憶えていますが――これは純然たる個人的な怨恨でした。ま、いままでに何度か経験はしましたが、それでも正直な話、こういうことは怖いですよ！」

「もうかなり前からなんですか」と、私は訊いた。

「そうじゃないと思いますが――はっきりしないんですよ。手紙を受け取った人はそんなことをふれ回って歩きませんからね。火にくべて黙殺する人が多いのです」

彼は間をおいた。

「わたしのところにも一通きましたよ。それに、事務弁護士のシミントンも一回。それから、わたしの患者の中にも二人ほどそんな話をした人がいました」

「みんな同じような手紙なんですね」

「ええ、そうなんです。みんな男女関係のことばかりなんですよ」彼は苦笑した。「シミントンは彼の事務所の女事務員と関係しているという非難を受けたそうです。女事務員といっても、ミス・ギンチはもう四十でしてね。鼻めがねをかけて、兎みたいな歯をした女ですが、シミントンはさっそくそれを警察へ持って行きましたよ。わたしの場合は、女性の患者に対していかがわしいふるまいをしたというわけです。なにやらこと細かに述べ立ててました。まったくたわいのない、ばかばかしい話なんですが、しかし表現がじつにえげつなくて――」彼の顔色が重苦しく変わった――「ぞっとします。こういうことはえてして危険をはらんでいるものですからね」

「そうでしょう」

「いまのところはたわいのない、ばかばかしい中傷でしかありませんが、そのうちに、そんなでたらめな手紙でも何かの拍子で図星をさすかもしれません。そうなったら大変ですよ！　それに、疑り深い、教育のない、頭の鈍い連中に与える影響も心配です。もし連中がだれかにきた手紙を見たら、そこに書いてあることをそっくり事実だと思いこんじゃうでしょう。始末におえないことになりますよ、きっと」

「ぼくの受け取った手紙は、どちらかというと、あまり教養のない人の書いた手紙みたいでしたけど」と、私は考えながらいった。

「そうですかな？」オーエンはそういって立ち去った。

私はその後であの手紙のことをよく考え直してみたとき、〝そうですかな?〟といった彼の言葉の調子がちょっと気になった。

第二章

1

私は匿名の手紙がきても後味の悪い思いをしなかったなどと、やせがまんをするつもりはない。たしかにそのときは気がかりだった。しかし、まもなく忘れてしまったことも事実だった。それほど重大なことであるとは思えなかったのだ。辺鄙《へんぴ》な田舎ではよくあることなのだろうぐらいに考えていた。たぶん芝居じみたことをするのが好きな、どこかのヒステリー女の仕業なのだろう。いずれにしろ、それが私たちの受け取ったようなたわいない、ばかばかしい手紙であるかぎり、大して害があるはずはなかった。

つぎの事件は——これを事件と呼ぶべきかどうかは知らないが——それから一週間ほど後に起こった。その日の朝パトリッジが苦虫を嚙みつぶしたような顔でやってきて、通いのお手伝いのベアトリスは今日はこないだろうと私に知らせた。

「あの娘はちょっと具合が悪いようでして……」

私はパトリッジの言葉の意味をはっきりつかみかねたが、おそらくおなかをこわしていることを婉曲にいったのだろうと判断（誤解）した。そして、それはいけないな、早くよくなるといいが、と答えた。

「いいえ、体の方はなんともないんですが」と、パトリッジはいった。「精神の方の調子が狂っちゃってるんですよ」

「ほう？」私は疑わしげな声をあげた。

「あの娘に妙な手紙がきたからなんです。おだやかならぬことをほのめかしていたらしいんで」

パトリッジの目に険しい色が浮かんでいたし、妙に思わせぶりな口ぶりだったので、そのおだやかならぬことというのは、ひょっとしたら私に関係のあることではあるまいかと気づいた。私は町で会ってもベアトリスかどうか一目でわからないほど、彼女にはなんの関心も持っていなかったので、これには少なからず当惑させられた。松葉杖を二本ついてもたもた歩いている私が、村の若い女をかどわかす役に耐えられるはずはなかったのだが……。私はいらだたしく叫んだ。

「そんなばかな！」

「わたしもあの娘の母親にそういったんですよ」と、パトリッジはいった。「わたしがこの家をあずかっているかぎり、いままでここではそんなみだらなことが起きたためしがないし、これからだって起こるはずがない、といってやりました。ベアトリスについては、いまどきの女は昔とは違うし、よそで男をつくっていることまでどうこういうつもりはありませんけどとね。ところで、ベアトリスとよく出歩いていた自動車修理工場に勤めている男が、やはりいかがわしい手紙を受け取りましてね。その男もまた大人気なく騒ぎ立てているのです」

「そんなばかげた話は聞いたことがないよ」と、私は腹立たしげにいった。

「ま、あの娘を辞めさせるに越したことはないだろうと思いますよ」と、パトリッジはいった。「彼女にやましい気持ちがなかったら、あんなにいきまく必要はなかったでしょうからね。あたしがいいたいのは、火のないところに煙は立たぬということなんです」

私はその諺のためにどんなにうんざりさせられることになるのか、まったく想像もしていなかった。

2

その朝、私はちょっと冒険して、ひとりで村まで歩いてみようと思った（ジョアナと私はリムストックの町を村と呼んでいた。その呼び方はむろん正確にいうとまちがいだろうし、リムストックの人々は私たちの呼び方に当惑していたかもしれない）。

陽は輝かしく、空気は香ばしい春の匂いを漂わせて、すがすがしく澄みきっていた。私はいっしょについてこようとするジョアナの申し出を断わり、松葉杖をついて行くことにした。

「ぼくはあやしたりおだてたりする子守りの付き添いなんかいらないよ。ひとり旅はもっとも早いという諺がある。それに、いろいろ用足しをしなきゃならないんだ。ガルブレイス・アンド・シミントン法律事務所へ行って株の書替えを頼み、パン屋に寄ってブドウパンの苦情をいい、それから借りている本を返さなくちゃいけないし、銀行にも行かなきゃ。さ、ひとりで出かけさせてくれ。つべこべいってるうちに昼になっちまうぞ」

結局ジョアナは昼食に間に合うように後で車で迎えにきて、私を途中から乗せて丘の上に帰ってくるということで話がついた。

「いまごろの時間に行くと、リムストックの村じゅうの人に会うわよ」

「村じゅうはおおげさにしても、たいがいの人には会えるかもな」と、私はいった。

なぜなら、朝の大通りは買い物客の一種の集会場所のようなもので、毎朝さまざまなニュースが取り交わされるのだった。

しかし、じっさいは私は町までひとりで降りていったわけではなかった。家を出て二百ヤードほど行ったあたりで、後ろから自転車のベルの音が聞こえ、つづいて耳障りなブレーキの音がしたかと思うと、ミーガン・ハンターが私の足元に自転車から転げ落ちるようにして停まった。

「おはようございます」彼女は立ち上って、ほこりを払いながら息をはずませていった。

私はミーガンが好きで、いつも妙な同情めいたものを感じていた。

彼女はシミントン事務弁護士の継子《ままこ》だった。つまり、シミントン夫人と前の夫との間にできた娘だった。その前の夫のハンター氏（あるいはハンター大尉ともいわれていた）のことについては、だれもあまり語らなかった。おそらく忘れたがられるような男だったのだろう。噂によると、彼はシミントン夫人を非常に虐待したらしい。結局結婚してから一年か二年後に彼女は離婚した。彼女は自活できるほどの資産は持っていたので、〝忘れるために〟娘といっしょにリムストックへやってきて住みつき、やがて当地ではただ一人の適任者であったリチャード・シミントンと再婚した。そして二人の男の子ができ、両親は彼らを非常にかわいがっていたが、ミーガンはときどきのけ者にされていたようだった。彼女は母親にぜんぜん似ていなかった。彼女の母は小柄で、貧血症的で、容色の衰えが目立ち、お手伝いに対する不満や自分の健康のすぐれないことを、弱々しい陰気な声でしゃべる女だった。

ミーガンは背の高い不器用な女で、じっさいは二十歳だが、まだ十六そこそこの女学生のように見える。もじゃもじゃの褐色の髪、茶色をおびた緑青の目、痩せて骨ばった顔、およそ美人とは縁のない容貌をしていたが、ときどき顔のどっち側かに思いがけなく愛らしい片えくぼが浮かぶ。着ている服はやぼったくて、おまけに木綿の靴下にはいつも穴があいていた。

今朝彼女をつくづく見直した感じでは、彼女は人間よりもむしろ馬に近かった。じっさい彼女が馬なら、ちょっと手入れをすればすばらしい馬になれただろう。

彼女はいつものように、息をする間もおかずにしゃべりまくった。

「あたし、農園へ行ってきたのよ——ほら、ラッシャーのね——あひるの卵があるかどうか見にいったの。そしたら、かわいらしい小豚がいっぱいいたわ。ほんとにかわいらしかった！　あなた、豚が好き？　あたし、大好き。匂いも好きだわ」

「手入れのいい豚は、匂いがしないもんだよ」と、私はいった。

「あら、ほんと？　でも、この辺の豚はみんな匂いがするけどな……。これから町へいらっしゃるんでしょ？　あたし、あなたがひとりで歩いているのを見て、いっしょに行こうと思って自転車を停めたんだけど、あんまり急に停めすぎちゃったらしいわ」

「靴下がやぶけてるよ」

ミーガンはうらめしそうに右脚を見た。

「ああ、ほんとだ。ま、いいや、どうせ前から穴が二つあいていたんだもの」

「きみは自分で靴下をつがないの、ミーガン」

「たまにね。お母さんが気がついたときだけ。でも、お母さんはあたしになんかほとんど目もくれないから、ある意味じゃ助かるわ」

「だけど、きみはもう大人じゃないか」

「あなたの妹さんを見習えとおっしゃるわけ？　でも、あれほどおめかしする必要があるかしら？」

私はこの批判にいささか感情を害した。

「妹は身なりがととのっていて、清潔で、見て気持ちがいいだろ？」

「そう、とてもきれいなかたね」と、ミーガンは同意した。「でも、あなたとちっとも似ていないけど、どうしてかしら」

「兄妹だからといって、似てるとはかぎらんさ」

「そりゃそうね。あたしだって、ブライアンやコリンと似ていないし、ブライアンとコリンもおたがいに似てないけど――」彼女はやや間をおいていった――「変なものね」

「何が？」

彼女は短く答えた。「家族なんて」

私は考えこみながらいった。「そういえば、そうかもしれないね」

彼女は何を考えているのだろうと、内心いぶかった。それからしばらく黙って歩きつづけたが、やがてミーガンはちょっとためらいながらたずねた。

「あなたは飛行機の操縦ができるんでしょ」

「そう」

「それで怪我なさったわけね」

「うん、墜落しちゃってね」

「この町には、飛行機を操縦できる人なんかいないのよ」

「そうだろうね。きみは乗ってみたい？」

「あたし？」ミーガンはびっくりした様子だった。「とんでもない。きっと気持ち悪くなっちゃうわ。汽車でさえ酔うんだもの」

彼女はしばらくしてから、子供っぽいあけすけな調子でたずねた。

「あなたは体が元どおりになって、また飛行機に乗れるの？　それとも、もうだめになっちゃったの？」

「医者はすっかり治るだろうといってる」

「そう。でも、嘘をいってるんじゃないでしょうね」

「まさか。嘘をいうような医者じゃないよ。信頼してるんだ」

「そんならいいけど。でも、嘘をつく人って多いのよ」

私はこのもっともな意見に黙ってうなずいた。

ミーガンはこんどは批判がましい口ぶりでいった。

「あたし、あなたがいつも不機嫌な顔をしてるから、一生不自由な体になってしまったせいじゃないかと心配してたのよ。ほっとしたわ。でも、もしそうじゃないとしたら、ほかに理由があるわけね」

「べつに不機嫌な顔なんかしていないよ」と、私はそっけなく答えた。

「じゃ、いらいらしてるのかしら」

「早く回復しなくて、じれったい思いをしていることは確かだがね――しかし、こういうことはあせってもはじまらないんだ」

「じゃ、じれったがるのはよした方がいいわ」

私は笑った。

「きみだって、何かを待ち遠しく思ったことがあるだろう」

ミーガンはその質問についてしばらく考えてからいった。

「いいえ。待ち遠しく思うようなことなんかないわ。いいことがあったためしがないもの」

私はその言い方に何かわびしい響きのこもっているのを感じて、やさしく語りかけた。

「きみはここでいつもどんなことをして遊んでるの」

彼女は肩をすくめた。

「べつに何もしないわ」

「何か趣味がないの？　スポーツは？　友だちはいるんだろ？」

「あたし、スポーツは下手なの。あんまり好きじゃないわ。同じ年ごろの女の子はたくさんいるけど、みんな好きになれないような人ばかりなの。みんなはあたしをひねくれてると思ってるらしいわ」

「そりゃ、おかしいな。どうして？」

ミーガンはただ首を振った。

「きみは学校へ行かなかったの」

「いいえ、一年前に卒業したばかりよ」

「学校はおもしろかった？」

「いやじゃなかったけど、でも、教え方がまるっきりばかげていたわ」

「どうして？」

「だって――まるでこまぎれみたいなんだもの。ちょっぴりずつ、つぎからつぎに変わるのよ。安っぽい学校で、先生もあまりよくなかった。生徒の質問に、うまく答えられない先生ばっかり」

「うまく答えられる先生なんて、そうざらにいないんだ」

「なぜ？　そうしなきゃいけないはずだわ」

私は仕方なく同意した。

「あたしは頭が悪いの」と、ミーガンはいった。「だから、学校の授業はたいがい退屈だったわ。たとえば、歴史なんかばかばかしくって。べつの本を見ると、まるっきりべつのことが書いてあるんだもの！」

「そこがおもしろいところじゃないか」

「それから、文法もね」と、彼女は話をつづけた。「作文なんかも、およそつまらなかったわ。それから、ヒバリがどうのこうのって、くだらないおしゃべりばかりしてるシェリーの詩や、つまらないラッパズイセンの花がばかに気に入っちゃってるみたいなワーズワース。それにシェークスピアも」

「シェークスピアのどこが気に入らないの」私は興味をそそられてたずねた。

「意味がわからないように、わざわざ難しいひねくれた言い方をするんだもの。でも、シェークスピアは好きなところもあるわ」

「彼がそれを聞いたら、きっと喜ぶだろうな」と、私はいった。

ミーガンは皮肉とはとらなかったらしい。顔を輝かしていった。

「たとえば、ゴネリルとリーガンなんか好きだわ」

「なぜその二人が好きなの」

「なぜだかよくわかんないけど、とにかくいいわ。彼女たちはなぜあんなふうになったと思う？」

「あんなふうにしたのだと思うわ」


「あんな女によ。きっと、何かが彼女たちをあんなふうにしたのだと思うわ」

私ははじめて意表をつかれた感じがした。いままでリア王の二人の娘を悪玉だと頭からきめつけて、深く考えてみようとせずにすましていたが、ミーガンにいわれて急に興味が湧いてきたのだった。

「それはよく考えてみよう」と、私はいった。

「いいえ、それはどうでも構わないのよ。ちょっと思いついていってみただけなんだから。どうせ英文学のことにすぎないんだもの」

「ま、そうだね。ほかに面白かった課目はないの」

「数学だけ」

「数学？」私はちょっと驚いた。

ミーガンの顔が明るく輝いた。

「あたし、数学は大好き。でも、あんまり詳しく教えてもらえなかったの。数学だけはもっと勉強したかったわ。天国みたいにすばらしかったから。数って、何かこう天国みたいなところがあるでしょ」

「さあ、ぼくはそんなふうには思えないけどな」と、私は本音を吐いた。

私たちはやがて大通りに出た。とたんにミーガンが鋭くささやきかけた。

「あら、グリフィスさんがきたわ。いやな人よ」

「嫌いなのかい、彼女が」

「大嫌い。少女団に入れってうるさくいうんだもの。あたし、少女団なんて嫌いだわ。制服を着て隊列を組んで歩いてみたり、バッジをくっつけてわけのわからないことをやらされたり。およそくだらないと思うわ、あんなの」

私はミーガンの説に賛成だったが、ミス・グリフィスがすぐ目の前にやってきていたので、それを言葉にして表わすことはできなかった。

エメ（愛されている）という彼女にはまるで似つかぬ自分の名前がすっかり気に入っているこの医者の妹は、兄とは反対にあくの強い女だった。声は野太くてばかでかく、男のように日焼けした顔が健康美に輝いている。

「あら、おはようございます」と、彼女は私たちに吠えた。「いいお天気ですね、今朝は。ミーガン、ちょうどあなたを探してたところよ。保守連合会のために封筒の宛名書きを手伝ってもらいたいと思ってね」

ミーガンは何やら逃げ口上をつぶやきながら自転車を歩道の端におくと、そそくさと国際ストアへ逃げこんでしまった。

「しょうのない子だわ」ミス・グリフィスは彼女の後ろ姿を見送りながらいった。「怠け者で、朝からほっつき歩いてるんだから。あれじゃ、シミントンさんも手がやけるでしょうね。あの娘《こ》のお母さんは、あの娘に何か仕事をおぼえさせようとずいぶん骨を折ってるらしいんですよ――速記とか、料理とか、アンゴラ兎の飼育法とかね。人生に興味を持たせる必要があるんですよ、ああいう娘は」

彼女のいうことはたぶん正しいだろうが、もし私がミーガンだったら、意地でもこのエメ・グリフィスの提案に反対しただろう。彼女のおしつけがましい性格が、なんとなく反発を感じさせるのだった。

「ぶらぶら遊んでばかりいるのは感心しませんからね」と、ミス・グリフィスが話をつづけた。「とくに若い人は、そんなことじゃいけませんよ。ましてミーガンはきれいでもなし、かわいらしくもなし、そういう面はぜんぜんだめなんですから。あたし、ときどきあの娘は低能じゃないかと思うことがあるんですよ。母親もあれにはほとほと困りきってるらしいですわ。あの娘の父親は――」彼女はやや声を落とした。「――たちの悪い男だったんですよ。ですから、ひょっとしたら父親に似たんじゃないでしょうかね。母親も頭が痛いはずですよ。まったく世の中はさまざまですわね」

「幸いにしてね」と、私はまぜっかえした。

エメ・グリフィスは大口をあいて笑った。

「そう。みんなが同じ型にはまったような人間じゃつまらないでしょうからね。ですけど、わたしは他人が中途半端な生き方をしてるのを見ると、黙っておれなくなるんですよ。わたしはわたし自身の人生を充分楽しむと同時に、ほかの人たちにもそれぞれの人生を楽しませてあげたい性分なんですの。年じゅうこんな田舎の生活を送っていたら退屈でたまらないでしょうと、わたしはよく人にいわれますけど、ちっとも退屈してませんのよ。いつも忙しくて、いつも幸福なんですの。田舎にはいつでも何か面白いことがあります。わたしは少女団の仕事をしたり、講習会やさまざまな会議に出たり、もちろんオーエンの世話をしたりして、ほとんど暇がないんです」

そのときミス・グリフィスは、通りの反対側に知り合いがいるのを見て大声で呼びかけ、通りを渡って駆けていった。私はやっとひとりになって、銀行へ向かった。

私はミス・グリフィスの精力と積極性には大いに感服していたし、自分の生活に満足しそれを謳歌しているのもほほえましかったし、女につきものの陰気なこぼし話など絶対しない点も気持ちよかったが、しかしなんとなく威圧感を受けて、打ちとけがたかった。

銀行の用事がうまく片づくと、こんどはガルブレイス・アンド・シミントン法律事務所へ行った。事務所はそういう名前になっているが、はたしてそこにガルブレイス家の人がいるのかどうかは知らない。私は一度も会ったことがなかった。とにかく私はすぐリチャード・シミントンの奥の事務室に通された。その部屋はずっと昔に設立された法律事務所らしく、古びた奥ゆかしさが漂っていた。

おびただしい書類箱にはそれぞれラベルが貼ってあり、ホープ卿夫人、イヴェラード・カー卿、ウィリアム・イエピーホアーズ氏、故だれだれといったふうに名前が書かれていて、地方の由緒ある家門やこの事務所ののれんの古さをしのばせる。

シミントン氏が私の持ってきた書類に目を通している間、私は彼をじっと観察しながら、シミントン夫人は最初の結婚では悲惨な目にあったかもしれないが、二度目の結婚はどうやらうまくいっていそうだと思った。リチャード・シミントンは冷静な紳士の典型のような男だった。おそらく彼は妻に片時も心配をかけないだろう。首が長くて喉仏がきわ立って高く、顔色はやや青白く、鼻が細く長い。ごく親切な男で、良き夫であり、父であるにちがいない。脈拍を狂ったように早打ちさせることさえも決してあるまい。

やがてシミントン氏が口を開いた。はっきりした口調でゆっくり語るその話しぶりから、彼の豊かな良識と頭脳の冴えがうかがわれた。用談は簡単にまとまり、私は立ち上がりながらこういった。

「丘を降りてくる途中であなたのお嬢さんといっしょになりましたよ」

シミントン氏はお嬢さんというのは誰のことなのかとっさにわかりかねた様子だったが、すぐ思いついて微笑した。

「ああ、ミーガンですか。あれは去年学校を出ましてね。何かいい仕事を探してやろうと思っているんですが、なんといってもまだ子供ですし、それに、年より知恵が遅れているようなんでしてね……。みんなにそういわれるんですよ」

私は部屋を出た。表の事務室ではかなりの年輩の老人が、机に向かってゆっくりしかも熱心に何か書いていた。そのほかに、なまいきそうな顔立ちの少年と、すさまじい勢いでタイプを打っている鼻めがねをかけたちぢれ毛の中年女がいた。

もしそれがミス・ギンチだとしたら、彼女とその雇い主との間の色恋沙汰などはとうてい考えられないとオーエン・グリフィスがいったのも、なるほどとうなずかれた。

私はそこからパン屋へ行き、ブドウパンについて意見を言った。店の者は驚いて、そんなことはないはずですがといいながらも恐縮して、代わりに新しいブドウパンをよこした。「たったいま釜《かま》から出したばかりです」という言葉どおり、ほんのりとした温みが手に感じられた。

店を出ると、ジョアナが早く車で迎えにきてくれることを心待ちにしながら、通りを見渡した。ひどく歩き疲れて、松葉杖とブドウパンが扱いにくくなっていた。

しかし、ジョアナの姿はまだ見えなかった。

そのとき私は突如として、あまりの驚きと喜びに目を奪われた。

一人の女神が舗道に沿って、空を舞いながら私の方へやってきたのだ。じっさい、ほかに表現のしようがなかった。

うるわしい顔立ち、あやしく波立つ金色の髪、長身の優美な体つき！　しかも、ふんわりと空を泳ぐようにして歩くさまは、さながら女神のようだった。神々しい、目を疑うばかりに美しい女性だった。

私は興奮のあまり一瞬我を忘れてしまったらしく、ブドウパンが手から滑り落ちた。あわててそれを追おうとしたため、松葉杖が腕からすっぽ抜けて路上に転がり、そのはずみに私は足を滑らしてあやうく倒れそうになった。

とっさに私を支えてくれたのは、その女神の強い腕だった。私はつっかえながら礼をいった。

「や、どうも、ありがとうございます。どうもすみません」

彼女はブドウパンを拾って松葉杖といっしょに私に手渡し、やさしい微笑を投げながら快活にいった。

「どういたしまして。なんともありませんか」という単調な声がひびいたとたんに、魔法がすっかりとけてしまった。

もはや彼女は、身なりのいい健康な容貌の女性でしかなくなった。

もし神がトロイのヘレンにこんな単調な声を授けていたら、どういうことになっただろうと、私はふと思ってみた。女性は口をかたく結んでいさえすれば男のもっとも奥深い魂をあやしく掻き乱すことができるということ、しかしいったん声を出すと、その魔法がたちまちあとかたもなく消えてしまうということは、なんとふしぎなことだろう。

しかし、その逆の場合も起こり得ることを私は知っていた。私はだれも二度とふり返って見ないだろうと思われるほど無器量な、猿みたいな顔をしているような女に会ったことがあるのだが、しかしそれから彼女がまたしゃべり出すと、魔力が俄然《がぜん》よみがえって、クレオパトラがまた目の前に現われたような錯覚を感じたことがあった。

ジョアナは私の気づかぬうちに歩道の端に車を寄せていた。そして、どうかしたのかと声をかけた。

「いや、べつに」私は我に返って答えた。「トロイのヘレンのことをちょっと考えていただけだ」

「こんなところでそんなことを考えなくたっていいじゃないの」と、ジョアナはいった。

「ブドウパンを抱きかかえて、ぽかんと口をあけてつったってるなんて、ばかみたいだわ」

「まったく驚いたよ」と、私はいった。「トロイへ飛んでいって、また舞いもどってきたのだからね」

私は優雅に泳いで去って行く女の後ろ姿を指さして、つけ加えた。「あれはだれか知ってるかい」

ジョアナは車の窓から後ろをふり返って、シミントンの家庭教師だといった。

「兄さんをぽっとさせたのは、あれなの？」と、ジョアナが訊いた。「美人だけど、ちょっと泥くさいわね」

「うん、ま、親切な女にすぎないだろう。しかし、さっきはまるでアフロディテのように見えたよ」

ジョアナは車のドアをあけ、私は中へ入った。

「面白いものね。美人は美人でも、ぜんぜんセックス・アピールのない人がいるものなのよ。あの女もそうだわ。ちょっと気の毒だけど」

もし彼女が家庭教師だとしたら、むしろその方がいいだろうと、私は答えた。

第三章

1

その日の午後、私たちはパイ氏の家へお茶に招かれて行った。

パイ氏は女のようにぶくぶく肥った小柄な男で、プチポワン・チェアやドレスデン焼きの羊飼いの陶像や骨董品の愛好家だった。昔の修道院の廃墟の敷地にある修道院長の公舎に住んでいた。

その修道院長の公舎はみごとな造りの家で、住む人がこまめなパイ氏だけに、すみずみまで手入れがゆきとどいていた。家具はすべてきれいに磨かれ、それぞれ似つかわしい位置におかれていたし、カーテンやクッションの色合いもみごとで、それらはすべて高価な絹織物だった。

しかしそこは、人の住まいというよりも、博物館の時代物室のような感じだった。パイ氏の毎日の楽しみは、さまざまな人たちをこの家に案内することだった。近所のまったく趣味のない連中までが、強引に連れられてくる。ラジオやカクテル・バーや浴室や、壁と名のつくもので囲まれた寝室がありさえすればことたりると考えている者に対しても、パイ氏はりっぱな品々を見せようとあきらめなかった。

彼が自分の宝物の説明をするとき、そのむっちりした小さな手が実感をこめて小刻みに震え、とくにヴェロナからイタリア風のベッドを運んできたときの感動的ないきさつを語るときは、耳障りなだみ声が一段と大きくなった。

ジョアナと私は二人とも、骨董や古い家具が好きなので、話がはずんだ。

「あなたたちのように話のわかるかたがわれわれの小さな地域共同体へきてくださって、ほんとに嬉しい。この土地の人たちは、人はいいけれども、あまりにも素朴な田舎者ですからな――偏狭とまでは申しませんが、何も知らんのですわ。まったく芸術を解しないのですよ。ですから、連中の家の中を見てごらんなさい、悲しくなっちまいますよ。そうでしょ？」

ジョアナはそれほどではないと思うと答えた。

「しかし、わたしのいわんとしているところはおわかりでしょ。何もかも、ごちゃまぜなんです。ある家に、じつにすばらしいシェラトン（イギリスの家具設計家。一七五一～一八〇六）の小さな家具がありましてね――それはとてもできのいい、ほんものの美術品でした――ところが、そのそばにヴィクトリア王朝風の来客用のテーブルとか、いぶしたオーク材の回転式書棚なんかをおいてあるんですからな――年代物に見せるために黒くいぶしたオーク材のですよ！」

彼は身震いしてから嘆かわしげにつぶやいた。

「どうしてああも無知なんでしょうかね。おそらくあなたたちも賛成だろうと思うんですが、美の探求こそ、唯一の生きがいなんですよ」

彼の熱心な話しぶりに圧倒されて、ジョアナはただあいづちを打つばかりだった。

「それなのに、連中はなぜ周囲にああもぶざまなものをおいておくんでしょうかね」

ジョアナはまったく奇妙なことだといった。

「奇妙？　いや、あれはむしろ犯罪ですよ！　わたしは犯罪だといいたいですな、ああなると。それに、彼らの言いわけがふるってますよ！　この方が落ち着けるとか、風変わりでいいとかね。風変わりでいいとは、ひどい話じゃありませんか！」

パイ氏は調子に乗ってしゃべりつづけた。「あなたたちはエミリー・バートンの家に住んでいらっしゃるんでしたね。あれはいい家ですよ。それに、彼女はなかなかりっぱな家財道具を持ってましてね。いいものがありますよ。一流品も二、三。彼女は趣味を持ってます——たぶん、わたしとは違った意味のね。つまり、あれは感傷なんですよ、きっと。昔のものをそのままとっておきたいという、単にそれだけのことなんです。高尚な動機があるわけではなく——調和をはかるためでもなく——彼女のおふくろがああいうものが好きだったからなんです」

彼は私の方に視線を移し、口調を変えた。熱狂的な芸術家のそれから、噂好きな男のそれに変わった。

「あなたはあの家族のことをご存じないでしょ？　そうでしょうね、貸家の不動産屋がいうわけもありませんからな。でも、知っておかれた方がいいと思います。わたしがこちらへきたときは、あの家のおばあさんがまだ生きていました。つまり、彼女のおふくろですけど、大変なおばあさんでしたよ。怪物とでもいうんでしょうかね、ああいうのは。古風なヴィクトリア王朝時代の怪物ですよ。なにしろ、早い話が、子供たちを食い殺しちまったんですからな。体のすごくでかいおばあさんで、体重が十七ストーン（一〇〇キロ以上）はあったでしょう。五人の娘は彼女のそばを離れずに仕えていました。〝ばあさん《ガール》！〟——彼女は娘たちをそう呼ぶのです——〝ばあさん《ガール》！〟とね。たしかにいちばん上の娘はそのころすでに六十を越えてましたからな。ときには、〝くそばあ《ステュピッド・》ども《ガール》〟と呼ぶこともありましたよ。早い話が、奴隷ですよ。彼女にへいこらして、何から何まで世話をして、彼女のいうとおりになってるんですから。十時には寝なきゃならんし、自分たちの部屋で暖をとることも許されない。友だちを家へ呼ぶことさえ聞き入れられないのです。また、娘たちは結婚できないでしまったためによく彼女にばかにされていましたけれども、そうしたのは彼女だったのですよ。娘たちは事実上だれにも会うことができなかったんです。一度、たしかエミリーかアグネスが教会の助手司祭と恋仲になったことがあったそうですが、その相手の家柄がよくなかったために、あのおばあさんはすぐに仲を裂いてしまったという話です」

「小説みたいね」と、ジョアナ。

「まったくです。それから、やがてあの恐ろしいおばあさんが死んだわけですが、むろんそのときはもう手遅れでした。娘たちはあの家であい変わらずの暮らしをつづけるしかなかった。ひたすら、死んだ母の意にそむかないようにと心をくばりながらね。彼女の部屋の壁紙をはり替えるのすら、何か神聖冒瀆《しんせいぼうとく》のような気がして、びくびくしていましたよ。しかし、彼女たちは結構教会で静かに楽しんでいたようです。そして、みんなあまり長生きせずに、つぎつぎに死んでいきました。エディスは流行性感冒で死に、ミニーは手術の結果がおもわしくなくてその後まもなく死んじゃいましたし、マーベルは中風になり――エミリーが親身になって世話していました。十年間というものは、その看病に明け暮れていたわけで、まったくかわいそうな女ですよ、彼女は。感じのいい人でしょ？　ドレスデン焼きの人形みたいで。気の毒なことに、最近は暮らしに困っているようですが――しかし、株がこうも全面的に暴落したんじゃ、仕方がありませんね」

「なんだかあの家にいるのが薄気味悪くなってきたわ」と、ジョアナはいった。

「いいえ、そんなふうにお考えになっちゃいけませんよ。エミリーはいい人にお貸しして嬉しいといってるそうです」パイ氏は軽く頭を下げた。「運がよかったといって喜んでるという話ですよ」

「あの家は、とても静かで落ち着いた雰囲気を持ってますね」と、私はいった。

パイ氏はすばやく私の方へ視線を向けた。

「ほう、そうですか。そいつは面白い。わたしはどうかなと思っていたんですけどね」

「それはどういう意味ですの」と、ジョアナが訊き返した。

パイ氏は太った手を拡げた。

「いいえ、べつになんの意味もありません。ただ、ある人が疑問に思っていたものですからね。たしかに雰囲気ってものはあると思います。その家に住む人々の思索や感情が、壁や家具にそれを印象づけているものです」

私はしばらく何もいわずにあたりを見回し、修道院長の公邸の雰囲気をどう形容すべきであろうかと考えてみた。しかし、奇妙なことに、ここには雰囲気らしいものがないように思われた！　それはきわめて注目に値することだった。

そんなことを考えていたために、私はジョアナとパイ氏のあいだで交わされた話の内容をほとんど聞いていなかった。そして、ジョアナがそろそろおいとましましょうといったのをふと耳にして、はじめてわれに返って、それに同調した。

私たち三人がホールへ出て、入口のドアへ行こうとしたとき、郵便受けに一通の手紙が差し込まれ、マットの上に落ちた。

「午後の郵便だ」パイ氏はつぶやきながらそれを拾った。「では、ぜひまたいらっしゃってください。目の肥えたかたに――芸術のわかるかたに――お会いするのは、とても嬉しい。この辺の人たちは、たとえばバレエと聞くと、爪先旋回や、チュールのスカートや、オペラグラスをもったみだらな九〇年代の老紳士たちのことぐらいしか思い浮かばないのですから、お話になりませんよ。いまの時勢に五十年は遅れているでしょうね、きっと。イギリスってのは、じつにおかしな国ですよ。方々にリムストックみたいな〝穴〟があるのです。古物の蒐集家の視点から見ると、興味深いんですよ――わたしはここにいるといつも、ガラスの傘の下にみずから身をおいているような感じがする。変わったことのぜんぜん起きない平和な片田舎なんです」

彼は私たちと二度もくり返して握手してから、大げさに世話をやいて私が車に乗るのを手伝った。ジョアナはハンドルを握り、きれいに手入れした芝生の庭の曲がりくねった道を慎重に通り抜け、やがてまっすぐな車道に出たところで、玄関の石段の上に立って見送っているこの家の主へ、手を振って別れの挨拶をしようとした。私もそうするために身を乗り出した。

だが、私たちの挨拶は相手に通じなかった。パイ氏はさっきの手紙をあけて見ていたからだ。

手にした一枚の紙を、唖然とした表情で見つめていた。

ジョアナはいつか彼を形容して、肥った無邪気な子供だといったことがある。しかし、そのときの彼はむっくり肥ってはいたが、無邪気な子供には見えなかった。顔が紫色に充血し、驚きと怒りに歪んでいた。

私はその瞬間、その封筒の外観にどこか見憶えがあることに気づいた。ついさっき見たときには、それに気づかなかったのだ——じっさいは、無意識的に気づいていたのに、それがわからなかったのだろう。よくあることだった。

「あら、彼は何やらショックを受けたみたいよ」と、ジョアナがいった。

「また、例の匿名氏じゃないかな」

彼女ははっとして私をふり返った。車が道からそれそうになった。

「おい、気をつけろよ、ばか！」と、私は叫んだ。

ジョアナはふたたび視線を前方へ移した。眉をしかめている。

「あたしたちの受け取ったのと同じような手紙だってわけ？」

「そうじゃないかと思うんだ」

「奇妙な土地ね、ここは」と、ジョアナはいった。「見た目にはおだやかで、のんびりした、平和なイギリスの片田舎みたいに見えるけど——」

「パイ氏にいわせれば、変わったことのぜんぜん起きないところだそうだが」と、私がさえぎっていった。「どうやら、いまはそうじゃないらしいね。たしかに、何かが起こってる」

「しかし、あんな手紙を書いているのは、だれかしら」

私は肩をすくめた。

「おれに聞いたってわかるもんか。たぶん、気のふれた薄ばか野郎が、この辺にいるんだろう」

「でも、どうしてあんなことをするのかしら。ほんとにばかみたいだわ」

「フロイトやユングを読めばよくわかるだろうよ。でなきゃ、オーエン先生に訊いてみるんだね」

ジョアナは頭をつんとそらせた。

「オーエン先生は、あたしが好きじゃないらしいわ」

「おまえとほとんど会ったことがないじゃないか」

「大通りでよく会うんだけど、あたしの姿を見ると、通りの反対側へ避けるのよ」

「ほう、おかしなことをするもんだね」私は同情的な口ぶりでいった。「おまえも当惑しちゃうだろうな」

ジョアナはまた眉をしかめた。

「そうよ。だけど、ジェリー、なぜ匿名の手紙なんか書くのかしら」

「だからいったじゃないか、気がふれているのだって。そうすることによって、自分の衝動を満足させているわけさ。おまえだって、もし世間から無視されたり、冷遇されたり、見捨てられたりして、つまらない、みじめな生活を送っていたら、幸福に暮らしている人たちを暗闇にまぎれて刺し殺したい衝動にかられるかもしれないぞ」

ジョアナは身を震わせた。「まあ、いやだわ」

「おそらくこのあたりの人たちは、近親結婚が多いだろう。そうだとすると、変質者のようなやつがかなりいるかもしれんよ」

「低能で、ろくに口もきけないような人かしら。りっぱな教育を受けている人なら——」

ジョアナは途中で言葉を切った。私は何もいわなかったが、教育がすべての病いに効く万能薬だという安易な考え方には、賛成できなかった。

町を通って丘の道にさしかかるまで、私は大通りを歩いている人たちの姿をさぐるような目で眺めつづけた。はたしてあんなたくましい田舎の女たちの中の一人が、一見素朴そうな眉の陰に悪意と呪いを隠し、恐るべき怨恨を晴らす計画をひそかに練っているのだろうか。

しかし、私はそのことをまださほど重大視していなかった。

2

二日後私たちはシミントン家のブリッジ・パーティへ行った。

土曜日の午後だった――シミントン氏の家では、事務所が土曜日は半休なので、いつも午後はブリッジ・パーティをするならわしになっていた。

テーブルは二つあり、参加者はシミントン夫妻、私たち、エメ・グリフィス、パイ氏、ミス・バートン、アプリートン少佐。少佐は七マイルほど離れたコンビークルという村に住んでいて、私たちと会ったのははじめてだった。典型的な肥満型の男で、年は六十前後。彼の言によれば、〝大きく張る〟のが好きらしい（そうすれば、かならず敵方の得点をはるかに上回る成績が上げられるのだという）。彼はジョアナにすっかり心を惹かれた模様で、まる半日彼女からほとんど目を離さなかった。

おそらく妹は、リムストックではこれまで見られなかったほどの魅力的な女なのだろうと、私は思わざるを得なくなった。

私たちが着いたとき、家庭教師のエルシー・ホーランドが飾り彫りされた書物机の中を掻き回して、予備のブリッジ得点表を探していた。彼女はすぐそれを手にして、この間私がはじめて会ったときのような荘重な足どりで歩いていったが、こんどは魔力を発散していなかった。容姿だけがむなしく美しく輝いている感じだった。しかし私は、彼女の白い歯が意外なほど大きく、墓石のような恰好をしていることや、笑うとはぐきが出ることに、はじめて気づいた。しかも彼女は不幸にしてかなりおしゃべりだった。

「これでしょう、奥さま。わたくしついうっかりして、しまい忘れていましたの。ちょうどわたくしがこれを持っておりましたときに、ブライアンがおもちゃの機関車が動かなくなったからきてくれと呼んだので、あわててしまいこんだまま忘れてしまっていたのですけど、たしかにこれですわね、端が少し黄色くなっていましたから。アグネスに、五時にお茶を出すようにいっておきましょうか。わたくし、みなさんのお邪魔にならないように、子供たちを連れてロング・バローの方へ遊びにいってまいりますわ」

親切そうな明るい女性だ。私はジョアナの目を見た。妹は笑っていた。私は妹を冷やかににらみ返した。ジョアナは私の心にあることをすばやく読み取る術に長けている。いやなやつだ。

私たちはそれぞれ席についた。

まもなく私は、リムストックのブリッジ愛好者たちの腕前について、詳しく知らされた。シミントン夫人は非常にうまく、ブリッジがめしよりも好きらしい。知性的でない女性が往々そうであるように、彼女もすばしこく、生まれつきの鋭い勘を持っていた。彼女の夫は堅実で、多少慎重すぎるきらいがある。パイ氏の腕前は、みごとの一語に尽きる。心理作戦にかけては不気味な才の持ち主だった。ジョアナと私はこのパーティの主客であったから、シミントン夫人とパイ氏といっしょにテーブルを囲んだ。シミントン氏は滞りがちなゲームの進行に油をそそいだり、持前の如才なさでほかの三人のプレイヤー間の争いをうまく調停する役をつとめていた。アプリートン少佐は、さっき説明したとおり、もっぱら大きく張る流儀。エミリー・バートンは私の知っているかぎりではもっとも下手くそなプレイヤーだったが、それでも彼女自身は楽しくてたまらない様子だった。いちおう場札と同種の札を出そうとするのだが、つい自分の手が強いような錯覚に陥って、点も読まずにまちがった切り方ばかりしていた。まだ切り札の使い方も知らず、ときには切り札であることすら忘れているようだった。エメ・グリフィスのやり方は、つぎのような彼女自身の言葉によく表われている。

「わたしは正々堂々とやるのが好き——しみったれたことをする人は大嫌いですわ。だって、たかが遊びじゃないですか」したがって、ホストの役割の容易ならざることが予想された。

しかし、ゲームは比較的公正に、わきあいあいのうちに進められた。ただアプリートン少佐がジョアナの方を見とれていて、ときどき自分の番を忘れただけだった。

食堂の大きなテーブルにお茶が用意されていた。私たちがそれを飲みはじめたころ、男の子が二人勢いよく部屋に飛びこんできた。シミントン夫人が誇らしげな顔で私たちに紹介した。父親もやはり嬉しそうに顔を輝かしていた。

それから、お茶がすんだころになって、人影が私の前の皿をかすめた。ふと後ろをふり返ると、フランス窓の前にミーガンが立っていた。

「あら、そうそう。ミーガンですわ」と、彼女の母がいった。

まるでミーガンの存在を忘れていたような口ぶりだった。

娘は部屋に入ってきて、不器用な握手をした。

「困ったわね、おまえにお茶をあげるのをすっかり忘れてたわ」と、シミントン夫人がいった。「ホーランドさんが子供たちを外へ連れて行ったので、今日は三時はなしにしたのよ。おまえはいっしょに行ったんじゃなかったのね」

ミーガンはうなずいた。

「いいわよ。あたし、台所へ行くから」

彼女はうつむいて部屋を出ていった。あい変わらずだらしない服装をしていて、靴下のかかとに穴があいていた。

シミントン夫人が申しわけのように笑っていった。

「ミーガンはいまちょうど手のやける年ごろなんです。学校を出たばかりの娘は、まだ大人になっていないために、妙に恥ずかしがったり、わざと変な恰好をしたりして」

そのとき、私はジョアナの金髪の頭がつんと後ろへそらされたのを見た。それは戦闘態勢がととのったときの身ぶりだった。

「でも、ミーガンはもう二十歳なんでしょ」と、彼女はいった。

「ええ、そうなんですけどね。でも、あの子は年より遅れてるんですの。まだ子供なんです。ま、娘はあまり急に大人にならないほうがいいかもしれませんけどね」シミントン夫人はまた笑った。「母親は自分の子供をいつまでも赤ちゃんにしておきたいものです」

「そうかしら」ジョアナはからんだ。「体ばかりでかくなって、精神年齢は六歳なんていう子供を持ったら、ちょっといやじゃないかしら」

「あら、それはあんまり極端すぎますわ」と、シミントン夫人はいった。

私はそのとき、なんとなくシミントン夫人が嫌いになった。その貧血症的な、ほっそりとしたきれいな顔に、強慾な性格がにじみ出ているような気がした。しかも、つぎの話を聞くと、なおさらいやになった。

「ミーガンは少し気むずかしい子でしてね。何かあの子のやれる仕事を探してやりたいと思っているのですけど、なかなかなくて——いまは通信教育でいろんなことが習えるらしいですから、あの子でもデザインやドレスメーキングや、あるいは速記ぐらいなら習得できるかもしれませんけど」

ジョアナの目のあやしい輝きは、依然として消えなかった。私たちがふたたびブリッジ・テーブルにつくと、彼女はさっそく口を開いた。

「ミーガンはパーティやそういったところには喜んで行くだろうと思いますけど、彼女はダンスができるのですか」

「ダンス？」シミントン夫人は、けげんな顔をした。「いいえ、家ではそういうことはやりません」

「そうですか。テニスとか、そういう方だけなんですね」

「家のテニス・コートは、もう何年も使っていないんですの。リチャードもわたしもやらないものですから。もう少したって、男の子たちが大きくなればべつでしょうけど——まま、ミーガンもそのうち仕事が忙しくなるでしょう。いまは方々飛び回って、結構楽しんでいるらしいですわ。えーと、こんどはわたしが親だったかしら。切り札《ノートランプ》なしの二組」

やがて彼らと別れて車に乗ると、ジョアナがいきなり強くアクセルを踏み、車は勢いよくスタートした。

「ほんとにあの娘《こ》はかわいそうね」

「ミーガンかい？」

「そう。あのお母さんは彼女があんまり好きじゃないのね」

「そうともいえないだろう」

「いいえ、そうよ。母親って、たいがい自分の子供があまり好きじゃないものなの。とくにミーガンは、あの家にとっちゃ一種の邪魔者なんだもの。彼女は型に合わないのねら――シミントン家の型に。彼女がいなければ、家族がしっくりとまとまるわけなんだから。――感じやすい子なだけに、そんなことを考えて寂しい気持ちでいるんじゃないかしら。ほんとに敏感なのよ」

「うん、そうらしい」

私はすぐ黙った。

ジョアナは突然意味ありげに笑った。

「兄さんも、あの家庭教師のことでは運がなかったわね」

「どういう意味だい、それは」と、私はさりげなくいった。

「ふん、あんなことといってるわ。兄さんが彼女を見たときの顔、とても残念そうだったわよ。お察しするわ。がっかりだったわね」

「何のことだか、ぼくにはさっぱりわからんな」

「でも、あたし嬉しいの。はじめて兄さんのいきいきした顔を見ることができて。兄さんが病院に入院していたときは、とても心配だったのよ。あのころはすてきな看護婦さんがそばに付いているのに、見向きもしないんだもの。魅力的で、浮気の好きそうな看護婦さんだったわ——病人にはもったいないくらい」

「いやらしいことをいうね」

妹はお構いなしにしゃべりつづけた。

「だから、今日は兄さんがまだきれいな娘に気があるのを知って、嬉しかったのよ。彼女はなかなかきれいだわ。ただ、妙に性的魅力のない女ね。考えてみると、奇妙だわ。それを持ってる女と持っていない女がいるなんて。いったいそれは何なのかしら。ある女が〝ひどい嵐だ〟といっただけで、それがとても魅力的に聞こえるために、周りにいる男たちがみんな寄ってきて、彼女と天候の話をしたがる——そんな場合、いったい何がそうさせるのかしら。神さまは小包を送るときに、しばしばまちがえるのかもしれないわね。アフロディテには容姿の美しさだけでなく、女らしい気質も備わっているわけだけど、ときどきそれがあべこべになって、アフロディテの気質が器量の悪い女のところへいったりするために、ほかの女どもがすっかりむくれて、〝男たちが彼女のどこに惚れてるのか、さっぱりわからないわ。あんなぶすなのに〟と、ぼやくことになるわけなのね」

「そんな話はもうよしてくれ」

「でも、あたしのいったとおりでしょ」

私は苦笑した。「たしかに、ちょっとがっかりしたよ」

「ほかに兄さんが好きになれるような女性がいるかしら？　せいぜい、エメ・グリフィスってところかな」

「冗談じゃないよ」

「彼女だって、ずいぶんきれいよ」

「勇猛な女人族《アマゾン》はごめんだよ」

「彼女自身は人生を楽しんでいるみたいよ」と、ジョアナ。「こっちがいやになっちゃうくらい元気がいいわ。彼女がたとえ毎朝冷水浴をしていたとしても、あたしは驚かないわ」

「ところで、おまえはどうなんだい」と、私が訊いた。

「あたし?」

「そう。おまえのことだから、そろそろ刺激がほしくなってるんじゃないのかい」

「失礼しちゃうわね。ポールのことを忘れてもらっちゃ困るわ」ジョアナは思わせぶりにため息をついた。

「彼のことは、おれよりおまえの方が先に忘れるだろうさ。十日もしたら、おまえはきっとこういうぜ——ポール? ポールってだれさ? ポールなんて知らないわ」

「まあ、ひどい。あたしをそんな浮気女だと思ってるのね」

「相手がポールみたいな男じゃ、おまえが忘れてくれた方がほっとするよ」

「兄さんは根っから彼が嫌いだったからね。でも、彼はちょっとした天才なのよ」

「なるほど。とにかく、おれの知ってるかぎりでは、天才ってのはおよそ虫の好かないやつらだよ。そういえば、さすがのおまえもここじゃ天才を発見できないようだな」

ジョアナはいたずらっぽく首をかしげた。

「そうらしいわね」と、残念そうにいった。

「せいぜいオーエン・グリフィスぐらいのところかな」と、私はからかった。「この辺で独身の男というと、彼だけだから。むろん、アプリートン少佐という古狸もいるにはいるけどさ。彼は今日、まるで飢えた狼みたいな目でおまえに見とれてたぞ」

ジョアナは吹き出した。

「あら、そう？　いやになっちゃうわ」

「ふん、まんざらでもなさそうな顔してるくせに」

ジョアナは黙って門を通り抜け、車をガレージへ回した。

それから、だしぬけにこういった。

「何かわけがあるのかもね」

「何のことだい？」

ジョアナは答えた。

「通りであたしの姿を見ると、あたしを避けるために、わざと通りの向こう側へ行ってしまうなんて、いったいなぜなんだろう。まったく失礼だわ！」

「なるほど。おまえはその男を情け容赦なくやりこめようとしているわけだ」

「とにかく、そんなことされるのはいい気持ちじゃないわ」

私はゆっくり車を降りて、杖で体を支えてから、おもむろに忠告した。

「一つ注意しておくけどね、オーエン・グリフィスはいままでおまえがつき合ってきたいくじなしの泣き虫小僧どもとは違うんだよ。よほど用心しないと、面倒なことになるぞ。ああいう男は危険なんだ」

「あら、そうかしら?」ジョアナはさも愉快だといわんばかりの口調で訊き返した。

「あいつにちょっかいをかけるのはよせ」私はきびしくいった。

「でも、あたしがやってくるのを見ると、通りの反対側へ避ける彼の気持ちが知れないわ」

「女って、どうしてこうもくどいのかね。もしぼくの勘がまちがっていなければ、おまえは彼の妹のエメにも憎まれるぞ、きっと」

「彼女には、もう嫌われてるわよ」と、ジョアナが考え深げに、しかし満足そうにいった。

「おれたちはここへ静かに、のんびり暮らすためにきたのだぞ」と、私はきびしくいった。

「おれはぜひともそうしたいのだ」

しかし、平和も静穏もしょせんかなわぬ望みだった。

第四章

1

ベーカー夫人がちょっと私に話したいことがあるというから会ってもらえまいかと、パトリッジがいってきたのは、それから一週間ほどたったころだった。

ベーカー夫人という名は、初耳だった。

「どんな人なの、ベーカーさんって」と訊いてから、ためらいながらつけ加えた。「妹じゃいけないのかい」

しかし、先方の会いたがっているのは私だという返事。ベーカー夫人というのは、ベアトリスの母親だった。

私はベアトリスのことをすっかり忘れていた。ここ二週間ばかり前から、薄い白髪頭の中年女が、浴室や階段や通路などに膝をついていて、私が行くとカニのように横へ避けるのをときどき見かけていた。それが新しい通いのお手伝いであることは知っていた。しかし、ベアトリスとかかわり合いのある出来事については、ほとんど記憶になかった。おり悪しくジョアナは外出していたし、ベアトリスの母をていよく断わるすべもなかったが、それにしても会うのは気が重かった。ベアトリスの愛情をもてあそんだと非難されはしまいかと、心配だった。あの匿名の手紙を書いたやつの心ないしわざがうらめしかった。しかし、いまさらどうしようもないことなので、とにかく彼女の母をこちらへ通すようにいった。

ベーカー夫人は顔の日焼けした見るからに頑丈そうな大柄な女で、舌がよく回る。怒っている様子はなかったので、私はひとまずほっとした。

「突然お邪魔して、失礼いたしました」彼女はパトリッジがドアを閉めるやいなや、いきなりしゃべりまくった。「じつは、いろいろ考えたすえ、どうしても一度あなたさまにお会いして、どういう処置をとったらいいか教えていただくのがいちばんいいのじゃないかと思いまして、まいったようなわけなんです。じっさいなんとかしなければいけない状況ですし、わたしはどんなことでも、いいかげんにしてほっとくのは大嫌いなたちでございましてね。それに、ひとりで嘆いていてもはじまらないことなので、先週の司祭さまのお説教にあったとおり、とにかく〝思い切ってやってみる〟ことにしたのです」

私はその弁舌にいささかめんくらって、なんとなく肝心なことを聞きのがしたような感じに襲われた。

「あ、そうですか」と、まごつきながらいった。「ま、どうぞ、おかけください、ぼくのできることなら、喜んでご相談にのりたいと思いますが……」

私は相手の言葉を待った。

「ありがとうございます」ベーカー夫人は椅子の端に腰かけた。「ご親切におっしゃっていただいて、ほっといたしました。お会いしてほんとによかったですわ。ベアトリスは毎日めそめそ泣いてばかりいますし、わたし、バートンさんはロンドンの紳士でいらっしゃるから、きっと相談にのってくださるだろうと、あの子にいってまいったわけなんですの。なんとかしなければならないのに、若い男って始末の悪いもので、かっとのぼせあがっちゃうともう理屈も何もなくなって、女のいうことに耳をかそうともしないんですよ。で、わたしはベアトリスにいったのです――もしわたしがおまえだったら、なんとかして相手をなだめてしまうだろうってね。水車場の女なんか問題じゃないんですから」

私はますます当惑してしまった。

「失礼ですが、ぼくには何のことやらさっぱり……。いったいどういう話なんです」

「原因は、手紙なんですよ。ひどい手紙でした——下品な言葉をありったけ並べましてね。聖書にはないような言葉ばかりなんですよ」

いよいよ話が核心に迫ってきたところで、私はおそるおそるたずねた。

「あなたのお嬢さんは、そういう手紙を何度も受け取ったわけですか」

「いいえ、たった一度きりです。そのためにここを辞めるようになったわけですけど」

「あれはまったくなんの根拠もない——」と、私がいい出したが、ベーカー夫人はすばやく丁重な態度でさえぎった。

「それはもうよく知っておりますわ。あの手紙に書いてあることはみんな嘘っぱちですよ。わたしはパトリッジさんからも聞いておりますし——いや、だれにいわれなくともそれぐらいのことはわかります。あなたはそんなことをなさるようなおかたじゃございませんもの。お体の方も悪くていらっしゃるのですし。しかし、嘘であることはわかりきっていますけど、わたしはベアトリスに、ここへお勤めするのを辞めた方がいいだろうといいました。世間の口はうるさいものですからね。火のないところに煙は立たぬなどといわれないともかぎりません。とくに女の子はそんな噂を極力警戒しなければいけないと思いますの。おまけに、あんな手紙を見て、娘はすっかりきまり悪がり、こちらへまいりたくないといっておりましたので、わたしもそのほうがいいだろうといったわけでございます。急に辞めては、こちらさまもお困りだろうとは思いましたけど——」

ベーカー夫人はいいにくそうに語尾をにごして、深く息をしてから、話をつづけた。

「たぶんこれでいやな噂も立たずにすむだろうと、わたしは思っていました。ところが、自動車修理工場に勤めている若い者で、ベアトリスといい仲になっているジョージというのが、やはり変な手紙を受け取ったのです。ベアトリスのことをさんざんけなしたあげく、フレッド・レッドベターの家のトムとただならぬ関係にあると書いてあったというのです。ぜんぜんでたらめですよ——わたしの娘は彼とお義理の交際はしていたにせよ、そんな関係なんかあるはずがないんです」

私の頭脳は、このレッドベター氏の家のトムが新しく登場したことによって、さらにこんがらかってしまった。

「つまり、簡単にいうと、ベアトリスの恋人が、彼女とある青年との関係を書き立てた匿名の手紙を受け取ったわけですな」

「はい、そうなんです。それがひどい言葉づかいで書いていたのです。で、ジョージはそれを真に受けてかんかんに怒ってしまったわけなんです。そして家へやってきましてね、よくもおれをだましてほかの男とこんなことをしていやがったなと、ベアトリスにさんざんあたり散らしたのです。娘はそんなことをした憶えはない、まるっきり嘘だといったのですけど、彼は火のないところに煙が立つはずがないなどとどなり返しまして、そのままものすごい剣幕で帰ってしまいました。ベアトリスはただもう泣いているばかりですので、わたしは見るに見かねてあなたにご相談に上ったようなわけなんです」

ベーカー夫人は一息入れて、まるで芸をやった後でそのごほうびを待っている犬のような期待に満ちた目で私を見つめた。

「しかし、どうしてぼくのところへいらっしゃったのです」と、私はたずねた。

「あなたもやはりひどい手紙を受け取ったそうですし、それに、あなたはロンドンの紳士でいらっしゃるので、この問題をどう処理したらいいのかおわかりになるだろうと思ってまいったのです」

「ぼくだったら、警察へ連絡しますね。こんなことはほっとくわけにいきませんから」

ベーカー夫人は愕然とした様子だった。

「へえっ、警察?　そんな……、とんでもございませんわ、警察へ行くなんて」

「なぜです」

「わたしはまだ一度も警察のご厄介になったことなんかありません。わたしどもはだれもそんな大それたことをしたことなんかありませんし——」

「それはそうでしょう。しかし、こういうことを取り締まることができるのは、警察しかないんですよ。また、それが彼らの任務なんです」

「バート・ランドルに相談しろとおっしゃるんですか」

バート・ランドルというのは、交番の巡査だった。

「警察署には、巡査部長もいるし、警部もいますよ」

「へえっ、わたしが警察署へ？」

ベーカー夫人の声には非難と不信がこもっていた。私は当惑しはじめた。

「そうです。ぼくはそれ以外に方法がないと思いますね」

ベーカー夫人は明らかに信じられないといった顔つきで黙ってしまった。それからやや沈んだ調子で、しかも力をこめていった。

「あんな手紙を出すのをなんとかしてやめさせなければいけませんわ。ほっておいたら、いずれは大変な迷惑をこうむるようなことになるでしょうからね」

「もうすでに迷惑をこうむってるじゃないですか」

「迷惑というより、暴力ですわ。若い者にだけでなく、年輩の人にも精神的な暴力をふるっているのですから」

私は訊ねた。

「かなりたくさんばら撒《ま》かれているのですね」

ベーカー夫人がうなずいた。

「だんだんひどいことになってるんですの。ブルー・ボアのビードルさん夫妻はとても仲のいい夫婦でしたけど、あの手紙がきてからというものは、旦那さんが急に疑り深くなっちゃいましてね——根も葉もないことなんですよ、もちろん」

私は身を乗り出した。

「ベーカーさん、このいまわしい手紙をだれが書いているのか、見当つきませんか。心当たりはありません？」

驚いたことに、彼女はこっくりうなずいた。

「はい、ございます。わたしどもには、はっきり見当がついてるのです」

「だれなの」

私はおそらく彼女がその名前を挙げるのをためらうだろうと思ったが、彼女はあっさり答えた。

「それはクリートさんです——きっとみんながそう思っているでしょう。クリート夫人ですよ」

今朝はつぎつぎにさまざまな名前を聞かされるので、私はすっかりとまどってしまった。

「クリート夫人といいますと?」

彼女の説明によると、クリート夫人というのはある年寄りの植木屋の妻で、水車場へ行く道路ぎわの家に住んでいるらしい。私はさらにつっこんで質問してみたが、満足のいく答えは得られなかった。クリート夫人がなぜあんな手紙を書いたのかという私の質問に対して、ベーカー夫人はただ漠然と、「いかにも彼女のやりそうなことですよ」というだけだった。

最後に私は、警察へ行くようにという助言をくり返して彼女と別れた。しかし、ベーカー夫人はその助言を実行する気がなさそうだった。彼女は私の話を聞いてかなり失望したらしい。

私は彼女のいったことを何度も思い返してみた。これという証拠はないが、もし町中の人が犯人はクリート夫人だという意見なら、それは事実かもしれないとも思った。結局グリフィス先生にこの事件を相談してみることにきめた。たぶん彼はこのクリート夫人という女を知っているだろう。そしてもし彼が賛成なら、私か彼が警察へ連絡して、この騒動を惹き起こしている張本人は彼女だと知らせることにしよう。

私はグリフィス先生の手があく時間を見計らって彼を訪れた。最後の患者が出ていってから、私は診察室へ入った。

「おや、あなたですか、バートンさん」

「ええ。ちょっとお話ししたいことがありましてね」

私はベーカー夫人の話をかいつまんで説明し、クリート夫人という女が犯人らしいという意見を伝えた。ところが、意外にもグリフィス先生は静かに首を振った。

「いや、そう簡単にはいきません」と、彼はいった。

「クリート夫人が張本人だとは考えられないということですか」

「あるいはそうかもしれませんがね。しかし、ぼくは疑わしいと思いますね」

「じゃ、みんなはなぜ彼女の仕業だと見てるのです」

彼は笑った。

「それにはちょっと事情がありましてね。彼女はこの地方では魔法使いで通っているのですよ」

「なんですって！」と、私が叫んだ。

「いまの時代にそんなものがと思うでしょうけれども、しかし彼女はじっさいそういうことになっているんです。この辺にはいまでも、たとえばある特定の人あるいはその一族に逆らうと祟《たた》りがあるといった感情が残っているんですね。クリート夫人はその〝賢者の一族〟の出なんですよ。彼女自身が演出して、そんな伝説をつくりあげたのじゃないかと思うんですけど、人情の機微をつかんで、辛辣な皮肉を飛ばすことに長けた、けったいな女なんですよ。たとえば、子供が指を切ったり、ひどく転んで怪我をしたり、おたふくかぜを病んだりすると、彼女はしたり顔でうなずいて、〝そういえば、あの子は先週うちのりんごを盗んだ〟とか、〝うちの猫の尻尾を引っ張った〟といったようなことをいうわけなんです。で、そんなことが重なるうちに、母親たちは怖がって、子供を彼女の家から遠ざけたり、中には蜂蜜や自分の家で作ったケーキを持っていって、クリート夫人が自分たちに〝祟らない〟ようにご機嫌をうかがったりする者まで出てきたわけです。まったくばかばかしい、嘘みたいな話ですけど、事実なんですよ。ですから、この事件の張本人は彼女かもしれないと、みんなが思うのも無理はありませんが……」

「しかし、そうじゃないというわけですか」

「ええ。彼女はそんなことをするような女じゃありません。この事件は、そう簡単にはいきませんよ」

「何か心当たりがあってそうおっしゃるのですか」私は探るようにして彼を見た。

彼は首を振った。何かぼんやり考え耽っているような目だった。

「いいえ、ぜんぜんありません。しかし、いやなことになりましたね、バートンさん——

――まずいことが起こりそうですよ」

2

私が家へ帰ってくると、ミーガンがベランダの石段の上に膝をかかえて坐っていた。彼女はあい変わらず無遠慮な挨拶をした。

「ねえ、あたし、昼食に呼ばれていい？」

「ああ、いいよ」と、私は答えた。

「もし、肉の切身かなんか、みんなで分けて食べられないお料理だったら、そうおっしゃってね」と、ミーガンが大きな声でいった。私はパトリッジに、昼食を三人前作ってくれと頼んだ。

パトリッジはちょっといやな顔をしたようだった。何もいわずにさり気ないふうを装ったが、ミーガンをあまり快く思っていないらしいことが彼女の態度から感じとれた。

私はベランダへもどった。

「だいじょうぶ？」ミーガンは心配そうに訊いた。

「うん、いいよ。アイリッシュ・シチューだってさ」

「へーん、犬の食べ物みたいなやつ？　あれはほとんどじゃがいもと調味料じゃない？」

「まあね」

私はシガレット・ケースを出してミーガンにすすめた。彼女はぱっと顔を赤らめた。

「まあ嬉しい」

「一つどうだい？」

「あたし、いただけないの。でも、あなたがあたしにすすめてくれたのがとても嬉しいの――何だか、急に大人になったみたいで」

「ほう、きみはまだ大人じゃないのかい」私はおもしろがって言った。

ミーガンは首を振って、汚れた長い脚を私の目の前に伸ばしながら話題を変えた。

「あたし、靴下をついだのよ」と、誇らしげにいった。

私はべつに靴下の修繕法に詳しいわけではないが、そこだけ妙なしわが固まって目立っているのは、あまり上手でない証拠だろうと思った。

「でも、穴があいているときよりはき心地が悪いわ」と、ミーガンがいった。

「そうかもしれないね」と、私は同意した。

「あなたの妹さんは、靴下のつぎ方うまいの？」

ジョアナはこういう手細工が器用だったろうかと、あらためて考えてみた。

「さあ、どうかな」というより仕方なかった。

「靴下に穴があいたらどうなさるの」

「よく知らんけど、捨てちゃって新しいやつを買うんじゃないかな」と、あいまいに答えた。

「気がきいてるのね。でも、あたしはそんなことできないわ。いま、あたしの小遣いは年に四十ポンドなのよ。だから、ろくすっぽ靴下も買えないわ」

私はうなずいた。

「黒い靴下だったらいいんだけどな。脚に墨を塗ってごまかせるもの」と、ミーガンは残念そうにいった。「あたし、学校にいたころはいつもそうしてたのよ。お裁縫の先生のバットワージーさんは、名前のとおり、こうもりみたいに目がよく見えないの。ぜんぜんばれなかったわ」

「そいつはいい手だね」

私たちはしばらく黙って坐っていた。私は静かにパイプをくゆらし、なごやかな沈黙がつづいた。

やがてミーガンがだしぬけに沈黙を破った。

「あなたも、みんなと同じように、あたしを変な女だと思ってるでしょうね」

私ははっとした拍子に、口にくわえていたパイプを落とした。それは色のいいメアシャム・パイプだったが、もろくもくだけてしまった。私は腹立たしげにいった。

「きみが変なことをいうから、見ろ！」

ほんとうに腹を立てたのではなく、無邪気な子供の過ちを叱るときのような苦笑が、私の顔をくずした。

「あたし、あなたが好き」と、彼女がいった。

声がはずんでいた。もし犬が人間の言葉をしゃべれたら、これを聞いた人はきっと、どこかの犬が飼主に向かっていったのだろうと思ったにちがいない。ミーガンは外見は馬みたいだが、性質は犬に近いようだ。

「人をこんな悲しい目にあわせておいて、何をいってるんだ」私はパイプの破片を拾いながらいった。

「でも、あたしを変な女だと思ってるんでしょ」こんどは前とはぜんぜん違った調子だった。

「どうして？」

ミーガンはやや重苦しくいった。

「あたし、どうせ変な女なのよ」

私は鋭くいった。

「そんな、ばかな」

ミーガンは首を振った。

「あたし、ばかじゃないわ。みんながあたしをばかだと思ってるだけよ。ほかの人たちがどんな人間か、ちゃんと知ってるし、心の中ではいつも憎んでるのよ。みんなはそれに気づかないらしいけど」

「憎んでる？」

「そう」と、ミーガン。

彼女の目が——憂愁をたたえた子供らしくない目が——まばたきもせずにじっと私の目に見入っていた。瞳が悲しげに光った。

「もしあなたがあたしみたいだったら、あたしみたいにのけ者にされたら、あなたもきっとみんなを憎むだろうと思うわ」

「それはちょっとひがみすぎじゃないかな」

「そうかしら。あたしは率直にいいすぎると、よく注意されるけど、でも、事実は事実だわ。あたし、なぜのけ者にされているのか、わかってるの。母があたしを嫌ってるのは、あたしが父親似だからなのよ。あたしの父は、母をずいぶんひどい目にあわしたらしいから。ただ、母としては、子供なんかいらないといって飛び出してしまうわけにいかなかっただけなのよ。あたしを食っちゃうわけにもいかなかったでしょうしね。猫は自分の嫌いな子供を食べちゃうけど、でも、あたしはその方がむしろ利口だと思うわ。面倒なことにならずにすむものね。ところが人間の母親は、なまじっか子供を育てて世話をしなくちゃいけないことになってるもんだから。あたし、学校へ行ってるときは大して気にならなかったけど——母が好きなのは、自分自身とあたしの継父と男の子供だけなのよ」

私は静かにいった。

「たしかにきみはひがんでるらしいけど、しかしきみのいってることはある程度事実だろうと思うよ、ぼくも。いっそ家を出て、自分で生活したらどうだい」

彼女は大人っぽい微笑を投げた。

「働くわけ？　どっかへ勤めろってわけね」

「そう」

「どんな仕事がいいかしら」

「きみなら、少し習えばすぐできるようになると思うんだが、速記とか簿記はどうかな」

「できそうもないわ。あたし、昔から何をやっても、とちってばかりいるんだもの。それに――」

「なんだい」

彼女は急に顔をそむけた。それからまたゆっくり元へもどしたが、その顔は深紅色に染まり、目がうるんでいた。彼女の声がまた子供っぽい調子に返った。

「あたし、なぜ家を出なきゃならないの。なぜ追い出されなきゃいけないの。いやだわ。みんなにのけ者にされても、動かないわ。意地でもここに居坐って、みんなをいやな目にあわしてやるんだ。憎らしい！ あたし、リムストックの人がみんな憎らしいわ。あたしを薄のろだのぶすだのって――いつかはきっとあいつらをこっぴどい目にあわしてやる」

彼女はまるで子供のように感情的になっていった。

そのとき家の端を回って、砂利の上をこちらへ近づいてくる足音が聞こえた。

「さあ、立って」と、私は容赦なくせかした。「応接間を通って、階下の浴室へ行って顔を洗っておいで。通路の突き当たりにあるから。早く！」

彼女がぱっと立ち上って応接間へ飛び込んだとき、ジョアナが家の端から姿を見せた。「ああ、暑い」彼女はそう声を上げて私のそばに腰をおろすと、かぶっていたチロール風スカーフで顔をあおいだ。「このブローグは、はき慣らすまで大変ね。ずいぶん歩いたわ。はいてみて気がついたんだけど、どうしてこんなところに変な飾り穴をあけたのかしら。ハリエニシダのとげがこの穴を通してちくちくささるのよ。ところで、ジェリー、あたし犬を飼おうと思うんだけど、どう？」

「うん、いいだろう」と、私は答えた。「話は違うけど、ミーガンが昼食にくるぜ」

「彼女が？　そう」

「おまえは彼女が好きかい」

「あたし、彼女はすり替え子《チェンジリング》だと思うの」と、ジョアナがいった。「妖精たちが美しい子供を盗んで、その代わりに玄関に置いて行ったという子供。そんな子に会うのは面白いわ。じゃ、ちょっと顔を洗ってくるわ」

「待ってくれ。ミーガンが洗ってるんだ」

「あら、彼女も運動をしてきたの？」

ジョアナは鏡を出して、しばらく熱心に自分の顔を見つめていた。「この口紅、あんまりぱっとしないわね」

やがてミーガンがベランダへ出てきた。さっぱりした顔で、さっきの取り乱した跡は少しもなかった。彼女は疑り深い目でジョアナを見た。

「いらっしゃい」と、ジョアナは鏡をのぞきながらいった。「昼食にいらしていただいて、嬉しいわ……。あら、鼻の頭にそばかすができちゃった。困ったわ。そばかすって、何やら強情でしみったれみたいに見えて、いやね」

パトリッジがやってきて、昼食の支度のできたことを無愛想な調子で知らせた。

「じゃ、行きましょう」ジョアナは立ち上った。「あたし、お腹がぺこぺこ」

彼女はミーガンと腕を組んで、家の中へ入っていった。

第五章

1

言い落としていたことがある。それはデイン・カルスロップ夫人、あるいはケイレブ・デイン・カルスロップ師についてこれまでほとんど触れなかったことだ。

この司祭夫妻はどちらもかなり変わった人だった。デイン・カルスロップほど現代ばなれした人は珍しいといってよかろう。彼はもっぱら初期の教会史に関する研究と本と知識の中で生きていた。それに反してカルスロップ夫人はきわめて現実主義だった。私がたぶん故意に彼女の名前を挙げなかったのは、最初から少なからず彼女を恐れていたからかもしれない。個性的な女性で、オリンポス山の神のような知識の持ち主だった。およそ司祭の妻らしくなかった――と書いてからよく考えてみると、私は司祭の妻なるものについて、ほとんど何も知らないような気がする。

私の知っているのは、ただ一人、まるで磁石のような説得力のある説教をする、たくましい大男の夫を愛していた、もの静かなえたいの知れない女だけだった。その女は世間の人とめったに口をきかなかったので、たいがいの人は彼女との会話に窮してしまった。

それ以外に、どこにでも顔を出してくだらないことをしゃべり散らすような女たち、というのが司祭の妻として私の頭に浮かぶ仮想の人物像なのだが、司祭の妻にそんなタイプは実在しないのかもしれない。

デイン・カルスロップ夫人は決して余計な口出しをしなかった。しかし、彼女はものごとを見抜く不可解な洞察力を持っていて、まもなくわかったことだが、彼女は村じゅうの人々に少なからず恐れられていた。助言も干渉もしないのだが、心にやましいところのある者たちにとっては、怖い神さまのような存在になっていたのだ。

私は身の回りのものについて彼女ほど無頓着な女を、これまで見たことがなかった。暑い日盛りにハリス・ツィードの服を着て散歩したり、雨やみぞれの日にさえ、ケシの花模様の木綿のドレスを着て、通りをのんびり歩いている姿が見られた。猟犬のように細長い上品な顔。その口からときどき辛辣きわまる言葉が飛び出す。

ミーガンが昼食にやってきた翌日、私は大通りで彼女に呼び止められた。彼女の近づき方が、歩くというよりも襲いかかってくるような感じだし、彼女の目はつねに遠い地平線の方へ向けられていて、もしかしたら彼女の目標は一マイル半もかなたにあるのではないかと、疑ってみたくなるくらいなので、私はいつものようにいささかとまどわされた。

「あら、バートンさんじゃございませんか！」と、彼女は叫んだ。

まるで難しいパズルでも解いたように、勝ちほこった声だった。

私はどぎまぎしながら、自分はたしかにミスター・バートンであることを認めた。デイン・カルスロップ夫人は目を地平線へやるのをやめ、私へ焦点を合わせた。

「あなたにお会いしたら、ぜひお話ししたいことがあったのだけど——はて、なんだったろう」と、彼女はいった。

私は彼女が思い出すのを手助けすることはできなかった。彼女は途方に暮れて、眉をしかめながら立っている。

「何やらちょっといやな話だったんですけどね」

「ほう！　そうですか」と、私はびっくりしていった。

「ああ、そうそう！」デイン・カルスロップ夫人はだしぬけに叫んだ。「Aという字に関係のあることだったような気がしていたけど、そうです。例の匿名《アノニマス》の手紙ですわ！

あなたがこの町へ持ってきたその匿名の手紙の話というのは、いったいどんな話なんですか」

「いや、ぼくが持ってきたわけじゃありませんよ。その事件はだいぶ前からこの村で起きていたのです」

「いいえ、あなたがいらっしゃるまでは、だれもそんなものは受け取ってませんよ」と、デイン・カルスロップ夫人は非難するような口ぶりでいった。

「いや、何人かの人が、受け取っていたのですよ。事件はすでにはじまっていたのです」

「ほう、そうなんですか。いやだわ」

デイン・カルスロップ夫人はまた視線をぼんやり遠くへやった。

「それにしても、ひどいことをするものですね。この町はそんなじゃなかったんですよ。もちろん、ねたみや悪意や、いやがらせのような取るにたらない罪悪はありました――でも、そんなことをやるような人間がいるとは思ってもみませんでした。わたしはそれをつきとめなければならない立場なので、ほんとに心配ですわ」

彼女の美しいまなざしが地平線から舞いもどって、私の視線と合った。それは悩ましげで、子供が純真な当惑の表情を浮かべているように見えた。

「あなたはどうしてそれを知る必要があるのです」と、私はたずねた。

「わたしはいつも知っておくようにしてるんです。それがわたしの任務だと思っているのです。ケイレブはりっぱな教義を説き、秘跡を施します。それが司祭の務めですからね。で、もし司祭の結婚が認められるべきだとしたら、彼の妻になった者の任務は、世間の人たちが何を考え、どんな気持ちでいるかを知ることだと思うんです――たとえ、それをどうすることもできないにせよ。じっさいこんどの場合は、だれの仕業なのか、さっぱり見当がつきません――」

彼女は言葉を切ってから、ぼんやりつけたした。

「手紙自体もずいぶんばかげていますからね」

「すると、あなたも?」

私はやや遠慮がちに問いかけたが、デイン・カルスロップ夫人は目を少し大きく見開いただけで、ごくさりげない調子で答えた。

「ええ。二度――いや、三度でしたかね。書いてあったことを正確には憶えていません。何かケイレブと女の校長先生との間がどうのこうのというような、じつにばかげたことでしたよ。ぜんぜんでたらめなんです。ケイレブはおよそ姦淫なんかの趣味がありませんからね。その点ではもう、司祭にまったくふさわしい男なんです」

「なるほど、そうでしょうとも」

「ケイレブはもしもう少し知性的でありすぎなければ、きっと聖人になっていたでしょう」と、デイン・カルスロップ夫人はいった。

私はこの批評に口をはさむ資格があるとは思えなかったが、いずれにせよ、彼女は私に意見をいう暇を与えず、やや当惑した口調で話題を例の手紙のことにもどした。

「それにしても、あんな手紙に書かれそうなことがたくさんあるのに、そんなことをぜんぜん書いていないんです。それがおかしいところなんですの」

「まさか遠慮しているわけじゃないでしょうな」

「知らないんじゃないかと思うんですよ、ほんとうのことを何一つ」

「ほんとうのこと？」

無表情な美しい目が私の目とかち合った。

「ええ、もちろん。この町には姦通や、その他いろいろとみだらなことが多いのです。恥ずべき秘密がどっさりあるのです。それなのに、あの手紙の筆者はなぜそれをねたに使わないんでしょうかね」彼女はやや間をおいてから、唐突にたずねた。「あなたの手紙には、どんなことが書いてあったのです」

「ぼくの妹について、ほんとうは妹でないはずだといったようなことを書いてましたよ」

「ほんとうに、妹なんでしょ」

デイン・カルスロップ夫人は恥ずかしげもなく、親しみをこめてそう問いただした。

「もちろんジョアナはぼくの妹ですとも」

彼女は大きくうなずいた。

「ほら、わたしがいったとおりでしょ。ほかのことがあるのに、それを書いていないのですよ」

彼女の無関心な目が考え深げに私を見た。リムストックの人たちがなぜデイン・カルスロップ夫人を恐れているのかを、私はそのとき突然わかったような気がした。だれの生活にも、人に知られたくない秘密の部分があるものだ。デイン・カルスロップ夫人はそれを知り抜いているらしい。

ちょうどそのとき、エメ・グリフィスの元気な声が後ろから聞こえた。私は生涯のあいだにそのときほどほっとしたことはなかった。

「あら、モードさん。ちょうどいいときにお会いしましたわ。例の手工品の特売会の日取りを変更したらどうかと思いましてね。それについてご相談しようと思っていたんですの。おはようございます。バートンさん」

彼女は話をつづけた。

「これから食料品屋へ行って買い物をしないといけませんので、もしよろしかったら、それから会館に寄って、そこでご相談したいと思いますけど？」

「はい、はい、では、そういうことにいたしましょう」と、デイン・カルスロップ夫人。

エメ・グリフィスは国際ストアへ入って行った。

デイン・カルスロップ夫人がいった。「気の毒な人だわ」

私はめんくらってしまった。彼女がエメを気の毒がるなんて……？

しかし、彼女は話題を変えた。

「バートンさん、わたしは、ちょっと心配しているのですけど――」

「手紙のことで？」

「そうです。あれはきっと――きっと――」彼女は間をおいて目を上に向けながらしばらく考えていたが、やがて問題が解けてきたような調子でゆっくりいった。「盲目的な憎しみ……そう、盲目的な憎しみでしょう……しかし、盲人でもまぐれ当たりに的を射ることがありますからね……もしそうなったら、どんなことが起きるでしょうね、バートンさん」

私たちはそれからまる一日とたたないうちにその答えを知らされる運命にあった。

2

その悲劇の知らせを伝えたのは、パトリッジだった。パトリッジという女は、他人の不幸な出来事がよほど楽しいらしい。何か悪い知らせを伝えるときにはいつも、嬉しそうに鼻をひくつかせる癖があった。

彼女は鼻を時間外に働かせ、目を輝かせ、口もとをわざと悲しげに歪めてみせながらジョアナの部屋に入ってくると、ブラインドを上げながらいった。「大変なことが起こったんですよ、お嬢さん」

ジョアナはロンドンの生活の習慣から抜けきれなかったので、完全に目が覚めるのにかなり時間がかかった。「ああ、そう」と、関心なさげにいって寝返りを打った。

パトリッジはお茶を彼女の枕もとにおいてから、またはじめた。「大変なんですよ。びっくりしたわ！　わたし、それを聞いたときは、信じられませんでした」

「何が大変なの、そんなに」ジョアナはねぼけまなこをこすりながら訊き返した。

「シミントン夫人がかわいそうに……」彼女は思い入れよろしく間合いをとって、「死んだんですって」

「死んだ？」ジョアナはやっと完全に目が覚めて、ベッドに起きあがった。

「はい。昨日の午後——それも、自殺なんですよ」

「えっ、まさか、パトリッジ」

ジョアナはびっくり仰天した。シミントン夫人はどう見ても、悲劇を連想させるような人ではなかったからだ。

「いいえ、ほんとうなんです。自殺なさったんですって。というよりも、自殺に追いやられたらしいんです」

「自殺に追いやられた？」ジョアナはやっと真相がおぼろげにわかってきた。「ということは——？」

彼女の目がパトリッジに問いかけ、パトリッジは大きくうなずいた。

「そうなんですよ、お嬢さん。例のいまわしい手紙のせいなんです！」

「どんなことが書いてあったの」

しかし、パトリッジは残念ながらそこまで聞き込むことができなかったらしい。

「ほんとに不愉快な手紙ね」と、ジョアナ。「でも、あんな手紙ぐらいで自殺したくなるかしら」

パトリッジは鼻をすすって、意味ありげにいった。

「書いてあることがほんとうのことでなかったら、そうでしょうけどね」

「なるほど」

ジョアナはパトリッジが立ち去ってからお茶を飲むと、すぐガウンを羽織って私の部屋へやってきて、そのニュースを伝えた。

私はオーエン・グリフィスの予言したことをふと思い出した。やみくもに撃ったとしても、遅かれ早かれ的を射るかもしれない。その一発がシミントン夫人に当たったのだろう。秘密などは持っていない女のように思えたが……。考えてみると、たしかに彼女は才智に長けていたが、あまりスタミナのあるほうではなかった。もろいタイプで、ねばり強さがなかった。

ジョアナは私をこづいて、何を考えているのかと、問いただした。

私はオーエンのいったことを彼女に話した。

ジョアナは皮肉っぽい調子でいった。「もちろん彼はそれについて、すべてを知りつくしているかもしれないわ。何でも知ってるような顔をしてるから」

「彼は頭がいいんだよ」と、私はいった。

「うぬぼれてるだけよ。恐ろしくうぬぼれの強い人だわ！」

やや間をおいて、彼女は調子を変えていった。

「彼女のご主人も大変ね――それに、あの子も。ミーガンはどんな気持ちでいるかしら」

私はぜんぜん想像もつかなかった。ミーガンがどんなことを考え、どう感じているかを、だれも推測できないというのは、奇妙なことだった。

ジョアナはうなずいた。

「そうだわね。すり替え子《チェンジリング》の気持ちなんか、だれにもわかるはずがないわ」

それからしばらく間をおいていった。

「兄さんが賛成ならそうしてもいいと思うんだけど――あの子を二、三日ここへひきとって泊めてやったらどうかしら。あの年ごろの女の子にとっては、相当なショックだと思うのよ」

「いっしょに行って、訊いてみようか」と、私は賛成していった。

「ほかの子供たちはだいじょうぶだわ、あの家庭教師がついてるから」と、ジョアナはいった。「でも、彼女はきっとミーガンみたいな子につらく当たるんじゃないかと思うわ」

私もその可能性は充分あると思った。くだらない話をつぎからつぎにしゃべりまくり、何度もお茶のお代わりをすすめるエルシー・ホーランド。親切にはちがいないが、感じやすい年ごろの娘には向かない女かもしれない。

私自身もミーガンを連れ出そうかと思っていたので、ジョアナが自発的にそれを思いついてくれたのは嬉しかった。

朝食後、私たちはシミントン家に出かけた。

妹も私も多少不安ではあった。もしかすると、私たちが単に残酷な好奇心に駆られてきたように誤解されるかもしれなかったからだ。しかし、運よく門の前でオーエン・グリフィスとすれ違った。彼は気づかわしげな顔で考えごとをしながら歩いてきた。

しかし、私たちに気づくと、あいそうよく挨拶した。

「やあ、バートンさん、いいところでお会いしました。どうも何か起こりそうで心配だったんですが、やはり、そうなっちゃいましたよ！」

「おはようございます、グリフィス先生」ジョアナは私たちの耳の遠い叔母たちに話しかけるときのようなばかでかい声で挨拶した。

グリフィスはびっくりして顔を赤らめた。

「おっ、やあ、これはこれは、ミス・バートン、おはようございます」

「たぶん、あたしなんかお目にとまらなかったんでしょ」と、ジョアナ。オーエン・グリフィスの顔がいっそう赤く染まった。はにかみがマントのように彼を包んでいた。

「いいえ、そういうわけじゃなくて――ぼんやりしていたもんで、つい――」

ジョアナは容赦なく皮肉りつづけた。「あたし、これでも人並みの背丈はあるんですよ」

「よせよ、いいかげんに」私は妹を押しのけて、彼に話しかけた。

「じつはね、グリフィス先生、ぼくと妹で相談したすえ、ミーガンを連れ出して、二、三日ぼくたちの家に泊めてやろうという話になったのですけど、どうでしょうか。でしゃばったことはしたくないんですが――しかし、あの子がかわいそうだと思いましてね。シミントンさんにそういったら、どう思うでしょうかね」

グリフィスはしばらく思案していたが、やがておもむろに答えた。

「非常にいいことだと思いますよ、わたしは。あの子はちょっと神経質な子でしてね。ですから、こんどの事件からできるだけ遠ざけてやった方がいいんです。ミス・ホーランドは驚くほどよく働きますし、頭もいいけど、二人の子供たちやシミントン氏の世話をすることだけで精いっぱいでしょうからな。彼はすっかり途方に暮れているのです」

「この事件は……」私はためらってから、思い切って訊いた。「やはり、自殺だったのですか」

グリフィスはうなずいた。

「そうです。それは疑問の余地がありません。彼女は〝生きていけなくなりました〟と、書き置きしているのですから。例の手紙は、昨日の午後の便で配達されたらしいんです。封筒が彼女の椅子の下に落ちていましたし、手紙は丸めて暖炉の中へ放り込まれていましたよ」

「どんなことを――」

私はそういいかけてから、恐ろしくなってやめて、

「いや、失礼しました」と、謝った。

グリフィスはちらっと暗い微笑を投げた。

「遠慮なさる必要はありませんよ。どうせその手紙は検死審問で読まれるでしょう。気の毒ですが、それはやむを得ません。しかし、書いていることは、いつものとおりのことです――例によって、いやみたっぷりな言い方をしていますがね。つまり、次男坊のコリンはシミントンの子供じゃないというのですよ」

「それは、まさかほんとうじゃないでしょうね」私は信じかねて問いただした。

グリフィスは肩をすくめた。

「さあ、わたしには判断の材料がありませんからな。ここへきてからまだ五年にしかならないもので……。ま、わたしの見たかぎりでは、シミントン夫妻はごく幸福な夫婦のようでしたよ。夫婦の仲もよく、二人とも子供たちをかわいがっていましたし……。次男坊が、親に似ていないことは事実です――たとえば、あの子の髪の毛が明るい赤毛だという点なんかもね――しかし、おじいさんかおばあさんに似る場合だってあるんですからね」

「親に似ていないことが、そんな難癖をつけさせたのかもしれませんね。まったくでたらめもいいところですな」

「そう、たぶんそうでしょう。あのあくどい手紙の背後には、正確な知識などないようです――ただ八つ当たり的な恨みと悪意しか感じられませんよ」

「しかし、それがたまたま的を射たというわけね」と、ジョアナがいった。「でなきゃ、彼女が自殺するわけはありませんものね」

グリフィスは疑わしげに答えた。

「その点は、ちょっと断言しかねますな。じつは彼女はかなり前から神経衰弱気味だったのですよ。で、わたしがときどき診《み》ていたのです。ですから、あんなあくどい調子で思わせぶりなことを書いた手紙を読んだとたんに、失意と恐慌状態に陥って、前後の見境もなく自殺してしまったのかもしれません。そんな話を否定しても夫は信用してくれないだろうと思うと、恥ずかしいやら腹立たしいやらで、かっとなっちゃったんでしょうね」

「精神異常による自殺ってわけね」

「そのとおりです。検死審問でわたしがそういう意見を述べたら、きっと受け入れられると思います」

「そうでしょうとも」と、ジョアナはいった。

彼女の言い方がオーエンの癇《かん》に触わったらしい。

「受け入れられますよ！」と、叫んだ。「あなたは不賛成なんですね、ミス・バートン」

「いいえ、賛成ですわ」ジョアナはすまして答えた。「あたしだって、あなたの立場になったらそうするでしょうよ」

オーエンは疑わしげな目で彼女を見てから、ゆっくり通りを歩いて行った。私たちは門を入った。

入口のドアはあいていた。しかも、中からエルシー・ホーランドの声が聞こえたので、ベルを鳴らすのをためらいながら、私たちはしばらくそこに立っていた。

彼女は椅子にぐったり体を埋めたままぽかんと虚空を見つめているシミントン氏に話しかけているのだった。

「何か召し上らなくちゃいけませんわ。昨夜はぜんぜん食事なさらないし、今朝だって満足にたべていないんですもの。病気になってしまいますわよ。そうでなくても、悲しみや心配ごとで体が衰弱しているのですから。先生もお帰りになる前にそうおっしゃってましたわ」

シミントンは弱々しい声でいった。

「親切はありがたいけれども、しかし――」

「さあ、熱いお茶をどうぞ」エルシー・ホーランドはむりやり彼にそれを押しつけた。

私なら濃いウイスキー・アンド・ソーダを飲ましてやるんだがと思った。それがいちばん効きそうな様子だった。しかし彼は、お茶を手にしながら、エルシー・ホーランドを見上げていった。

「すまないね、ホーランドさん、面倒をかけて。あなたはほんとによくやってくれる」

彼女は顔を赤らめ、嬉しそうに微笑を返した。

「いいえ、そうおっしゃられると、恥ずかしいくらいですわ。わたくしにできることとなら、どうぞなんでも言いつけてください。坊ちゃんたちのことはご心配いりませんわよ——わたくしがお世話いたしますから。召使いたちは落ち着いて仕事をするようにうまくなだめておきました。もし何か用事がございましたら——手紙を書くご用でも、電話のご用でも、わたくしにできることならなんでもいたしますから、ご遠慮なく言いつけてください」

「ありがとう。面倒をかけて、ほんとにすまん」と、シミントンがくり返した。

エルシー・ホーランドは後ろをふり返って私たちの姿を見ると、急いでホールへ出てきた。

「大変なことになってしまいましてね」と、彼女がささやき声でいった。

私は彼女を見た瞬間、気立てのやさしい女だと思った。親切で才能もあり、しかもいざというときに機敏に動ける女性。そのつぶらな青い目のまわりが薄桃色に赤らんでいるのは、彼女が雇い主の死を悼んで涙を流すほど心やさしい女であることを示しているようだった。

「ちょっとあなたにお話ししたいことがあるんだけど」と、ジョアナがいった。「シミントンさんの邪魔にならないところでお話しできません？」

エルシー・ホーランドは心得顔でうなずき、ホールの反対側の食堂へ案内した。

「こんなことになろうとは思ってもみませんでしたから、驚きましたわ。もっとも、奥さんは前から少し変でした。ちょっと、神経衰弱気味だったんですの。で、わたくしは病気だろうと思ったのですけど、グリフィス先生は大したことはないからだいじょうぶだろうとおっしゃっていました。でも、奥さんはいつもいらいらしていて、ときにはどうあしらったらいいのかわからないような日もありましたわ」

「話は違うけど、じつは――」ジョアナはすぐ用談に入った――「ミーガンを二、三日あたしたちの家へ引きとったらどうかと思って、その相談にあがったのよ――もちろん、あの子がそうしたければの話だけど」

エルシー・ホーランドはかなり驚いた様子だった。

「ミーガンを?」と、疑わしげにいった。「さあ、あの子のことは、わたくしにはよくわかりませんわ。そうおっしゃっていただくご親切は大変ありがたいのですけど、なにしろあの子は変わってますので、どういうかしら」

ジョアナはやや曖昧な口調でいった。

「そうすれば、あなたの手間も省けるんじゃないかと思うけど」

「はい、それはそうですわ。わたくしは坊ちゃんたちの世話や(いま、コックと遊んでいますけど)、シミントンさんのお世話をしなければなりませんし、そのほかあれこれと用事が多くて、正直なところ、ミーガンの面倒をみてやる暇がないのです。あの子はいま階上の古い子供部屋にいるんじゃないかと思いますわ。だれとも顔を合わせたくないらしくて……。あの子に訊いたら、どういう返事をするかしら――」

ジョアナがかすかに私に目くばせした。私はすばやく部屋を出て二階へ登った。

古い子供部屋は二階のいちばん奥にあった。私はいきなりドアを開いて中へ入った。階下のさっきの部屋は裏庭に面していたせいかブラインドがおろされていなかったが、道路に面したこの部屋はそれがぜんぶおろされていて、薄暗かった。

その暗がりを通して、私はやっとミーガンを見つけた。奥の壁ぎわに取りつけられたベッドの上にうずくまっていた。私はそれを見た瞬間、おびえて震えながら物陰に隠れている小さな動物の姿を思い浮かべた。彼女は恐怖のあまり石のように体をこわばらせていた。

「ミーガン」と、私が呼んだ。

気がつくと、私の声はまるでおびえた動物を安心させようとするときの調子に似ていた。人参か砂糖の固まりを手に持っていないのが不思議なくらいだった。

彼女はまじまじと私を見つめていたが、身動き一つせず、表情すら変えなかった。

「ね、ミーガン」私はまた声をかけた。「ぼくらの家へ二、三日泊まりにこないかい」

彼女の声が薄明りの中でうつろにひびいた。

「あなたたちといっしょに？　あなたたちの家で？」

「そう」

「あたしをここから連れ出してくれるわけ？」

「そうさ」

彼女の全身が突然ぶるぶる震えはじめた。私はびっくりすると同時に、彼女がかわいそうになった。

「じゃ、あたしを連れてって！　おねがい。あたし、ここにいるのが怖いの。なんだか危険なような気がしてならないの……」

私が近づくと、彼女の両手がいきなり私の上着の袖にしがみついた。

「あたし、自分がこんなに臆病だとは思っていなかったけど、怖くてたまらないわ」

「こういうことはだれでも少しは怖いさ。こんなところで震えてないで、さ、いっしょに行こう」

「これからすぐ？　すぐ行っちゃっていいの？」

「きみの身の回りのものをまとめるあいだぐらいは待ってるさ」

「身の回りのものって？　どうして？」

「つまりね、きみにベッドとか浴室とかそういったものは使わせることができるけど、まさかぼくの歯ブラシを貸してやるわけにはいかんだろう」

彼女はかすかに弱々しい笑い声をあげた。

「まあ……ごめんなさい。あたし、今日は少しどうかしてるわね。じゃ、さっそく支度するわ。あなたは待っててくれるんでしょ」

「うん、しばらくこのマットの上に坐ってよう」

「ありがと。あたしってほんとにばかね。でも、もしあなたのお母さんがあんなふうにして死んだら、あなただってきっと気が変になっちゃうだろうと思うわ」

「ああ、そうだろうね」

私はやさしく彼女の肩をたたいてやった。彼女はちらっと私に感謝のまなざしを送ってから、急いで寝室に姿を消した。私は階下へ降りた。

「ミーガンにいったら、行くといってましたよ」

「まあ、それはよかったですね！」と、エルシー・ホーランドが叫んだ。「ここにいたんじゃ、あの子もつらいでしょう。神経質な子ですから。難しい子なんですよ。わたくしもあの子のことを心配しないですむだけ助かりますわ。ご親切にしてくださって、ありがとうございます、バートンさん。あの子があなたがたにあまり世話をやかせないようだといんですけど……。あら、電話ですわ。ちょっと失礼します。シミントンさんが出られるのはまずいから」

彼女は急いで部屋を飛び出した。ジョアナがいった。

「ほんとに奉仕の天使だわね！」

「皮肉かい、それは」と、私が訊き返した。「彼女はなかなか親切だし、よく働くじゃないか」

「まったくね。彼女もそう思ってるでしょうよ」

「おまえらしくないよ、そんなことをいうのは」

「彼女が仕事に精出すのは当然だというわけ？」

「もちろんだよ」

「とにかくあたしは、うぬぼれてる人って大嫌いだわ。見ているだけでむかむかしてくる。ところで、ミーガンの様子はどう？」

「まっ暗な部屋で、カモシカみたいにちぢこまってたよ」

「かわいそうにね。喜んでたでしょう、いっしょに行こうといったら？」

「うん、躍りあがって喜んでたよ」

どたばたという足音がして、ミーガンがスーツケースを持って階段を降りてきた。私はホールへ出て彼女のスーツケースを持ってやった。私の後ろでジョアナがせかした。

「さあ、早く出かけよう。あたしはもう二度も熱いお茶を断わったのよ」

私たちは揃って外へ出た。ジョアナがスーツケースを車の中へ勢いよくほうり投げたのには、ひやっとさせられた。私はもう松葉杖一本で歩けたが、まだ体の自由がきかなかったので、そういう仕事は妹にまかせなければならなかった。

「乗りなさい」と、私はミーガンにいった。

彼女につづいて私が乗り、ジョアナが車を走らせた。

やがてリトル・ファーズに着き、私たちは客間に入った。

ミーガンは椅子にぐったり身を投げると、わっと泣きだした。火のついたような泣き方で――むしろ、どなっている感じだった。私は鎮静剤を探しに部屋を出た。たぶんジョアナはどうすることもできずに、ただ茫然とそばに立っていたのだろう。

まもなく、ミーガンのむせるような太い声が聞こえた。

「すみません、泣いたりして。ばかみたいに見えるでしょ」

ジョアナがやさしく答えた。「いいえ、そんなことないわよ。ハンカチをあげようか」

たぶんジョアナはその必要な品物を与えたのだろう。私は部屋にもどると、ミーガンに飲み物のあふれるほど入ったグラスを渡した。

「これ、なあに？」

「カクテルだ」と、私は答えた。

「これが？　ほんと？」ミーガンの涙が見るまに乾いた。「あたし、カクテルなんか飲んだことないんだけど……」

「どんなことにも、初めがあるものさ」

ミーガンはおそるおそる一口すすった。それから、明るい微笑が顔いっぱいにひろがったかと思うと、彼女は頭を後ろへそらして、一息にそれを飲み干した。

「ああ、おいしい」と、ミーガン。「もう一杯飲みたいわ」

「だめだめ」私は首を振った。

「どうして？」

「十分もたったらわかるだろうよ」

「あら、そう！」

ミーガンは視線をジョアナに移した。

「泣いたりしてすみません。なぜだか、急にたまらなくなっちゃったの。ここへ連れてきていただいて嬉しいはずなのに……まったくばかね、あたしったら」

「気にしなくっていいのよ。あたしたちはあなたがきてくれてとても嬉しいのよ」と、ジョアナはいった。

「嬉しいなんて、そんな……。あたし、なんとお礼をいったらいいのかわからないくらい」

「いやよ、お礼なんて。そんなことといわれると、こっちがめんくらっちゃうわ。あなたがきてくれて、ほんとに嬉しいの。ジェリーとあたしはもう話題がつきちゃって、話すことがなくなってたところなの」

「きみがきたんで、これからいろいろ面白い話ができるね――ゴネリルとリーガンの話もあるし」

ミーガンの顔が明るく輝いた。

「あたし、それについてはずいぶん考えて、いちおうあたしなりの答えができてるの。結局あれは、あのうるさい父親が彼女らにしょっちゅうおべっかを使わせたためだと思うわ。年がら年じゅう、ありがとうございますとか、ご親切にどうのこうのと堅苦しいことばかりいわせられてると、しまいにはうんざりしちゃって、何か突拍子もないことをしたくなるのよ――で、そういうチャンスがくると、それまで鬱積《うっせき》していたものがどっと吐き出されるために、度を越したことまでやるようになってしまう。リア王って、その点かなり厳しすぎたんじゃないかしら。だから、コーデリアにけんつくを食ったのは、身から出た錆《さび》ってことになると思うの」

「なるほど」と、私はあいづちを打った。「ぼくたちはこれからシェークスピアについていろいろ面白い議論ができそうだね」

「あなたたち二人は高級な話が好きそうだけど」と、ジョアナが水をさした。「あたしにいわせれば、シェークスピアくらい退屈なものはないと思うわ。みんなが酔っ払ってくだをまいてる長ったらしい場面なんか、それこそへどが出そうだわ」

「酔っ払いといえば」私はミーガンをふり返って見た。「だいじょうぶかい、きみ」

「ええ、なんともないわ」

「目まいがしない？　ジョアナが二人いるように見えたりしないかね」

「まさか。ただちょっと、口が軽くなったような気持ちがするだけ」

「それはよかった。どうやらきみは飲める口らしいね。もっともそれは、きみがほんとうに生まれてはじめてカクテルを飲んだという前提に立っての話だけどね」

「あら、ほんとうよ」

「酒が飲めるってことは、人間のすぐれた資質の一つなんだ」

ジョアナはミーガンを二階に案内し、荷物を解かせた。

パトリッジが難しい顔で入ってきて、昼食にカスタードを二人分しか作らなかったけれども、どうしたらいいだろうと訊いた。

第六章

1

検死審問は三日後に開かれた。できるだけ厳粛に行なわれたが、傍聴人は法廷にあふれていたし、数珠を並べたような婦人帽が絶えず揺れて、そこかしこからざわめきが洩れていた。

シミントン夫人の死亡時刻は、午後三時から四時の間と推定された。彼女はそのときちょうど家の中にひとりでいた。シミントン氏は彼の事務所へ出ていたし、お手伝いたちは休みでめいめい外出していたし、エルシー・ホーランドと子供たちは散歩に行き、ミーガンは自転車を乗り回していた。

例の手紙は午後の配達できたものらしい。シミントン夫人はそれをポストから出して読み——それから、興奮状態になって物置きからキバチの巣を払うために使う青酸化物を少し持ち出し、〝生きていけなくなりました〟という書き置きを残してから、それを水に溶かして飲んだのだろう。

オーエン・グリフィスは医学的な証言をして、シミントン夫人が神経衰弱気味で、最近気力がなくなっていたという私たちに語ったとおりの意見を述べた。検死官はおとなしい思慮深い男だったが、このときばかりは激しくその悪辣な匿名の手紙を書いた者を呪った。そのでたらめないやがらせの手紙をだれが書いたのか知らないが、道徳的には殺人の罪を犯したに等しい。警察はすみやかに犯人を捕えて起訴すべきだ。こういう悪辣な行為は厳罰に処すべきであると思うと語った。それから、彼の指示にしたがって、陪審がわかりきった評決を行なった。発作的な精神異常による自殺という判決だった。

検死官は最善をつくした――オーエン・グリフィスも証言に全力をそそいだのだったが、しかし、私はその後で熱心な村の女たちの群れに押しつぶされそうになりながら、彼女らの口から聞き慣れたささやき声が交わされるのを耳にした。「火のないところに煙は立たぬっていいますからね！」「何かあったんですよ。でなければ、自殺するはずが……」

とたんにリムストックが、そのせせこましさが、噂好きな口うるさい女たちが、私はつくづくいやになった。

2

過去の出来事を正確に年代順に思い出すのは、なかなか難しいものだ。つぎに特筆すべき出来事は、むろんナッシュ警視の来訪だが、しかし考えてみると、その前に、事件に関係のある者たちの性格や人柄についてある程度明らかにしてくれた人々の訪問を受けたことも、かなり重要な出来事だった。

まず検死審問の翌朝、エメ・グリフィスがやってきた。あい変わらず潑剌として見るからに精力にあふれている感じだったが、彼女はまた、これもいつものように、きてからまもなく私をかんかんに怒らすことに成功したのだった。そのときはちょうどジョアナもミーガンも外出していたので、私が応対した。

「おはようございます」と、ミス・グリフィス。「あなたはミーガン・ハンターをここへ連れてきたそうですね」

「ええ」

「あなたたちは親切ですからね。でも、ずいぶん世話がやけるでしょ？　もしよろしかったら、あの子をわたしたちの方にひきとろうかと思ってきたのです。わたしなら、あの子に家事を手伝わせるなりして有効に使えると思うんですの」

私はあきれて彼女に嫌悪の目を向けた。

「そうですか。しかし、ぼくたちは彼女にいてもらいたいのです。彼女ものんびりできて楽しそうですし」

「それはそうでしょうよ。あの子はぶらぶらして暮らすのが好きなんですから。ま、それもやむを得ないでしょうけどね、ああいう低能な子は」

「いや、彼女はなかなか利口ですよ」と、私は反駁した。

エメ・グリフィスはあっけにとられたようにして私をにらんだ。

「あの子がそんなふうにほめられたのを聞くのは、はじめてですわ。何しろあの子ときたら、こっちが何をいっても、まるで意味が通じないような顔をしてぽかんと見つめてるんですから、いやになっちゃいますよ！」

「それはたぶん、彼女があなたの話に興味がないからでしょう」

「もしそうなら、まったく失礼じゃありませんか」

「そうかもしれませんな。しかし、低能ということにはならんでしょう」

ミス・グリフィスはむきになっていった。

「どうみたって、あれはぼんやりしてますよ。ミーガンに必要なことは、一生懸命に働くことです——ああいう子には、人生に興味を持つような仕事をさせなくちゃ。仕事が女の子をどれほどみちがえるようにさせるか、あなたは考えたこともないでしょうけど、少女団に入っただけでもびっくりするほど変わるんですよ。とにかくミーガンはもう、何もしないでぶらぶらしてる年ではありませんよ」

「彼女に仕事をさせるのは、まだむりでしょう」と、私はいった。「シミントン夫人も、ミーガンはまだ十二歳の子供としか思えないといっていましたし」

ミス・グリフィスは鼻を鳴らした。

「あの人のそういう態度が、前から癪《しゃく》に触わってたんですよ。ま、死んだ人のことをとやかくいいたくありませんけど、しかし、わたしにいわせれば、彼女はまさに無知な家庭の主婦の典型でしたよ。ブリッジと噂話と子供の世話をすることしか知らない——いや、それでもなおかつホーランドにいろんな面倒をみてもらわなければならなかったんですからね。もっとも、わたしは彼女を深く知ってるわけじゃありませんよ——例の秘密はともかくとしてね」

「秘密？」と、私が鋭く問いただした。

ミス・グリフィスは顔を赤らめた。

「検死審問でそれが明るみに出されたときのディック・シミントンの気持ちを考えると、まったく気の毒に思いましたわ。つらかったでしょうね、彼は」

「しかし、あなたも聞いていらっしゃったとおり、あの手紙に書いてあることはでたらめだと、彼ははっきりいったじゃありませんか」

「そりゃもちろん彼はそういいましたよ。当然でしょう、そういうのが。男として、自分の妻をかばうのはあたり前です。ディックならそうするでしょう」彼女はやや間をおいてからいった。「わたしはディック・シミントンを昔から知ってますからね」

その言葉は、私にとってはかなり意外だった。

「ほう？　あなたのお兄さんがここの病院を買ったのは、つい数年前だという話でしたけど」

「ええ、それはそうですけれども、ディック・シミントンはわたしたちが北の方にいたころよく遊びにきていたんですの。もうずっと昔からの友だちですわ」

女性の話は、往々にして男が理解に苦しむほど飛躍する。しかし私は、突然変わった彼女の声のしんみりした調子から――私たちの家のばあやの表現をかりるならば――頭にピンとくるものを感じた。

私は好奇心をそそられながらエメを見つめた。彼女は同じ調子で話をつづけた。

「ですから、わたしはディックをよく知ってるんです……。彼は誇りの高い、慎み深い男ですわ。しかし、非常に嫉妬心の強い男なんです」

「ははあ、それでシミントン夫人はあの手紙を彼に見せたり、そのことについて彼に話すのをためらったわけですな。彼が嫉妬深いので、手紙の内容を否定しても信じてくれないだろうと思って」

ミス・グリフィスは腹立たしげな軽蔑的な目で私を見た。

「とんでもない。中傷されたぐらいのことで、青酸カリを飲むような女はいないでしょうよ」

「しかし、検死官はそうらしいといってたじゃないですか。あなたのお兄さんも——」

エメは私の話をさえぎった。

「男の人って、みんな同じね。体裁のいいことばかりいって。でも、わたしはそんなことじゃだまされませんよ。潔白な女なら、でたらめな悪口を書いた匿名の手紙を受け取っても、笑って捨てちゃうでしょう。わたしは——」彼女は突然言葉を切ってから、あらためて言い直した。「わたしなら、そうするだろうと思いますわ」

そうは言い直したものの、彼女が最初は、「わたしはそうしました」といおうとしたらしいことが、急に言葉を切った調子から感じとれた。

私は敵の国に宣戦する覚悟をきめた。

「なるほど。すると、あなたのところへもきたのですね」

エメ・グリフィスは嘘をいえないタイプの女だった。彼女はちょっとためらってから

――顔を赤らめながらいった。

「はい。でも、そんなものはぜんぜん気になりませんでしたわ」

「いやらしい手紙だったのでしょう」私は同じ災厄に見舞われた者として、同情的にたずねた。

「ええ、ああいう手紙はたいがいそうですよ。狂人のたわごとです。わたしは最初のところを読んだだけでどんな手紙かわかったので、すぐ丸めて屑籠に捨てちゃいました」

「それを警察へ持っていこうとは思わなかったのですね」

「ええ、そのときはね。黙殺するのがいちばんてっとり早い方法だと思ったんですの」

〝火のないところに煙は立たぬ〟という文句が私の喉元まで出かかったが、かろうじて思いとどまった。そして、その誘惑を避けるために話題をミーガンのことに移した。

「あなたはミーガンの財産がどうなっているのかご存じありませんか」と訊いた。「ただし、ぼくは単なる好奇心からそんなことを訊いているのではなくて、彼女が働いて生

活しなければならない状態なのかどうか、気になったからなんです」

「そんな状態ではないと思いますわ。あの子のおばあさん――つまり、父親の母が、あの子に少し遺産を残していたはずです。それに、ディック・シミントンが衣食住の面倒をみてやってるのですから、たとえあの子の母の遺産がないとしても、急に生活に困るようなことはないでしょう。しかし、働くということは、もっと本質的な問題ですわ」

「本質的な？」

「そうです。男女を問わず、仕事をするということが大切なんですよ。怠惰は許しがたい罪です」

「エドワード・グレー卿は後に外務大臣になったわけですが、オックスフォード大学にいたころは怠けてばかりいて、とうとう退学になってしまった人です。ウェリントン公も学校時代はあまり勉強しなかったらしいですよ。また、もしジョージ・スティーヴンソンが子供のころぶらぶら遊んでいて、やかんの蓋が蒸気で持ち上るのを台所で退屈まぎれにぼんやり眺めていなかったら、あなたはロンドン行きのりっぱな急行列車に乗ることができなかったかもしれませんよ」

エメはふんと鼻を鳴らしただけだった。

「偉大な発明や天才の業績の大部分は、自発的なものにしろ強制されたものにしろ、とにかく怠惰に負うところが非常に多いというのがぼくの持論なんです」と、私はいささか熱弁をふるっていった。「人間はともすれば他人の考えに動かされ、それを鵜呑みにして得意になりたがるものですが、しかし、そんな習癖がついていなければ、自然に自分で考えはじめるものです。そういう態度こそ、独創的な考えを生み、尊い結果を生む母体になるのだと思います。とくに――」私はエメがふたたび鼻を鳴らさないうちに話をつづけた――「芸術面ではそうですよ」

私は立ちあがって、いつも座右に備えている中国の水墨画の複写を一枚机のひきだしから取り出した。一人の老人が樹の下に坐り、指先と足であやとりをしている絵だった。

「これは中国博覧会にあったものです。ぼくはこれがとても気に入ってるのですよ。題して〈老翁遊閑の図〉というのですがね」

エメ・グリフィスは私の好きなその絵を見ても、なんの感興も湧かないらしかった。

「いかにも中国人のやりそうなことだわ！」

「あなたには面白くないですかな」と、私はたずねた。

「ええ。わたしは芸術なんかにあまり興味がないのです。バートンさん、あなたはやはりたいがいの男と同じように、女が働くことはお嫌いらしいですね――女が男と仕事の腕を競うことを――」

た。私はこのフェミニストにぶつかり、その勢いに押されて反論する気力を失ってしまった。彼女はほおを紅潮させてまくしたてた。

「女が職業を持つなんて、あなたには信じられないでしょうね。わたしの両親もそうでした。わたしは医者になるために学校へ入りたかったんですが、わたしの両親は学費を出そうとしませんでした。兄のオーエンには喜んで出してやったのに……。もしわたしが医科の学校へ行くことができたら、兄よりもりっぱな医者になれただろうと思いますわ」

「それはお気の毒ですな」と、私はやっといった。「さぞかし残念だったでしょうね。自分のしたいことができないのは——」

彼女はさえぎっていった。

「いいえ、いまはもうそんなことはなんとも思ってません。意志の強いおかげで生活に張りができ、毎日忙しく働いていますし、リムストックではいちばん幸福な女だろうと思っているくらいですの。しかし、女は家庭にひっこんでろというばかげた古風な考え方には、わたしは断固として反対しますわ」

「いや、ぼくはべつにそんなことをいってるわけじゃありませんよ。だいたいミーガンが家庭的な女だとは思えませんからね」

「そう、あの子はどこへ行ってもなじめないでしょうよ」エメは平静に返って、おだやかな口調でいった。「あの子の父親は、ご存じのとおりですからね――」

彼女は意味ありげに言葉を切った。私はやや無愛想に言い返した。「いいえ、知りませんよ。みんなはよく〝あの子の父親は〟といっただけで言葉を濁してしまうけど、彼女の父親はいったい何をしたのですか。まだ生きているのですか」

「さあ、わたしもよく知りませんけど、かなりの極道者だったらしいですよ。刑務所に入ってるという話でした。性格破綻者だったのです。ですから、ミーガンがちょっと〝抜けている〟感じのするのも、ふしぎはありませんけどね」

「しかし、ぼくはミーガンを非常に感覚の鋭い、利口な子だと思いますね。妹もそう思っています。あの子が大好きらしいですよ」

エメはとりすましていった。

「あなたの妹さんは、退屈なんじゃございません?」私は彼女の口ぶりに、べつの意味がこめられているのを感じた。エメ・グリフィスは私の妹が嫌いなのだ。「お二人ともこんな田舎でよく我慢して暮らしていらっしゃると、わたしたちはみんなふしぎがっておりますのよ」

それはまるで質問のようだったので、私はそれに答えざるを得なかった。

「医者の命令なんですよ。どこか静かな、なんの出来事も起きないようなところで静養しろというね」私は間をおいてつけ加えた。「しかし、いまのリムストックはどう見てもそんなところじゃないようですな」

「ええ、まったくですね」

彼女は嘆かわしげにいって立ちあがった。

「なんとかしてあんな悪辣なまねをやめさせなくちゃいけませんわ！　もうほっとくわけにいきませんからね」

「警察は捜査に乗り出してるんでしょう」

「たぶんそうでしょうけど、わたしはわたしたちの手で犯人を探し出さなければいけないと思うんですの」

「しかし、素人よりはやはり――」

「とんでもない！　わたしたちの頭脳や感覚の方がはるかにすぐれてますよ。ただ、固い決意が必要なだけですわ」

彼女は唐突にさよならを告げて帰って行った。

ジョアナとミーガンが散歩から帰ってきたとき、私はミーガンにさっきの絵を見せた。

彼女は目を輝かしていった。「まあ、まるで天国みたい！」

「うん、ぼくもそう思うよ」

彼女のひたいにときどき見せる独特のしわが寄った。

「でも、難しいんじゃないかしら」

「何が？　怠けるのがかい」

「いいえ、怠けるっていうんじゃなくて——なんていうか、つまり、悠々と暇を楽しむってことがね。それには非常に古い——」

彼女は説明につまって間をおいた。私はそれを受けていった。「彼は老人だからな」

「いや、そういう意味じゃないの。年がどうっていうのじゃなくて、古い時代からの——なんていったらいいかしら——」

「なるほど。つまり、こういう絵が描けるようになるには、非常に高度な文明が——洗練された繊細な文化が——必要だということだね。それじゃ、中国の詩の英訳を百篇読んで、きみを大いに薫陶《くんとう》してやることにしよう。くどくど説明するより、その方が早いだろう」

3

その日の午後、私は町でシミントンに会った。

「ミーガンにしばらくぼくたちといっしょに泊まってもらうつもりですが、構いませんか。ジョアナの遊び相手にちょうどいいものですから。妹は友だちがなくて寂しがってるのです」

「ああ、ミーガンのことですか。ええ、結構ですとも。そうしていただくとありがたいですよ」

私はそのときシミントンに対して拭い去ることのできない反感を感じた。彼はミーガンのことをすっかり忘れていたのだ。もし彼があの子を嫌っていたとしても――男は往々にして妻の前の夫の子供に憎しみを抱くものだから――私はそれを意に介しないだろうが、しかし彼はミーガンを嫌っているのでなくて、ほとんど眼中になかったのだ。それは犬に関心のない男が、自分の家に飼われている犬に対して示す反応に近かった。

蹴つまずいてはじめてそれに気づいて、どなりつけたり、頭をなでてもらいたがって飛びついてきたときだけちょっとかわいがってやったりする。シミントンの継子に対するそのような無関心な態度が、腹立たしく思われたのだった。

「あなたはあの子をこれからどうなさるおつもりですか」と、私はたずねた。

「どうするって?」彼は驚いたような声をあげた。「そりゃ、もちろんあの子はわたしたちといっしょに暮らすようになるでしょう。あの子の家なんですから」

私の好きな祖母は、よくギターを弾きながら古風な歌を歌っていたが、私はそのときふとその歌の最後の一節を思い出した。

おお、いとしきみよ、われはいまここにおらず、
風のようにさすらいながら、
海にも陸にも住む家はなく、
ただ、きみの心の中に宿らん。

私はそれをくちずさみながら家へ帰った。

4

お茶がすんだばかりのところへ、エミリー・バートンがやってきた。

彼女は庭の話をしたくてきたのだった。そして、私たちは庭を歩きながら三十分ほど話してから、また家の中に入った。

家へ入るとすぐ、彼女は声を落としていった。

「あの子もかわいそうにね。あの事件は相当こたえたでしょうよ、あの子には」

「母親が死んだことがですか」

「そう、もちろんそうですがね。しかし、わたしが問題にしているのは、その裏に隠された秘密ですわ」

私は好奇心をそそられて、ミス・バートンの反応を試してみた。

「あなたはそれについてどう思います。ほんとうだと思いますか」

「いいえ、まさかそんなことはあるまいと思うんですけどね。シミントンの奥さんはそんな——旦那さんだってやはりね——」エミリー・バートンは顔を桃色にしてうろたえた。「たぶん、嘘でしょうけど——ただ、あれはばちが当たったのかもしれませんよ」

「ばちが当たった？」私は驚いて訊き返した。

エミリー・バートンの顔がいっそう赤味を帯び、まるでドレスデン焼きの女の羊飼いの顔みたいになった。

「わたしはあの恐ろしい手紙や、そのためにいろいろな人が受けている苦痛や悲しみなどはすべて、ある目的のためにわたしたちに与えられたものだろうと思います」

「それはそうでしょう。あの手紙はたしかに何かの目的があって送られているのでしょうからね」と、私は憂鬱《ゆううつ》な調子でいった。

「いいえ、あなたはおわかりになっていらっしゃらないのですわ。わたしはあの手紙を書いた不心得者のことをいってるのじゃありませんよ——あんなものを書くやつは、よほど堕落した人間にちがいないでしょうけどね。わたしはそれが神の摂理によって送られたものだといってるのです。わたしたちにめいめいの過ちを悟らせるために、神さまが送られたものだと思うんです」

「全能の神なら、もっと気のきいた懲らしめ方をするだろうと思うんですがね」と、私はいった。

ミス・エミリーは神はつねに謎のような行動をするものだと答えた。

私は反駁した。「人間は自分勝手にやった悪事まで神のせいにする傾向があります。しかし、悪魔ならともかく、神さまがほんとうにわれわれを懲らしめる必要はないでしょう。そうでなくてもわれわれは、もっぱら自分たちを懲らしめ合うことに精を出してるのですから」

「しかし、それじゃなぜあんなことをするのです」

私は肩をすくめた。

「気がふれているのでしょうな」

「かわいそうにね」

「かわいそうどころか、まったく憎らしい、呪うべきやつですよ」

ミス・エミリーのほおから赤味が去って、こんどは極端に白くなった。

「しかし、なぜ、何が面白くてそんなことをするのでしょう」

「残念ながら、あなたやぼくにはぜんぜん理解できない心理らしいですな」

エミリー・バートンはまた声を落とした。

「クリート夫人だというもっぱらの噂なんですよ――まさかと思いますけどね」

私は首を振った。彼女はいらだたしげにいった。

「こんなことは一度もなかった——わたしの記憶にはぜんぜんありませんわ。小さいながらも楽しい町でした。わたしの母が生きてたら、なんというでしょうね。母にいやな思いをさせないですんだだけ幸いでした」

私は彼女の母が大変な男まさりであったと聞いていたので、もし生きていたらかえってこのセンセイショナルな事件を喜んだろうと思った。

エミリーはさらに話をつづけた。

「まったくあの手紙にはいやになっちゃいますわ」

「すると、あなたもやはりあれを受け取ったのですか」

彼女の顔がこんどは緋色に燃えた。

「いいえ——とんでもない！　そんなものは受け取りませんよ」

私はあわてて詫びたが、彼女はすっかり狼狽したまま、あたふたと帰っていった。

応接間に入ってみると、ジョアナがいま火を燃やしつけたばかりの暖炉の前に立っていた。夕方になると、まだかなり冷えこむ。

妹は一通の手紙を開いて手に持っていた。

そして、私の方をすばやくふり返った。

「ジェリー！　これが郵便箱に入ってたのよ——だれかがほうりこんでいったらしいわ。

書き出しが、〝おい、淫売婦〟だって」

「ほかにどんなことが書いてあるんだい」

ジョアナは顔をしかめて見せた。

「また例の悪口よ」

彼女はそれを暖炉へほうり投げた。私は背筋に痛みを感じたほどすばやくそれに飛びついて、火のつく前に拾い上げた。

「燃やしちゃいかんよ。要るかもしれんじゃないか」

「要るって？」

「警察で調べるのにさ」

5

　翌朝ナッシュ警視が私を訪ねてきた。私は会った瞬間から彼に好感を抱いた。郡警察の捜査主任としては最高の人物だろう。背の高い軍人のような体格、静かな思慮深い目、率直で謙虚な態度。

　彼はいった。「おはようございます、バートンさん。たぶんあなたはわたしがどんな用件でうかがったのか、おわかりでしょう」

「といいますと、例の手紙のことですか」

　彼はうなずいた。

「あなたもそれを受け取っておられるそうですな」

「はい、ここへきてからまもなくでした」

「どんなことが書いてあったのですか」

　私はちょっと考えてから、あの手紙の文句をできるだけ正確に伝えた。

警視はその間、顔になんの表情も表わさずにじっと耳を傾けていた。やがて私の話が終わると、彼はいった。

「そうですか。で、その手紙はとっておかなかったんでしょうな」

「はい、捨ててしまいました。どうせこの土地の新来者に対するいやがらせだろう、これっきりのものだろうと思ったものですから」

警視は大きくうなずいた。

「残念ですな」

「でも、昨日妹がまた受け取りましてね。あやうく火にくべるところだったのですけど、ぼくがそれを拾って、とっておきましたよ」

「ほう、そいつはありがたい。よく気がついてくれましたね、バートンさん」

私は机のひきだしの鍵をあけた。パトリッジの目に触れさせたくなかったので、そこにしまっておいたのだった。それをナッシュにさし出した。

彼はそれを一通り読んでから顔を上げて私に訊いた。

「これは、この前のやつとほとんど同じじゃないですか」

「はい——だいたい似てると思います」

「封筒も、本文もね」

「はい。封筒の宛名は前のやつもタイプで打ってありました。手紙の方もそれと同じように印刷した文字を紙に貼りつけてあったのです」

ナッシュはうなずいてそれをポケットにおさめた。

「ところで、はなはだ恐縮ですけれども、もしさしつかえなければ、わたしといっしょに本署へきていただけないでしょうか。二、三のかたにお集まりねがって、いろいろ協議したいと思いましてね。その方が手間もはぶけますし、成果もあがるだろうと思うのですが」

「わかりました。いますぐですか」

「はい」

玄関に警察の車が駐まっていた。私たちはそれに乗り込んだ。

「犯人は見つかるでしょうか」と、私は訊いた。

ナッシュは自信たっぷりにうなずいた。

「そりゃ見つかりますよ。時間の問題です。こういう事件は手間がかかりますがね。だんだん網をしぼっていくわけですから」

「消去法ですか」

「ま、そうです。常套手段ですよ」

「ポストを監視したり、タイプライターや指紋を調べたりして」

彼はにっこり笑った。「そのとおりです」

警察署へ行ってみると、シミントンとグリフィスがすでにきていた。私は背の高い顔の長い私服のグレイヴズ警部に紹介された。

「ロンドンから応援にきてもらったグレイヴズ警部です。匿名の手紙の事件については、有数な専門家なんです」

グレイヴズ警部は陰気な微笑を浮かべた。もっぱら匿名の手紙の犯人を追って暮らしている生活は、たしかにうんざりするほど陰気くさいことだろうと私は思ったが、しかしグレイヴズ警部はそれに一種独得な情熱を抱いているらしい。

「こういう事件は、どれもこれも似たり寄ったりでしてね」彼は獲物がなくて意気の上らない猟犬のようなもの悲しい声でいった。「それはまったく驚くほどですわ。文章も内容も、大同小異なんです」

「二年前にもやはり類似の事件がありましてね」と、ナッシュ。「そのときもグレイヴズ警部に応援してもらいました」

グレイヴズの前の机の上に、何通かの手紙がひろげられていた。彼はそれを調べていたのだろう。

「問題は手紙を手に入れることですよ。こいつが難しいんです。たいがいの人はすぐ燃やしてしまったり、あるいはそんな手紙を受け取ったことを隠そうとするものですから。ばかげた話ですけど、警察とかかわり合いになるのを恐れるわけなんですね。このあたりの人たちはまだまだ考え方が古いので……」

「でも、結構集まりましたよ」と、グレイヴズはいった。ナッシュは私が渡した手紙をポケットから出して、それをグレイヴズの方へ軽くほうり投げた。

グレイヴズはそれにざっと目を通し、ほかの手紙といっしょにまとめてから、嬉しそうに軽くうなずいた。

「よし——こいつはありがたい」

私にはちっともありがたくない手紙だったが、警部には警部の見方があるのだろう。あんな下卑た悪口をならべたものを見て喜ぶ人間がいることを知って、私も妙に興味をそそられた。

「これだけ集まれば、なんとかやれるでしょう」と、グレイヴズ警部はいった。「もしこれからまたこんな手紙を受け取ったら、さっそく持ってきてください。また、だれかほかの人が受け取ったという話をお聞きになったら——とくにあなたはお医者さんですから、患者からそんな話を聞く機会が多いだろうと思いますけど——どうかその人を説得して、それを警察に持ってこさせてください。ええと、これまで手に入ったのは――」彼は指先で器用に手紙を選り分けながらいった――「シミントンさんにきた手紙、これは二カ月前に受け取ったやつですが、それと、グリフィスさん、ギンチさん、肉屋のマッジ夫人、スリー・クラウンのウェイトレスのジェニファー・クラークさん、シミントン夫人、それから昨日バートンさんへきた手紙……そうそう、銀行の支配人へきたやつもありましたな……ま、これだけです」

「よくそれだけ集まりましたね」と、私がいった。

「ほかにもこれとよく似た事件があります。婦人帽子屋をやっているある女が犯人だったわけですが、こういう種類の事件は、ノーザンバランドのある女学生の書いた手紙がはしりで、あとはみんなそのまねみたいなもんです。あんまり芸がなさすぎるんで、うんざりしちゃいますよ。たまには新手が出てきて、あっといわしてもらいたいくらいなものです」

「太陽の下に新しきものなしという言葉どおりですかな」と、私がいった。

「まったくですな。わたしたちの仕事はあまり変わりばえがしないことばかりでしてね」

ナッシュはため息をついた。「そう、ほんとにそうですよ」

シミントンが質問した。

「犯人について、何か目星がついておられるのでしょうか」

グレイヴズは咳ばらいをしてから、解説をはじめた。

「これらの手紙はすべてある共通点を持っております。参考までに、それを説明いたしましょう。この手紙に貼りつけてある文字は、ある印刷された本の文字を切り抜いたものです。原本は、ざっと見たところでは、だいたい一八三〇年ごろ出版された古い本でしょう。どうしてそんな手を使うかといいますと、もちろんそれは筆蹟から足がつくのを避けたわけです――現在ではたいがいの人が、筆蹟をいくら巧みにごまかしても、ばれてしまうことを知っていますからな。また、手紙にも封筒にも、はっきりした指紋がぜんぜん残っておりません。つまり、郵便局の関係者や受取人の指紋や、そのほか関連のない指紋はありますが、これらぜんぶに共通した指紋がない、ということは、これを書いた当人が手袋をはめていたということを示しているわけです。封筒の文字は、ウィンザー七型の古いタイプライターで打たれたもので、aとtが行からややはみ出しています。そして、これらの手紙の大部分はこの町のポストに入れられたもので、なかには直接宛先の家の郵便箱にほうりこまれたものもあります。したがってこれらの手紙の出所は、この町のどこかであるということになりましょう。しかも、差出人は女です。わたしの考えでは、おそらくその女性は中年あるいはそれ以上の年で、断言はできませんが、たぶん未婚だろうと思います」

私たちはしばらく敬意のこもった沈黙を保っていたが、やがて私がいった。

「タイプライターがいちばん有力な手がかりになるでしょうね。こんな小さな町ですから、大して手間もかからないと思うんですけど」

グレイヴズ警部は悲しげに首を振った。

「それは、残念ながら見当違いでした」

ナッシュ警視がそれを説明した。「そのタイプライターは不幸にしてあまりにも簡単にわかりすぎたのです。それは、シミントンさんの事務所で使っていた古いもので、だいぶ前に婦人会館へ寄贈されたわけなんです。ですから、だれでも容易に使うことができるのです。この町のご婦人がたはみんな、ひんぱんに会館へ行きますしね」

「でも、そのタイプの打ち方から何かつかめるんじゃないでしょうか」

グレイヴズはまた浮かぬ顔でうなずいた。

「はあ、それはそうなんですが——しかし、これらの封筒はぜんぶ一本の指でタイプが打たれているのです」

「すると、犯人はタイプライターを使い慣れていないということになるわけですか」

「いいえ、そうはいえないと思いますな。犯人はタイプができるけれども、それをわれわれに知られたくなかったのでしょう」

「そうなると、かなり狡猾ですね」と、私はゆっくりといった。

「まあそうですね」と、グレイヴズ。「そういうごまかしを考えつくあたりは、なかなかなもんです」

「こんな田舎に、そんな頭脳を持った女性がいるとはちょっと考えられませんけどね」

グレイヴズは咳ばらいした。

「はっきりは申しあげられませんが、とにかくこれらの手紙はいちおう教育のある女性によって書かれたものだといえるでしょうね」

「ほう、犯人はレディですか」

レディなどという言葉をもう何年間も使ったことのない私だったが、そのとき思いがけなくそれが私の口をついて出た。遠い昔から反響してくるような言葉だった。私の祖母の無意識に尊大ぶった声がかすかに聞こえるような気がした――〝もちろん、あんな女はレディじゃありませんよ……〟

ナッシュはすぐその言葉の意味を理解した。レディという言葉が彼にはまだかなりの価値があったらしい。

「かならずしもレディじゃないでしょうが、さりとて、田舎女じゃないと思いますね。このあたりには無学な連中が大勢いますがね。字は書けないし、満足な話もできないような連中が」

私はとまどって口をつぐんだ。犯人はクリート夫人のようなこずるい、陰険な偏屈者だろうと思っていたからだ――いや、無意識にクリート夫人の顔を思い浮かべていたのだった。

シミントンが私に代わっていった。

「すると、容疑圏内の者の数が半分にしぼられる勘定ですな！」

「そのとおりです」

「しかし、そうですかね」

彼はじっと前を見つめながら、やや言いにくそうな、にがにがしい調子で話をつづけた。

「あなたはわたしが検死審問で証言したことをお聞きになったはずです。あなたはわたしが妻の思い出をけがすまいとしてあんなふうに証言したのだろうと思ったかもしれませんが、家内が受け取った手紙に書かれていたことはまったくのでたらめだと、わたしはいまでもほんとうに確信しているのですよ。家内は非常に神経の細い――なんと申しますか、ある面では慎み深い女でしたから、あんな手紙を読んだらそれこそ気が変になるくらいびっくりしただろうと思うんです。それに体も弱ってました」

グレイヴズはすぐさまそれを受けて答えた。

「そうでしょう。わたしもおっしゃるとおりだと思います。これらの手紙のどれにも、相手の内情を知っている形跡がまったく見られません。でたらめな中傷です。脅迫しようとしているわけでもないし、また宗教的な偏見からそんなことを書いているわけでもなさそうです。これまでわたしの扱ったものの中にはたまにそんな例もありましたが、要するにこれに書かれていることは、セックスと悪意だけです。したがってそこから犯人の目星もつくわけです」

シミントンは急に立ちあがった。いつもは冷静な無表情な男だったが、いまは彼の唇がはげしく震えていた。

「あんなことを書いた悪魔を、早く捕まえてください！　そいつはわたしの家内を殺したのです――家内をナイフで突き刺したも同然ですよ」彼はやや間をおいた。「そいつはいまごろ、どんな気持ちでいるのだろう」

彼はその問いを残したまま出て行った。

「ほんとに、どんな気持ちでいるのでしょうね、グリフィスさん」と、私は訊き直した。

なぜか、彼が答えを知っていそうな気がしたのだった。

「神さまがご存じでしょう。後悔しているかもしれませんな。でなきゃ、してやったりとほくそえんでいるかもしれません。シミントン夫人の死んだことが、その女をさらに熱狂させたかもしれませんよ」

「そうなると、大変じゃないですか。もしかすると――」私はかすかな身震いを感じた。ためらっていると、ナッシュが私に代わっていった。

「その女がまたやるかもしれないということですね。しかし、われわれにとっては、そうなってくれた方がありがたいのですよ、バートンさん。二度あることは三度あるといいますから、そうなるかもしれませんな」

「きっと得意になってつづけますよ！」と、私が叫んだ。

「そう、つづけるでしょう」と、グレイヴズはいった。「やつらはたいがいそうですからね。一度だけでよそうとはしないものです」

私は身震いといっしょに首を振った。部屋に邪悪な空気がたちこめて息づまりそうな感じだった。私はいたたまれない気持ちになり、まだそこにとどまっている必要があるのかどうかを彼らに問いただした。

「もう特別な話はないですが」と、ナッシュがいった。「ただ、できるだけ宣伝してくださいませんか――手紙を受け取った人は警察に連絡するようにと」

私はうなずいた。

「この町の人はみんなあのでたらめな手紙を受け取ってるんじゃないかと思いますよ」

「なるほど……しかし」グレイヴズは小首をかしげて考えてから、私にたずねた。「まだ手紙を受け取っていない人をだれかご存じありませんか」

「それはひどい質問ですね！　いくら小さな町だといっても、この町のあらゆる人がぼくに正直に打ち明けてくれるとは考えられませんよ」

「いやいや、そういう意味じゃありません。わたしはただ、ほんとうに匿名の手紙を受け取っていない人を、あなたがご存じかどうか訊いてるだけなんです」

「そうですか。それなら……」

私はエミリー・バートンが私に語ったことを伝えた。

グレイヴズはその情報を無表情で聞き終えてからいった。「なるほど。それはもしかすると役に立つかもしれませんな。念のためにメモしておきましょう」

私はオーエン・グリフィスといっしょに午後の陽の中に出た。通りへ出ると、私は慨嘆《がいたん》の声をあげた。

「のんびり日なたぼっこでもして傷を治そうとしてきたのに、なんてことだ、これは！

わざわざ毒気に当たって傷をうませるためにきたようなものですよ。見たところ平和な、まるでエデンの園のような土地なんだが――」

「エデンの園にだって、蛇がいたのですよ」と、オーエンはそっけなく答えた。

「グリフィスさん、警察は何かつかんでるのでしょうか。目星がついているのでしょうか」

「さあ、どうですかな。警察の連中はなかなか抜目ないですからね。率直にいっているように見せかけて、肝心なことは何もいっていないのです」

「まあね。しかし、ナッシュはいい人ですね」

「しかも、非常に有能な人です」

「もしこの土地に気ちがいがいるとしたら、あなたがそれを知ってなきゃならない立場じゃないですか」私は非難するような調子でいった。

グリフィスは首を振った。とまどっているような――というよりも、気づかわしげな顔だった。私は彼が何かを勘づいているのだろうかといぶかってみた。

私たちは大通りに沿って歩いた。やがて私は不動産屋の前で足をとめた。

「そうそう、二ヵ月目の家賃を払わなくちゃ――先払いなんです。とにかく払うだけ払って、もうすぐジョアナといっしょにどこかほかの町へ移ろうと思います。せっかく借りた家ですけど」

「いや、それはおよしなさいよ」と、オーエンがいった。

「なぜ？」

彼はすぐには答えなかった。ややしばらく考えこんでから、おもむろにいった。

「そうですな……それもむりはないでしょう。リムストックはいまのところ健康的じゃありませんからな。あなたにも、妹さんにもよくないでしょう」

「ジョアナはどんなところにいたって平気ですよ。あいつは強いですからね。しかし、ぼくはだめです。この事件にはいささかまいりました」

「わたしもまいっちゃってるんです」と、オーエンはいった。

私は不動産屋のドアを半ば押しあけながらいった。

「やはり、ぼくは行かないかもしれませんよ。愚劣な好奇心の方が臆病な気持ちよりも強いものですからね。ぼくも事件がどう解決するか知りたいのです」

私は中に入った。

タイプを打っていた女が立ちあがって私の方へやってきた。ちぢれ毛で、妙な作り笑いを浮かべていたが、少なくともこの前ここで会っためがねをかけた青年よりはずっと利口そうに見えた。

それから私はふと、彼女に見憶えがあるような気がした。そしてすぐ、彼女は最近までシミントンの事務所に勤めていたミス・ギンチであることを思い出した。私はそれを確かめてみた。

「あなたは前にガルブレイス・アンド・シミントン事務所に勤めていませんでしたか」

「ええ、そうです。でも、辞めた方がいいように思いましてね。ここの仕事は面白いんですの。給料はずっと少ないんですけど、でも、お金よりも大切なものがございますものね」

「そうでしょうな」

「あの恐ろしい手紙を——あたしも、手紙を受け取ったんですよ」と、ミス・ギンチが歯擦音の混った声でささやいた。「あたしとシミントンさんがどうのこうのっていう——まったく人にいえないようなひどいことを書いてるんですよ。で、あたしは警察へ届けました。そうするのが義務だと思いましたからね。警察へ行くなんて、あんまりいい気持ちじゃありませんでしたけど」

「ええ、たしかにいやな気持ちでしょう」

「しかし、警察の人はていねいにお礼をいって、よく知らせてくれたとほめてくれましたわ。でもその後で、世間の人がきっと噂するんじゃないかと思うと、うんざりしましたわ――さも関係があるようなことをいって――何もなければそんな悪口を書かれるはずがないなどといってね。もちろんあたしとシミントンさんのあいだにいかがわしい関係なんかぜんぜんありませんけど、しかし、そんなふうに見られるだけばかばかしいですもの」

私はいささか当惑した。

「ええ、まったくですな」

「世間の口はうるさいですからね。どうしてああもいやらしいんでしょう！」

私はできるだけ彼女の目を避けようとしたが、つい目が合ってしまった。そして、ひどく不快な発見をした。

ミス・ギンチは内心ひそかに自分の話を楽しんでいたのだ。

あの匿名の手紙によって嬉しそうな反応を示した者と、私はすでに一度会っていた。グレイヴズ警部のそれは職業的なものだった。ミス・ギンチの喜び方は不快なばかりでなく、暗示的であった。

ある考えが心をかすめて、私を愕然とさせた。

ミス・ギンチは自分でこれらの手紙を書いたのではなかろうか。

第七章

1

私が家へ帰ると、デイン・カルスロップ夫人が訪ねてきて、ジョアナと話しているところだった。夫人の顔色が心なしかやや青ざめて見えた。

「驚きましたね、バートンさん」と、夫人が声をかけた。「かわいそうに、ほんとにかわいそうですわ」

「ええ。自殺するなんて、よほどつらかったんでしょうな」と、私は答えた。

「あら、シミントン夫人のことですか」

「えっ、そうじゃないんですか」

デイン・カルスロップ夫人は首を振った。

「ま、あの人もかわいそうにはちがいないけど、しかし、どっちみちああなるに決まってたようなもんですからね」

「決まってる?」と、ジョアナが無愛想に訊き返した。

デイン・カルスロップ夫人は彼女に向き直った。

「だって、そうじゃありませんか。自殺すれば苦しみを逃れることができると思うような人は、ほかにも何か困ったことが起きればそうするかもしれないんでしょ。ああいうことになったのは、もともと彼女がそういう女だったからですよ。しかし、わからないもんですね。わたしはこれまで彼女を少し頭のたりない、慾の深い、石にかじりついても生きようとする女だとばかり思っていました。まさかあんな思いきったことをするとはね……、人の気持ちって、ほんとにわからないものですね。つくづく考えさせられましたわ」

「しかしそれじゃ、あなたがかわいそうだといったのは、いったいだれのことなんです」私はそう訊き直さずにおれなかった。

彼女は目を丸くして私を見た。

「もちろん、例の手紙を書いた女のことですよ」

「へえっ!」私はそっけなくいった。「そんな女に同情する必要はないでしょう」

デイン・カルスロップ夫人は上体を乗り出して、私の膝の上に手をおいた。

「しかし、おわかりになりませんか――感じませんか。想像してごらんなさいな。あんなものをひとりで隠れて書いているなんて、どんなにか不幸な、みじめな気持ちでしょう。世間の人々からまったく切り離されたような、寂しい気持ち。暗い毒の流れがたまりたまって、ついにそんなはけ口を見つけるようになったのでしょう。ですから、わたしは自責の念にかられるのです。この町のだれかがそんな不幸に悩まされているのに、わたしはまったく気づかなかったのですからね。そういうことはちゃんと知っていなければならないのに――むろん知っていても干渉することはできませんよ――わたしは決してそんなことはしません――しかし、暗い内面の不幸を除いてやることはできます――腕にできた腫れものを治すようにしてね。つまり、そこを切って、うみを流してしまうのです。それにしても、ほんとにかわいそうな人です、かわいそうな人ですわ」

彼女は帰ろうとして立ちあがった。

私は彼女の考え方に賛成しかねた。どんな境遇の人間であるにせよ、あんな匿名の手紙を書くような者に同情する気にはなれなかった。そして、好奇心にかられて問いただした。

「あなたはその女がだれか、心当たりがあるのですか」

彼女は美しい当惑した目を私の方に向けた。

「それはほぼ察しがつきますわ。でも、もしかするとまちがっているかもしれませんからね」

彼女は足ばやに部屋を出たところで、くるっときびすを返してたずねた。

「バートンさん、あなたはなぜ結婚なさらないんですの」

ほかの人がたずねたのならきっといやみな質問になったろうが、デイン・カルスロップ夫人の訊き方は、いかにも突然そんな疑問が湧いて、訊いてみたくなっただけだという感じだった。

「なぜって、そうですね……」私は冗談半分に答えた。「要するに、一度も適当な女性にめぐり会わなかったせいでしょうな」

「男の人はよくそうおっしゃるけど」と、デイン・カルスロップ夫人はいった。「でも、それはあまりりっぱな答えじゃないと思いますね。なぜなら、明らかに不適当な女と結婚なさってる人が多いのですもの」

彼女はこんどこそほんとうに帰っていった。

ジョアナがいった。

「あのおばあさんは気が狂ってるんじゃなかろうかと思うのがあたり前のところだけど、でも、気に入ったわ。この町じゅうの人が彼女を恐れてるのだから」

「おれだって少々彼女が怖くなってきたよ」

「何を言いだすかわからないから?」

「そう。それに彼女の臆測がたくましすぎるんでね」

「兄さんはあの手紙を書いた人をほんとに不幸だと思う?」と、ジョアナはたずねた。

「ふん、そんな鬼ばばあの気持ちなんか知るもんか。そんなことはどうだっていいじゃないか。気の毒なのは被害者だよ」

私たちはこれまで、文字どおり毒筆をふるっている犯人の心境をいろいろ臆測してきたわけだが、いま考えてみると奇妙なことに、もっとも明白なことを見落としていた。グリフィスは犯人が得意になっているだろうと見ていた。私は犯人が後悔しているだろう——自分のいたずらの生み出した結果に良心の呵責を感じているだろうと思っていた。デイン・カルスロップ夫人は犯人が悩んでいると見ていた。

しかし、私たちは——いや、私はというべきかもしれないが——ある明白な必然的な反応を考慮に入れていなかったのだ。それは恐怖という反応だった。

なぜなら、シミントン夫人の死によってこの匿名の手紙の事件は、べつの範疇に入ってしまったからだ。それが法律的にどう変わったのか、詳しいことは知らないが——シミントンなら知っているだろうが——とにかく、犯人がかなり重大な立場に追いこまれたことは確かだった。もはや冗談ですまされない事態になったのだ。警察は捜査をはじめているし、ロンドン警視庁からは専門家が呼ばれている。もはや匿名の手紙の筆者は、あくまで名前を隠さざるを得ないだろう。

しかし、たとえ恐怖が犯人の主要な反応だとしても、ほかの事件がこれにつづいて起きる可能性はあった。私はそのことに気づかなかったが、しかし、それは容易に察知できるようなことだったのだ。

2

翌朝私とジョアナはいつもよりやや遅く起きて、朝食に階下へ降りた。遅いといっても、リムストックの標準よりも遅いという意味にすぎない。九時半という時刻は、ロンドンならジョアナの目がようやく開きかけたころで、私の目は、たぶんまだ固く閉じられているだろう。しかし、「朝食は八時半にしますか、九時にしますか」と、パトリッジに訊かれたとき、ジョアナも私もそれ以上遅くしろというだけの勇気がなかったのだ。

階下へ降りたとき、エメ・グリフィスが玄関でミーガンと立ち話しているのを見て、私はちょっと腹が立った。

彼女は私たちの姿に気づくと、いつもの陽気な調子で挨拶した。

「あら、ずいぶんお寝坊ですね！　あたしはもう何時間も前から起きてるんですよ」

それは彼女の勝手だ。医者ともなればきっと朝食を早目に食べなければならないだろうし、忠実な妹としては、兄にお茶かコーヒーを飲ましてやる仕事があるにちがいないが、だからといって、朝早くから寝坊の隣人をたたき起こしにくることが許されるわけではあるまい。朝の九時半という時刻は、よその家を訪問すべき時刻ではないのだ。

ミーガンはそそくさと家へ入って、食堂に姿を消した。おそらく彼女は朝食の最中に呼び出されたのだろう。

「お邪魔かと思いましたので、ここで話していたのですよ」と、エメ・グリフィスはいった。家の中へ入って話すより、玄関へ呼び出して話す方がなぜ礼儀にかなっているのか、私は理解に苦しんだ。「じつは、大通りで開くわたしたちの赤十字バザーに、お宅からは野菜を出していただけないかと思って、おねがいにあがったんですの。もしそうしていただけるなら、オーエンに頼んで車で運んでもらうようにしますけど」

「あなたはずいぶん朝早くから飛び回ってるんですね」と、私がいった。

「早起きは三文の得といいましてね。会いたい人をつかまえようと思ったら、いま時分を利用するのがいちばんいいんですよ。わたしはこれからパイさんの家へも行こうと思ってるんですの。午後はブレントンへ出かけなきゃなりませんしね、少女団の用事で」

「あなたの精力的なのにはまったくまいっちゃうな」私がそういったとき電話のベルが鳴ったので、私はそこを離れてホールの奥へ行った。後に残ったジョアナが、大豆やいんげん豆について心もとない話をはじめ、菜園についてまったく知識のないことをみずから暴露しつづけた。

「ああ、もしもし」私は受話器を手にしていった。

ため息ともつかぬ雑音が聞こえ、それから疑わしげな女の声がいった。「あの……」

「もしもし」私は相手を促すように声をかけた。

「あの……」と同じことをくり返してから、かぼそい声でたずねた。「あの……そちらは、リトル・ファーズでございますか」

「はい、リトル・ファーズですが」

「あの……」一言いうたびに、いちいちこれがつく。それから、相手の女がおそるおそるたずねた。「すみませんけど、パトリッジさんを呼んでいただけませんでしょうか」

「はいはい。で、あなたはどなたです」

「あの……アグネスといってください。アグネス・ワドルです」

「アグネス・ワドルさん？」

「はい、そうです」

私は相手をからかいたい気持ちを抑えながら受話器をおき、階段の下からパトリッジが掃除している音の聞こえる二階へ向かって声をかけた。

「パトリッジ、パトリッジ！」

彼女は柄の長いモップを片手に持ったまま階段のてっぺんに姿を現わし、こんな朝早くから何事だといわんばかりなけげんな顔でこちらを見た。

「はい」

「アグネス・ワドルさんからお電話だよ」

「えっ、だれですって？」

私は声を張り上げた。「アグネス・ワドルだよ」

私の聞き取り方がちょっとまちがっていたらしい。

「ああ、アグネス・ウォデルですか。しかし、いまごろなんの用だろう？」

パトリッジはあわててモップをほうり投げて階段を降りてきた。彼女のプリントのスカートがせわしく乾いた音を立てた。

私は話の邪魔にならないように、すぐ食堂にひっこんだ。ミーガンがキドニーとベーコンをがつがつ食っていた。彼女はエメ・グリフィスとは違って、〝晴れやかな朝の顔〟をしていなかった。そして、私の挨拶に気むずかしそうに答えながら、黙々と食べつづけた。

私は朝刊を開いた。しばらくすると、ジョアナがうんざりしたような顔で入ってきた。

「あーあ、くたびれた！　こっちは、どんな野菜がいつできるのやらちっとも知らないんだからね。ばれちゃったかな。サヤエンドウって、いつごろできるの」

「八月よ」と、ミーガン。

「あら。でも、ロンドンだと、いつでもあるみたいよ」ジョアナが反駁した。

「ばかだな。海外の植民地から冷蔵船で輸入してるんだよ」と、私が教えた。

「象牙や猿やクジャクなんかと同じに？」と、ジョアナが訊く。

「そう」

「あたし、クジャクがほしいな」と、ジョアナ。

「あたしはお猿がほしいわ。かわいいもの」と、ミーガンがいった。

ジョアナはオレンジをむきながら考え深げにいった。

「エメ・グリフィスみたいに健康で精力的にあちこち飛び回ってる生活って、楽しいかしら。彼女ったら、疲れたことも落胆したこともないみたいね。彼女の沈んだ顔なんか見たことないわ」

「あいつには悩みなんかないんだろ」私はそう答えて、ミーガンの後からフランス窓を通ってベランダへ出た。

そこに立ったままパイプにタバコをつめていたとき、パトリッジがホールから食堂に入ってきて、しかつめらしくいうのが聞こえた。

「ちょっとお話ししたいことがございますんですが、よろしいですか」

〝まさか辞めるつもりじゃないだろうな〟と、私は思った。〝もしそうだったら、きっとエミリー・バートンがおれたちに怒るぞ〟

パトリッジが話しはじめた。「お嬢さん、ここの電話を呼び出しに使ったりして、ほんとに申しわけございませんでした。あの娘がうかつにかけてよこしたものですからね。わたしはいままでここの電話を使ったことは一度もございませんでしたし、友だちがかけてよこすことも絶対許さなかったんですけれども、こんなことになって——おまけに旦那さまに呼んでいただいたりして、ほんとに申しわけございません」

「あら、そんなこと気にする必要ないわよ」ジョアナがなだめるようにいった。「あなたのお友だちがあなたに話したいことがあるのに、ここの電話を使っちゃいけないなんて、そんな野暮な話があるかしら」

私にはパトリッジの顔が見えなかったが、冷静にこう答えたときの彼女のしかつめらしい顔がありありと目に浮かんだ。

「この家では、さようなことは一度もなかったんでございますよ。エミリーさまが絶対にお許しになりませんでしたから。こんなことになってまことに申しわけないんですけど、あのアグネス・ウォデルが何やらすっかりあわてておりましたようで……。それに、まだ若いものですから、こういう良家の礼儀作法の心得がないんでございます」

〝耳が痛いだろうな、ジョアナのやつ〟と、私はひそかにほくそえんだ。

「わたしに電話をよこしたアグネスという娘は――」パトリッジはつづけた――「ここで、わたしの下で働いておったんでございますよ。そのころはまだ十六でした。孤児院からきたばかりでしてね。もちろん家もなく親もなく、相談に乗ってくれる身寄りもないものですから、いつもわたしに相談をもちかけていたんですの」

「あら、そう」ジョアナはあいづちを打って待った。たしかに話がつづきそうな気配だった。

「で、ぶしつけなおねがいで恐縮ですけれども、今日の午後アグネスに台所でお茶をごちそうしてよろしゅうございましょうか。今日は休みなんだそうで、わたしに相談したいことがあるからぜひ会ってほしいと、そういうんでございますよ。いつもならこんな大それたおねがいを申しあげようとは夢にも思いませんのですけれども、事情が事情なもので」

ジョアナはややめんくらったらしい。

「あら、あなたがお客さんといっしょにお茶を飲んだって、ちっとも悪いことないじゃないの」

後でジョアナに聞いたところによると、パトリッジはそれに対してこう答えたとき、昂然と胸を張っていたという。さすがのジョアナもそれに圧倒されて、返す言葉がなかったらしい。

「いいえ、そんなことを絶対許さないのがこの家の家風なんです。亡くなられたバートンの大奥さまは、わたしたちがお休みの日に外出する代わりに友だちを招待することはお許しになられましたけれども、それ以外に、つまり普通の日にお客を台所へ入れることは固く禁じられておりました。エミリーさまもその昔からのしきたりをお守りになっていらっしゃったのです」

ジョアナは召使いたちに非常に親切で、あしらいもうまく、みんなに好かれてはいたが、このパトリッジに対してはそれがまったく通用しなかった。

「おまえの親切も同情も、気の毒ながらぜんぜん通じなかったらしいね」パトリッジが食堂から引きあげ、ジョアナが外へ出てきたとき、私がいった。「パトリッジのいう古風な家風なるものも、良家ともなれば仕方ないもんだろうな」

「友だちにも会わせないなんていう無茶な話は、聞いたこともないわ」と、ジョアナが反論した。「家風は家風で結構だけど、お手伝いさんたちがそんな奴隷扱いに満足するはずがないと思うわ」

「いや、満足してるんだよ。少なくともこの地方のパトリッジみたいな連中はね」

「彼女がどうしてあたしを嫌いなのか、さっぱりわからないわ。あたしはたいがいの人に好かれるんだけどね」

「たぶんおまえを一家の女主人にふさわしくない女だと、軽蔑してるんだろう。おまえは一度も棚の上に手をやって、ほこりが残っているかどうか調べたことがないし、ベッドのマットの下をのぞいて見たこともないだろう。また、チョコレート・スフレの残りをどうしたかと訊いたこともなければ、ブレッド・プディングをおいしく作るようにと言いつけたこともないんだからな」

「まあ、あきれた！」

ジョアナはそう叫んでから、ややがっかりしたようにいった。「今日はついてないわ。エメには菜園の知識がないために軽蔑されるし、パトリッジには人情味がありすぎてばかにされるし、いうことないわ。庭へ出て、虫でも食うことにしようかな」

「ミーガンが行ってるよ」

ミーガンが少し前から庭をぶらぶらしていたが、いまは芝生のまん中で、餌が撒かれるのを待っている小鳥のような顔でぼんやりつっ立っていた。

しかし、彼女は急に決心したようにして私たちの方へやってくるなり、だしぬけにこういった。

「あたし、今日家に帰ろうと思うの」

「えっ?」私はその思いがけない言葉にびっくりしてしまった。

彼女は顔を赤くして、もじもじしながらいった。

「親切に連れてきていただいて、あなたたちにご迷惑だったかもしれないけど、あたしはとても楽しかったのよ。でも、いつまでもここにいるわけにいかないし、やはり家を離れるのはまずいと思うので、今日帰ることに決めたの」

私はジョアナといっしょに彼女を思いとどまらせようとしたが、彼女は頑として聞き入れなかった。結局ジョアナが車を車庫から出し、ミーガンは二階へ行って持ち物をまとめてから、数分してまた降りてきた。

それを聞いて喜んだのはパトリッジただ一人だったろう――しかつめらしい顔に微笑さえ浮かんでいた。彼女はミーガンがよほど嫌いだったらしい。

私が芝生の中に立っていると、ジョアナがもどってきた。

そしていきなり私に、日時計にでもなったつもりでいるんじゃないのかと訊いた。

「どうして?」

「庭の飾り物みたいにつっ立ってるからよ。ただし、時刻を示す目盛りを刻むわけにはいかないだろうけどね。あら、兄さんの顔ったら、いまにも雷が鳴りそうだわ！」

「ちぇっ、冗談をいう気力もないよ。朝っぱらからエメ・グリフィスがきやがるし――（〝まったくだわ〟とジョアナがあいづちを打った。〝あたしもおかげで野菜のことをしゃべらされて恥をかかせられたわ〟）――それから、突然ミーガンが帰ると言い出すしさ。彼女を連れてレッジ・トアまで散歩に行こうと思っていたんだけどな」

「首にくさりをつけてね」と、ジョアナがいった。

「なんだ、それは」

ジョアナは家の端を回って裏庭へ向かいながら、大声ではっきり答えた。

「首にくさりをつけて行くつもりだったんでしょ。飼い犬が逃げ出して、がっかりね！」

3

正直な話、ミーガンがこうしてだしぬけに私たちのもとを去ったことに、私はいささか腹立たしさを感じた。しかし、彼女は私たちといっしょにいるのが急にいやになったのかもしれない。

しょせん彼女にとってはあまり愉快な生活ではなかったのだろう。家へ帰れば、男の子たちやエルシー・ホーランドもいることだ。

私はジョアナがもどってくる足音を聞いて、また日時計みたいだと悪口をいわれないようにあわててそこを去った。

昼食の少し前にオーエン・グリフィスが車でやってきた。この家の庭師がすでに必要な野菜を菜園から取ってきて、すぐ運べるようにしてあった。

私は庭師のアダムズじいやがそれを車に運びこむあいだ、オーエンを招き入れて飲み物をごちそうすることにした。昼食をすすめたが、彼は断わった。

私がシェリー酒を持って部屋へもどってきてみると、ジョアナが盛んにおしゃべりしていた。

いまは毛嫌いしている様子が少しも見られなかった。ソファの隅にかしこまり、オーエンに彼の仕事について愛想よく質問していた。彼が開業医になりたかったのかどうか、専門的な勉強をしたかったのではないか、というような質問をしたり、患者を診察する仕事は世の中でいちばん面白い仕事の一つではないかと思うといったような意見を述べていた。

ジョアナはたしかに上手な聞き手としての天分を持っていた。多くの似て非なる天才どもが不遇をかこつのを、これまで上手に聞きあしらってきたジョアナであってみれば、オーエン・グリフィスの話相手になるぐらいのことは朝めし前だったろう。三杯目のシェリー酒を飲みはじめるころには、グリフィスは医者の仲間でなければ理解できないような医学用語をふんだんに使いながら、ある精神病について語りはじめた。

ジョアナはいかにもわかったような顔で、面白そうに聞いている。

私はいささか気が気でなかった。ジョアナの心臓の強さにあきれたり、いい気になってしゃべらされているグリフィスの人の良さが気の毒になったりした。女というやつは、どうしてこうも向こう見ずなことができるんだろう。

それから、私はしげしげとグリフィスの横顔を眺め、意味ありげに突き出された長いあごや、ひきしまった形の唇を見て、ジョアナがはたしてうまくごまかしおおせるかどうか疑わしくなった。いくら女に甘い男でも、そういつまでも調子に乗せられておられるものではない。たとえそう見えても、本人はちゃんと承知してるはずだ。

やがてジョアナが昼食をすすめた。

「そうおっしゃらずに、昼食を食べていらっしゃいよ」グリフィスはちょっと顔を赤らめて、そうしたいのは山々だが、妹が待っているからと断わった。

「じゃ、彼女に電話してお許しを得ておきますわ」ジョアナはそういうと、さっそくホールへ電話をかけにいった。

グリフィスはなぜかちょっと不安そうな顔色を見せた。たぶん自分の妹が怖いのだろうと、私は思った。

まもなくジョアナがにこにこしながらもどってきて、許しを得たと告げた。

こうしてオーエン・グリフィスは私たちと昼食を共にした。楽しそうだった。私たちは本や芝居や世界の政治情勢や音楽、絵画、現代建築などについて語り合った。

しかし、あの匿名の手紙のことも、シミントン夫人の自殺についても、およそリムストックに関する話題にはまったく触れなかった。

私たちはわきあいあいのうちに昼食をすませた。オーエン・グリフィスはとても幸福そうだった。彼の暗い顔がいつにもなく明るく輝き、話がはずんだ。

彼が帰って行った後で、私はジョアナにいった。

「あの男はおまえにたぶらかされるほど甘くはなかったね」

「あんなこといってるわ！　男って、どうしてこうもいやらしいんだろ！」

「おまえはなぜ彼の尻をしつこく追っているのかね。自尊心を傷つけられたせいかな」

「勝手にご想像ください」と、妹はいった。

4

その日の午後、私たちは村に間借りしているミス・エミリー・バートンを訪れて、お茶をごちそうになることになっていた。

私はもう丘を登り降りできる程度に体力を回復していたので、私たちは歩いて行くことにした。

しかし、所要時間を大目に見越したために、早く着きすぎたらしく、玄関のドアをあけたのは、背が高く骨ばっている、見るからに気性の強そうな顔つきの女だった。彼女はミス・バートンがまだ帰っていないといった。

「でも、ようこそいらっしゃいました。どうぞおあがりになって、お待ちくださいまし」

明らかにこの女は、ミス・バートンのいう忠実なフロレンスらしかった。

私たちは彼女の後について階段を登った。彼女はドアをあけて、ちょっと飾りすぎたきらいはあるが居心地のよさそうな居間へ私たちを通した。家具や部屋の装飾の一部は、たぶんリトル・ファーズから持ってきたものだろう。

彼女はその部屋がかなりご自慢らしい。

「いい部屋でございましょ」と訊いた。

「とてもすてきだわ」ジョアナは愛想よく答えた。

「バートンさまにはできるだけ居心地よくしてあげたいと思いましてね。でも、わたしどもでは思うようにもできかねますんで、バートンさまには申しわけないと思ってるんでございますよ。あのかたはやはりご自分のお屋敷におられるのが当然で、こんな借間住まいをなさるべきご身分じゃないのですけど……」

よほど気性のはげしい女なのだろう。フロレンスはまるで非難するような目で私たちを交互ににらんだ。どうも今日は日が悪いらしい。ジョアナはエメ・グリフィスや、パトリッジにたしなめられ、こんどはまた私たち二人がこの男まさりのフロレンスにどなりつけられそうな形勢になってきた。

「わたしはお屋敷に十五年間も奉公しておりましたんですの」と、彼女がつけ加えた。

ジョアナは彼女の八つ当たり的な非難にむっとしたらしい。

「しかし、バートンさんはあの家を貸したかったんじゃないですか。不動産屋に頼んであったんですからね」

「いやでもそうしなければならなかったんですわ」と、フロレンスはいった。「ずいぶんつましいお暮らしをなさっておられたんですよ。それなのに、政府のやりかたってまったくひどいですわ！　情け容赦なく金を取りたてるんですからね！」

私は悲しげに首を振った。

「大奥さまの代には大変な金持ちでした。それから、お嬢さまがたがつぎつぎに亡くなられ、エミリーさまはそれをぜんぶ看病なさったのですよ。それこそ身を粉にして、辛抱強く、一言も不平をいわずにね。ところが、そのあげくあのかたに残ったものはお金の苦労ばかりだったんですよ！　株はそれまでのような配当を払わなくなったんです。なぜそんなことをするんでしょうか。なんという恥知らずな人たちなんでしょう。計算のことにうとくてだまされやすい、あのかたのようなレディをだますなんて！」

「じっさいのところは、あらゆる人がその被害を受けているのですよ」と、私はいった。

しかし、フロレンスの怒りはいっこうに静まらなかった。

「それでもなんとかやれる人ならべつですけど、あのかたはそうじゃないんです。面倒をみてもらわなければならない状態なんです。わたしがそばについているかぎり、あのかたをだましたり脅かしたりするようなことは、だれにもさせませんよ。エミリーさまのためなら、わたしはなんでもやる覚悟なんです」

そして、きかん気なフロレンスはそのことを私たちの肝に銘じさせようとするかのように、しばらく私たちをじっとにらみつけてから、後ろ手に注意深くドアを閉めて部屋を出て行った。

「ねえ、ジェリー、何やらあたしたちが極悪人みたいな感じじゃない」と、ジョアナがいった。「あたしたちが何かしたのかしら」

「どうも雲ゆきがおかしいな」と、私は答えた。「ミーガンはおれたちをいやがってるし、パトリッジはおまえを非難するし、忠実なフロレンスはおれたちに恨みがましいことをいうし……」

「ミーガンはなぜ出て行ったのかしら」

「いやになったからだろう」

「そんなことはないと思うけどな。ねえ、ジェリー、あれはエメ・グリフィスが何かしゃべったせいじゃないかしら」

「今朝、二人が玄関先で立ち話していたときかい」

「そう、もちろん大して長い時間はなかったけど、でも――」

ジョアナの話を私が引きついだ。

「しかし、あの女はすごく強引だからなあ！　もしかしたら、何か――」

そのときドアがあいて、ミス・エミリーが入ってきた。顔が上気し、息をはずませ、興奮しているように見えた。目が青く光っていた。

彼女はまるで半狂乱になってしゃべりまくった。

「まあ、ごめんなさいまし。こんなに遅くなってしまって、ほんとにすみませんでした。わたし、ちょっと町へ買い物に出かけたんですのよ。そして、ブルー・ローズのケーキがあまり新しくないようなので、リゴン夫人の店へ行ったんですの。わたし、ケーキは焼きたてのものをお出しできるように、いつもその日になってから買うことにしてるんですの。でも、そのためにあなたたちをお待たせするようなことになってしまって――ほんとになんとお詫びを――」

ジョアナがさえぎった。

「いいえ、あたしたちが悪いんですよ、バートンさん。あんまり早くきすぎたんです。あたしたちは今日は歩いてきたのですけど、ジェリーが思ったよりも早く歩けるようになったので、ばかに早く着いてしまったんですの」

「いいえ、早すぎるなんてことはありませんわよ、お嬢さん。早目に出かけるのはよいことなんですからね」

老婦人は愛情をこめてジョアナの肩をたたいた。

ジョアナの顔が明るく輝いた。やっと及第したらしい。エミリー・バートンは私の方へも微笑を投げた。しかしその微笑は妙に臆病なところがあった。まるでしばらくのあいだは危害を加えないと保証された獰猛な虎に、おそるおそる近づくような調子が感じられた。

「お茶とお菓子では男のかたに失礼かと思いましたけど、いらっしゃっていただいて、ほんとにありがとうございます」

エミリー・バートンの意識の中にある男という心象は、ウイスキー・アンド・ソーダをがぶがぶ飲み、タバコをふかし、そのあいまに村の生娘を誘惑するか、人妻と関係をつけるために出かけていく者といった具合になっているのにちがいない。

後で私がジョアナにそのことをいうと、妹はこう答えた——エミリー・バートンはそういう男にめぐり会いたかったのだが、残念ながらその幸運をつかめなかったのだと考えるのが至当だろうと。

ミス・エミリーはすぐ部屋じゅうを忙しく飛び回りながら、ジョアナや私に小さなテーブルの前の椅子をすすめたり、うやうやしく灰皿を出したりしはじめた。そしてそれが一段落したころ、フロレンスがお盆に上等なクラウン・ダービーの陶器を載せて運んできた。これはミス・エミリーが自宅から持ってきたものだろう。お茶は中国茶でおいしく、皿にはサンドウィッチや薄いバター付きのパンや小さなケーキが盛ってあった。フロレンスはいまはいかにも嬉しそうにして、まるでままごとをしている子供を見る母親のようなまなざしをミス・エミリーに投げた。

女主人があんまり熱心にすすめるので、ジョアナも私もいやというほど食べた。彼女はこのささやかなティー・パーティが楽しくてたまらないらしかった。エミリー・バートンからすれば、私たち二人は、ロンドンの洗練された生活様式という謎の世界からきた珍客だったのだろう。

私たちの話題はまもなく当然ローカル番組に移った。ミス・エミリーはグリフィス先生を非常に親切な賢明な医者だとほめた。シミントン氏もまた聡明な弁護士で、彼女は所得税のことなどは何も知らなかったが、彼は彼女のために所得税が多少減るようにしてくれた。また、彼は子供たちや妻を非常に愛していたという。「あのかたの奥さんは、お気の毒なことになったものですね。後に残された小さな子供たちもかわいそうですわ。でも、あまり気性の強い人じゃなかったですからね——それに、最近はずっと体の加減が悪かったそうで。突然気が変になっちゃったんじゃないでしょうか。そういうことがじっさいあるんですってね——新聞で読んだことがありますわ。人間って、そのときの状況でどうなるかわからないものです。あの奥さんだって、何が何やらわからなくなってしまったんでしょう。シミントンさんのことも子供のことも忘れてしまってたんじゃないでしょうか」

「あの手紙を見て、かっとなってしまったのでしょう」と、ジョアナはいった。

ミス・エミリーは顔を赤らめた。そして、たしなめるような口調でいった。

「そんな話は口にしない方がいいと思うんですよ。その……例の手紙のことはわたしも知ってますけれど、そんなけがらわしいことは口にしたくありませんわ。あんなもの、無視してしまえばいいんですよ」

なるほど、ミス・エミリーはそれを無視できるかもしれないが、そう簡単にいかない人もいるはずだと思ったが、私はおとなしくそれを聞き流して、エメ・グリフィスを話題に乗せた。

「あの人はすばらしい人です」と、ミス・エミリーはいった。「彼女の精力といい統率力といい、まったく見上げたものです。少女たちのためにも非常に骨を折ってますし。とにかくなんでもこなす力のある人ですわ。彼女はこの町を牛耳ってるといっていいでしょう。それに、お兄さんのためにはよく尽してあげてますしね。兄妹があんなふうに睦まじく暮らしてるのは、見て気持ちがいいわ」

「お兄さんの方が少し押され気味なんじゃありませんの」と、ジョアナは訊いた。

エミリー・バートンはびっくりしたような目でジョアナを見つめた。

「彼女は彼のためにどんなに犠牲になってるかしれませんのですよ」きめつけるような
その言い方に、非難めいた調子がこもっていた。

私はジョアナがそれを茶化したそうな目つきになったのを見て、急いで話題をパイ氏のことに移した。

エミリー・バートンはパイ氏についてはやや疑わしそうな態度を見せた。

そしておぼつかなげな口調で、彼は非常に親切だとくり返しただけだった。裕福で、鷹揚で、ときどき変わった客がくるが、むろんそれは彼が旅行することの多いせいだろうともいった。

旅行は知識を広めるだけでなく、ときには風変わりな知人を得ることもあるのだと、私があいづちを打った。

「わたしも漫遊旅行をしてみたいと、たびたび思ったことがありました」エミリー・バートンはしんみりといった。「新聞なんかで読むと、とても楽しそうですからね」

「行ってごらんになればいいのに」と、ジョアナがいった。

ミス・エミリーは急に夢から覚めたような調子で答えた。「いいえ、そんなことはとうていできませんわ」

「どうして？　案外安いんですのよ」

「いいえ、費用の点だけじゃなくて、ひとりで出かけたくないからなんですの。女ひとりで旅行するなんて、変でしょう」

「まあね」と、ジョアナ。

ミス・エミリーは疑わしげに彼女を見やった。

「それに、わたしはその、自分の荷物をどうしたらいいのか知りませんし、それから外国の港に上陸するんだって、それぞれの国で通貨が違いますし――」

小心な彼女の眼前に、数限りなく難問題が浮かんでくるらしい。ジョアナはあわてて話題を変え、近日中に催される園遊会や手芸品の競売会について質問した。それはごく自然にデイン・カルスロップ夫人のことにつながった。

ミス・エミリーの顔が一瞬かすかにけいれんした。

「あの人は、なんですかこう、非常に変わった人です。いうことが、ときどき変わってるんですよ」

たとえばどんなことかと、私が訊いた。

「どんなことと訊かれてもすぐには思い出せませんけど。要するに、非常に思いがけないことをいうんですよ。それに、彼女の人を見る見方が——なんといいますか、まるで相手がそこにいるのに気づかないでべつの人の方を見てるような——失礼な言い方かもしれませんけど、ちょっとうまく言い表わせないような変な見方をするのです。しかも、彼女は決して他人のことに干渉しません。司祭の奥さんなのですから、いろいろと他人の相談に乗ったり、忠告してやる立場にあるわけなんですけどね。世間の人を励ましてやるとか、改めるべきところは直してやるとかね。このあたりの人たちはみんな彼女を恐れていますから、彼女のいうことならよく聞くと思うんですよ。それなのに、彼女はただお高くとまって、知らん顔をしてるんです。それでいて、とるにたらない人たちに対して妙に同情するという、まったく変な癖があるんです」

「それは面白いですな」私はそういって、ジョアナとすばやい視線を交わした。

「でも、彼女は非常に育ちのいい人で、ベルパスのファローウェイという名門の家の娘なんですけど、そういう古い家柄というのは往々にして変人が出るものですよ。しかし、あのご夫婦の仲は至極円満で、ご主人の司祭さんは、こんな田舎にはもったいないほど学問の深いかたです。りっぱな、大変まじめな人ですけど、やたらとラテン語を引用する癖がありましてね、これには少々閉口しますわ」

「そうでしょう、同感ですな」私は大いに賛成した。

「ジェリーは金のかかるパブリック・スクールを出たものだから、ラテン語なんかさっぱりわからないんですよ」と、ジョアナがいった。

これがきっかけとなって、ミス・エミリーはさらに新しい話題に転じた。

「この町の学校の校長は、じつに不愉快な若い女でしてね」と、彼女はいった。「あれはアカじゃないかと思うんですよ」彼女は〝アカ〟という言葉を口にするとき、ことさら声を低めた。

やがて私たちが丘の上の家へ帰る途中、ジョアナは私にこういった。

「彼女はいい人ね」

5

その日の夕食どき、ジョアナはパトリッジに、アグネスとのティー・パーティが首尾よくいったかどうかたずねた。

パトリッジはとたんに顔を赤くして、いっそうまじめくさった態度になった。

「ありがとうございます。でも、どうしたわけか、アグネスは今日きませんでしたわ」

「あら、それじゃ、がっかりね」

「いいえ、わたしはいっこう構いません」と、パトリッジがいった。

しかし、そうはいったものの、彼女は憤懣やるかたなかったらしく、いきなりそれを私たちにぶちまけた。

「だいたい、わたしがあの子にきてくれと頼んだわけじゃないのですよ。アグネスが電話をかけてよこして、相談したいことがあるし、ちょうど今日は休みだからここへきてもいいかと訊いたのですよ。で、わたしは、あなたさまのお許しをいただけたらきてもいいと答えたのです。ところが、それっきり一言もいってこないし、姿を見せませんでしたわ！　明日の朝はがきをよこすかもしれないとは思いますけど、いまのところお詫びをいいにもきません。いまの若い女は、これだから困るんですよ——礼儀も作法もぜんぜん知らないんですから」

ジョアナはパトリッジを慰めようとした。

「もしかしたら、彼女は急に体の具合が悪くなったのかもしれないわよ。電話をかけて訊いてみたの？」

パトリッジはふたたび胸を張って答えた。

「いいえ、電話などいたしません。しかし、アグネスが平気でそんな失礼なことをするのなら、こっちにも考えがあります。こんど会ったら、とっちめてやるつもりですわ」

パトリッジはぷんぷんしながら部屋を出ていった。ジョアナと私は顔を見合わせて笑った。

「たぶん、新聞の身上相談によくあるような問題だったんじゃないかな」と、私がいった。「恋人が最近急に冷たくなったのですが、どうしたらいいのでしょう、といったやつだよ。回答者のパトリッジはついに相談を受けないでしまったわけだが、なんとかうまくいったんじゃないのかな。アグネスと恋人は、いまごろはどこかの生垣の陰で何もいわずに抱き合ってるんじゃないかと思うよ。そんなのがよくいるぜ。そんなのを見ると、こっちの方がどぎまぎしちゃうけど、見られてるご本人同士は案外平気なものらしいね」

ジョアナは笑って、そうであってくれればいいがといった。

それから私たちは匿名の手紙について話し合い、ナッシュやあの憂鬱そうなグレイヴズ警部はどうしているだろうという話になった。

「シミントン夫人が自殺してから今日でちょうど一週間ね」と、ジョアナはいった。

「そろそろかなりはっきりした手がかりをつかんでいるんじゃないかしら。指紋とか筆蹟とか、そのほかの重要な手がかりを」

私はそれに対してろくに返事もせず、ぼんやり考えていた。私の意識にある奇妙な不安がしだいにひろがっていたのだった。それは、ジョアナが〝ちょうど一週間ね〟といったその言葉に関連していた。

強いていえば、私はもっと早くから二つのものを結びつけて考えるべきだったろう。すでにある疑惑が私の意識の底にあったのだから。

とにかく、いまやそれがしだいに発酵しつつあった。不安がつのり――顔を出そうとしていた。

ジョアナは、私が彼女の話をろくに聞いていないことに気づいたらしい。

「どうしたの、ジェリー」

私は頭の中で二つのことを結びつけるのに忙しかったので、返事をしなかった。

シミントン夫人の自殺……彼女はその日の午後ひとりで家にいた……ひとりで家に……お手伝いたちが休みで外出していたから……ちょうど一週間前……。

「ね、ジェリー、どう——」

私はそれをさえぎって訊いた。

「お手伝いって、たいがい週に一度休みがあるんだろ」

「そうよ。それに、隔週の日曜日とね」と、ジョアナが答えた。「どうかしたの、それが」

「日曜日はどうでもいいんだが、するとと、毎週決まった曜日に休みになるわけだな」

「たいがいそうね」

ジョアナはけげんな目で私を見つめた。彼女の思考はまだ、私の思考のたどった軌道に乗っていないらしい。

私は部屋の隅へ行って、ベルを鳴らした。パトリッジがすぐ顔を出した。

「あのアグネス・ウォデルのことなんだけどね」と、私はいった。「彼女は勤めているの」

「はい、シミントン夫人のお宅で——いや、シミントンさんのお宅で——働いていますけど」

私ははっと息を呑んだ。目が柱時計の方へ走った。十時半。

「もう帰ってるだろうね」

パトリッジはいやな顔をした。

「それはもう……。お手伝いは十時までに帰るのがあたり前でございますからね。昔からのしきたりで」

「それじゃ、電話をしてみよう」と、私はいった。

私はホールへ出た。ジョアナとパトリッジが私についてきた。パトリッジはあい変わらず怒っているらしかったし、ジョアナはけげんな顔をしている。私が電話番号を調べていると、彼女はたまりかねたように訊いた。

「いったい何をするつもり、ジェリー」

「その女がぶじに帰ってるかどうか、確かめようと思ってさ」

パトリッジは鼻を鳴らした。ただ鼻を鳴らしただけだった。私は少しも気にとめなかった。

電話をかけると、エルシー・ホーランドがそれに答えた。

「こんな遅く電話してすみません。ぼくはジェリー・バートンです。お宅のお手伝いさんのアグネスは帰ってきているでしょうか」

私は言い終えないうちに、われながらいささかばかげたことをしているような気がした。もしそのお手伝いがぶじにもどってきていたら、私はなぜわざわざ電話してそんなことを訊いたのか説明に困るだろう。もしジョアナに電話してもらったのなら、たとえそれでも多少の説明を要するとしても、私自身で問い合わせるよりはよかったろう。私は見も知らぬアグネス・ウォデルなる女と私とのスキャンダルがリムストックじゅうに広まるのが、目に見えるような気がした。

エルシー・ホーランドの声は不自然ではなかったが、かなり驚いた様子だった。

「アグネスがですか。そりゃもう帰ってきているはずですけど」

私はばかなことをしたと思ったが、さらに念を押してみた。

「恐縮ですが、ほんとうに帰ってきたかどうか確かめていただけませんか、ホーランドさん」

家庭教師には一つの共通した特徴がある。それは、用を言いつけられるとすぐ実行することだ。彼女たちは決して理由を訊き返さない。エルシー・ホーランドもすぐさま受話器をおいて、頼まれたとおりに調べにいったらしい。

二分ばかりして、また彼女の声が聞こえた。

「もしもし、バートンさん」

「はい」

「アグネスはまだもどっておりませんでしたわ」

どうやら私の予感が当たったらしいと思った。

そのとき、何やらべつの人声がして、こんどはシミントン自身が電話に出た。

「もしもし、ああ、バートンさん？　どうしたんです」

「お宅のお手伝いさんのアグネスがまだ帰ってないようですね」

「はあ。さっきホーランドさんが見にいったようですが。どうかしたんでしょうか、事故でも？」

「いいえ、事故じゃないでしょうね」と、私はいった。

「といいますと、あの娘に何か変わったことが起こったのじゃないかと、心配なさってるわけですか」

私は冷酷に答えた。「そんな予感がしたのです」

第八章

1

私はその晩なかなか寝つけなかった。疑惑の断片が脳裏にたえまなく去来したせいだろう。したがって、もし私がそれに心を集中すれば、たちどころに問題を解くことができたかもしれない。そうでなければ、それらの断片がこうも執拗に心に浮かぶはずがなかっただろうから。

人間はいつでもどれだけのことを知っているのだろうか。われわれは案外、自分で知っているよりも多くのことを知っているものだ——と、私は思う。しかし、われわれは意識の底に隠された知識に気づかないでいるのだ。そこまで手が届かないのだ。

私はベッドに横になり、何度も寝返りを打ってみたが、ただ漠然とした疑惑の断片が頭に浮かんで私を苦しめるだけだった。

その奥にあるまとまった知識を、どうかしてつかみたいと思った。あの匿名の手紙を書いたのはだれであるのかを知りたいと思った。どこかにそれに達する道があるはずだが……。

うとうとしかけたとき、ある言葉が私のねぼけた心の中でいらだたしげに躍った。

〝火のないところに煙は立たぬ〟……煙の立っていないところに火はない。煙……煙？煙幕か……いや、それは軍事用語だ。戦争。紙きれ――ただ一枚の紙きれ。ベルギー対ドイツ……。

私はいつのまにか眠りに落ちた。そして、私が猟犬に姿を変えたデイン・カルスロップ夫人に首輪と紐をつけて、散歩に連れている夢を見た。

2

電話のベルで目が覚めた。ベルはしつこく鳴りつづける。

私は起きあがって、時計をのぞいた。七時半だった。まだだれも電話に出ようとする気配がなかった。ベルは階下のホールでいつまでも鳴っている。

私は飛び起きてガウンをひっかけ、小走りに階段を降りた。私よりやや遅れて、パトリッジが台所から奥のドアをあけて駆け出してきた。私は受話器を手に取った。

「もしもし？」

「まあ……！」ほっとして、いまにも泣き出しそうな声だった。「あなたね！」ミーガンだった。しかし、耳を疑りたいほどおびえて、おろおろしていた。「おねがい、きてください！　ぜひ、ね、きてちょうだい！」

「うん、すぐ行こう」私ははじかれたように答えた。「すぐ行くよ。わかった？」

そして、階段を二段ずつ飛び越えながら登って、ジョアナの部屋に躍り込んだ。

「おい、ジョー、すぐシミントンの家へ出かけるぞ！」

ジョアナは巻き毛の金髪の頭を枕から上げて、子供のように目をこすった。

「えっ——どうしたの」

「どうしたのか知らんけどね、あの子が——ミーガンが——電話できてくれというんだ。重大なことらしい」

「どんなことだと思う？」

「ぼくの勘がまちがっていなければ、あのアグネスという女に関係したことだよ、きっと」

私がまた部屋を飛び出していこうとすると、ジョアナが呼び止めた。

「待って。あたしも起きて、運転するわ」

「いいよ、ぼくが自分で運転するから」

「まだ車を運転できないわよ」

「いや、できるさ」

私はそうした。ちょっとつらかったが、大したこともなかった。顔を洗い、ひげを剃り、服を着替え、車を車庫から出して、三十分後にはシミントン家へ向かった。思ったよりうまく運転できた。

ミーガンは私のくるのを見張っていたのだろう。車が着くと、家から駆け出してきて私にしがみついた。顔が青ざめ、恐怖に歪んでいた。

「きてくれたのね――きてくれたのね！」

「さ、顔を上げて。何かあったのかい」

彼女の体がぶるぶる震えた。私は彼女を抱いた。

「あたし――彼女を見つけたの」

「アグネスを？　どこで？」

体の震えがいっそうはげしくなった。

「階段の下で。そこに戸棚があるのよ。釣竿やゴルフ・クラブや、いろんなものを入れているところなんだけど、知ってるでしょ」

私はうなずいた。普通の戸棚だった。

ミーガンは話をつづけた。

「彼女はそこにいたの――体をちぢめて――冷たくなって――そこで死んでたのよ！」

私は不審に思ってたずねた。「きみはどうしてそんなところをのぞいたの」

「あのね――あなたがゆうべ電話をよこしたでしょ？　で、アグネスはいったいどうしたんだろうって、みんなが心配しはじめたのよ。そしてしばらく待ってたんだけど、それでも帰ってこないもんだから、みんな寝ちゃったわけなの。でも、あたしはよく眠れなかったので、今朝早く起きたのよ。まだローズが（ほら、コックのね）、一人起きてるだけだったわ。ローズはアグネスが帰ってこないので、ぷりぷりしてるの。前にもどこかよその家に勤めていたころ、そんなふうにしてどろんしちゃったお手伝いさんがいたんですって。それから、あたしが台所でパンを食べてると、ローズが首をかしげながらやってきて、アグネスの外出用の持ち物がそのまま部屋にあるっていうのね。あたし、おかしいなと思ったの——彼女はほんとに外出したのだろうか？　そんなふうに思って、家の中を少し探しはじめ、なんの気なしに階段の下の戸棚をあけてみると——彼女はそこで死んでたのよ」

「だれかが警察へ電話したろうね」

「そう。いまきてるわ。お父さんがすぐ電話したのよ。あたし、それから——たまらなくなっちゃって、あなたに電話したのだけど、迷惑だったかしら」

「いや、ちっとも」

私はまた不審に思いながら彼女を見つめた。

「きみが彼女の死体を発見した後で、だれもきみにブランデーか濃いコーヒーか紅茶を飲ませてくれなかったの」

ミーガンは首を振った。

私はシミントン家の人々に反感をおぼえた。あの能なしで気取り屋のシミントンは、警察に電話することしか思いつかなかったものらしい。エルシー・ホーランドもコックも、感じやすい少女が悽惨な死体を発見したらどんなに強いショックを受けるか、考えてもみなかったのだろう。

「じゃ、いっしょに台所へ行こう」

私たちは裏口から台所へ入った。ぶくぶく肥った四十がらみの女が、火のそばで濃い紅茶を飲んでいた。ローズだった。彼女は私たちを迎え入れてから、手を胸にあてながら滔々《とうとう》としゃべりまくった。

胸の動悸が静まらなくていまにも息がとまりそうだと、彼女はぬけぬけといった。まかりまちがったら、自分が寝ているあいだに殺されたかもしれないと思うと、気絶しそうだともいった。

「そんなおしゃべりをしていないで、早くミーガンに濃いお茶を飲ませてあげなさい」と、私は注意した。「かわいそうじゃないか。死体を見つけたのは、彼女なんだよ」

死体と聞いただけでローズはまたわめきたてそうになったが、私はきびしい目で彼女を黙らせた。彼女はまるでインクを溶かしたような色のお茶をカップに注いだ。

「さあ、これを飲みなさい」と、私はミーガンにすすめた。「ブランデーはないの、ローズ」

ローズはおぼつかなげな口調で、クリスマスのプディングに使った残りが少しあるかもしれないと答えた。

「それで結構だよ」私はそれを受け取って、ミーガンの茶碗に一滴落としてやった。ローズが、よく気がついたものだといわんばかりの目で私を見た。

私はミーガンに、ローズといっしょにいるようにといった。

「ミーガンを頼むよ」と、私がローズに念を押すと、彼女はかしこまって答えた。「はい、だいじょうぶでございます」

私は奥へ行った。私の見た目にまちがいなければ、ローズはその性格から推して、まもなく元気を回復するために軽い食事をしたくなるだろうし、それはミーガンのためにもいいだろう。この家の連中はまったくどうかしてる。たかだか一人の娘の面倒さえみれないとは、どうしたことだろう。

私はひそかに憤慨しながら小走りにホールへ出たとき、エルシー・ホーランドとばったり出会った。彼女は私を見ても、べつに驚いた様子がなかった。恐ろしい発見をしたその興奮のあまり、だれ彼の見分けがつかなくなったのだろうかと、私は思っていた。

玄関に巡査のバート・ランドルが立っていた。

エルシー・ホーランドがあえぐような声でいった。

「大変なことになりましたわ、バートンさん。犯人はだれか知らないけど、こんな恐ろしいことを、よくもやれるもんですね！」

「すると、他殺ですか」

「ええ、そうですとも。後頭部を殴りつけられているんですの。髪から何からぜんぶ血だらけ――ああ、ぞっとしますわ――あの戸棚の中が血だまりになってるんですよ。ひどいことをするもんですね。なぜこんなことをしたんでしょう。アグネスは他人に恨まれるようなことなんか一度もしてないはずですけどね」

「いや、そんなことを平気でやれるようなやつがいるんですよ」と、私はいった。

彼女は目を丸くして私を見つめた。あまり利発な女じゃなさそうだと、私は思った。しかし、度胸はいいのだろう。顔色が興奮してやや赤味を帯びていたが、ふだんとほとんど変わりなかった。気立てはやさしくても、彼女はぞっとするほど非情な目で死を眺めながら、このドラマを楽しんでいるのかもしれないと、私は思ってみた。

彼女は言いわけした。「わたくし、子供たちを見に、二階へ行かなきゃなりませんので、失礼しますわ。子供たちがショックを受けるんじゃないかと、シミントンさんがとても心配しておりますの。で、子供たちを近づけないようにといわれておりますので」

「ミーガンが死体を発見したそうですね」と、私はいった。「だれかが彼女の面倒をみているんでしょうね」

エルシー・ホーランドのためにあえて弁護すれば、彼女は良心の呵責を感じたようだった。

「あら、すっかり忘れていました。あの子はどうしてるかしら。警察の人たちやいろんな用事に追い立てられていて、あの子のことを忘れていましたけど、でも、これはわたくしの不注意でしたわ。かわいそうに、きっと気分が悪くて苦しんでるでしょう。これからすぐあの子を探して、面倒をみてあげます」

私はつい同情を誘われた。

「いや、ローズに世話を頼んでおいたから、だいじょうぶでしょう。あなたは二階の子供たちの面倒をみてあげなさい」

彼女は白い大きな歯を見せて私に礼をいい、急いで階段を登っていった。しょせんあの男の子供たちの世話をするのが彼女の仕事であって、ミーガンの面倒は、だれの仕事でもなかった。とにかく、エルシーはシミントンのがきどもの世話をするために、給料をもらっているのだ。彼女がそうしているからといって、非難されるべきではなかろう。

彼女が階段の角を急いで曲がったとき、私ははっと息を呑んだ。その瞬間私の目をかすめたのは、誠実な家庭教師の姿ではなくて、信じられぬほど美しい、不死身の勝利の女神の像だった。

そのとき、近くのドアが開いて、ナッシュ警視につづいてシミントンがホールへ出てきた。

「やあ、バートンさん」と、ナッシュ警視がいった。「あなたにお電話しようと思っていたところでしたよ。ちょうどいいときにいらっしゃって、よかった」

彼は私がなぜここへきたのかを訊こうとしなかった。

彼はシミントンをふり返っていった。

「この部屋を使わしていただけませんか」

そこは家の正面側に窓のある小さな朝の居間だった。

「ええ、どうぞ」

シミントンは落ち着き払っていたが、ひどく疲れている様子だった。ナッシュ警視はおだやかにいった。

「わたしがあなたなら、少し朝食をとるところですがね。あなたも、ホーランドさんも、ミーガンさんも、コーヒーや卵とベーコンでも食べるとずっと気分がよくなるでしょう。

殺人事件というやつは、すきっ腹にこたえますからな」

気さくなホーム・ドクターのような口ぶりだった。

シミントンはかろうじて微笑を浮かべた。

「ありがとうございます。ご忠告に従いましょう」

私はナッシュについて小さな朝の居間に入った。彼がドアを閉めた。

「ずいぶん早くいらっしゃいましたね。どこからお聞きになったんです」

私はミーガンが電話をかけてよこしたことを告げた。ナッシュ警視に対して、私は好感を抱いていた。警視がミーガンに思いやりを示し、朝食を食べさせる必要があると注意するのを忘れなかったせいでもあろう。

「聞くところによると、あなたは昨夜あの女のことを電話で問い合わせたそうですが、どうしてそんなことをなさったのですか」

警視がそれを変に思うのも無理はなかろうと、私は思った。そして、アグネスがパトリッジに電話をかけてよこしながら、訪ねてこなかったいきさつを説明した。

「ははあ、なるほど……」彼はあごをさすりながら、考えこんだ。

まもなくため息をついて言った。

「こんどの事件は明らかに他殺なんです。致命的な外傷を受けていますから。問題は、あの女が何を知っていたのかということなんですよ。彼女はそのパトリッジという人に、何か洩らしたのでしょうかね。何か重大なことを」

「さあ、そうは思いませんが、彼女に訊いてごらんになったらいかがです」

「ええ、ここを終えたら、お宅にお邪魔して彼女に会おうと思っております」

「なぜ殺されたのでしょう」と、私はいった。「まだなんにもわかっていらっしゃらないのでしょうか」

「確実なことはまだほとんど何もつかんでいません。昨日はお手伝いたちの外出日で――」

「二人ともですね？」

「ええ。この家のお手伝いたちはいつもいっしょに外出したがるので、シミントン夫人はそうしていたらしいのですよ。で、あの二人のお手伝いにかわってからも、そのとおりにしたわけです。その日の夕食は、彼女らが家を出る前に作って食堂におき、ホーランドさんがお茶を沸かす役になっていたそうです」

「なるほど」

「その間の事情はかなりはっきりわかっています。コック係のローズはニーザー・ミックフォードからきているので、そこへ日帰りで行くには、二時半のバスに乗らなければならないわけなんです。で、アグネスはいつも昼食の後片づけをし、その代わりローズは夕食の皿洗いをするというふうに、公平に仕事を分担しておったそうです。

そして、昨日もやはりそうしたわけです。ローズはバスに乗るために二時二十五分に家を出、シミントン氏は二時三十五分ごろ事務所へ出かけました。それから、エルシー・ホーランドと子供たちは二時四十五分ごろ散歩に出ましたし、ミーガン・ハンターはそれから五分ばかり遅れて、自転車で遊びに出かけたそうです。したがって、アグネスはこの家にただひとり残ったわけですよ。わたしが聞いたところでは、彼女はこれまでたいがい三時から三時半のあいだに家を出ていたらしいですがね」

「家をからっぽにしてですか」

「はい。この町の人は、そんなことをぜんぜん気にしませんからね。鍵だってろくすっぽかけませんよ。ところで、いまお話ししたように、アグネスは三時十分前にひとりになったわけですが、それから外へ出なかったことは明らかです。死体が発見されたときに、彼女はまだエプロンをつけて帽子をかぶっていましたから」

「おおよその死亡時刻はわかっていらっしゃるんでしょう」

「グリフィス博士はなかなか慎重でしてね。二時から四時半までのあいだという意見でした」

「殺した方法は？」

「まず、彼女の後頭部に一撃くらわして卒倒させてから、台所で使う普通の焼串の尖った先で、頭蓋骨の下部を突き刺したのです。ま、即死でしょうな」

私はタバコに火をつけた。想像するだに寒気がした。

「残酷なやり方ですね」と、私がいった。

「ええ、まったくです」

私はため息が出た。

「だれでしょう。なぜ殺したのでしょう」と、たたみかけて訊いた。

「さあ、正確にはわかりかねますが、しかし、だいたいの見当はつきます」

「彼女が何かを知っていた、ということですか」

「そう、彼女は何かを知っていたわけです」

「それをこの家のだれにも洩らさなかったのでしょうか」

「わたしが調べた範囲では、なんにもいっていないですね。コックの話によりますと、シミントン夫人が死んでから、彼女の様子が変だったというんですが。日増しにはげしく思い悩むようになり、どうしたらいいだろうと、しょっちゅう口走っていたそうです」

彼は腹立たしげなため息をついた。

「いつもこうなんですよ。決してわれわれに連絡しようとしないんです。警察とかかわりたくないという根強い偏見を持ってるんですな。もし彼女がやってきて、われわれにその心配ごとを打ち明けてくれたら、殺されずにすんだろうと思うんですがね」

「彼女はもう一人のお手伝いにも、それをいわなかったのでしょうか」

「ええ。ローズは聞かなかったといっています。おそらく、それは事実でしょう。もしローズがそれを聞いていたら、あの女のことだから、きっとそれに輪をかけてしゃべりまくったでしょうが」

「弱りましたね」と、私。

「しかし、だいたいの想像はつきますよ。つまり、はじめのうちはそうはっきりしたものでなかったけれども、考えれば考えるほど、だんだん不安になってくる——といったようなものだったろうと思うんです。わかりますか」

「はい」

「で、それがどんなことであったのか——おそらくわたしの推察が当たってるだろうと思います……」

私は感嘆の目で彼を見つめた。

「よくおわかりになりましたね、警視さん」

「いや、じつはあなたの知らないことを、わたしは知ってるのです。シミントン夫人の自殺したあの午後に、お手伝いたちは二人とも外出していたと考えられていますが――彼女たちの外出日でしたから――ですが、じっさいはアグネスがあとで家へもどってきたのです」

「ほう？　それは確かなんですね」

「ええ。アグネスはボーイ・フレンドがいましてね――レンデルという魚屋の小僧ですが。水曜日は店が早じまいなので、彼はいつも店が終わってからアグネスに会いにきて、いっしょに散歩したり、雨の日は映画を見たりしていました。で、あの水曜日ですが、彼らは会ってからまもなく喧嘩をおっぱじめちゃったんですよ。じつはその前に、例の手紙の主は二人の関係に目をつけましてね。アグネスはほかにも愛人がいるといったような意味の手紙をフレッド・レンデルに送ったために、それを読んだ彼は内心おだやかでなかったわけなんです。で、二人はそのことではげしくやりあい、とうとうアグネスは怒って家へ帰り、フレッドが謝らなければいっしょに行かないといったらしいんですな」

「ほう？」

「ところで、バートンさん、この家の台所は裏庭に面していますが、食器室はわたしたちがいま見ている方に窓があります。それに、この家は表門しかありません。ですから、この家へ入るにはかならずそこを通り、そこから玄関へ行くか、あるいは家のすぐ横の小道を回って裏口へ行くかするわけです」

彼はしばらく間をおいた。

「さて、これからが大事なところなんですが、じつはあの午後にシミントン夫人が受け取った手紙は、郵便で配達されたものではなかったのです。あれは、スタンプを押してある古い切手を貼りつけて、封筒の部分は墨でうまくごまかし、午後の郵便で配達されたように見せかけたものなんです。したがって、あれは郵便局の手を経ていないわけですね。と、どういうことになるか、おわかりでしょう」

私はゆっくり答えた。「ほかの郵便物といっしょになるように、午後の配達のちょっと前に郵便箱へ直接ほうりこまれたわけでしょう」

「そのとおりです。午後の配達は、だいたい四時十五分前ごろなんです。で、わたしの想像では、こんなふうになったのじゃないかと思うんです。つまり、彼女はボーイ・フレンドが謝りにくるのを心待ちにしながら、食器室の窓から表の方を見ていた（あの窓は灌木にさえぎられていますけど、それでもよく見えるんです）」

「すると、彼女はあの匿名の手紙を持ってきた人を、見たわけですね」

「そう、そうだろうと思います。もちろん、まちがっているかもしれませんがね」

「なるほど……そうですよ、絶対そうですとも。そうだとすると、アグネスはあの匿名の手紙を書いたのがだれであるかわかったことになりますね」

「ええ」

「しかし、それなら彼女はなぜ――」

私は眉をしかめて言葉を切った。

ナッシュがすぐそれに答えた。

「彼女は自分の見たものが何を意味するのか、わからなかったんだろうと思います。その当座はね。ある人がこの家に手紙を投げこんでいったのを見たわけですが、しかし、おそらくその人は、匿名の手紙と結びつけて考えられるような人ではなかったのでしょうな。そんなことにはおよそ縁遠い、まったく疑惑をかける余地のないような人だったわけです。

彼女はしかし、後でそれをよく考えれば考えるほど、いっそう不安になってきたのです。そして、だれかにそれを話した方がいいんじゃないかと考え迷ったすえ、頭に浮かんだのはエミリー・バートンの家のお手伝いのパトリッジだったわけでしょう。アグネスにとっては、彼女はもっとも信頼のおける相談相手であり、いつも彼女の判断に従っていたのです。で、結局、どうしたらいいかをパトリッジに訊いてみることにきめたわけです」

「なるほど」私は考えながらいった。「そういうことだったんですね……。ところが、どういうわけか、その匿名の手紙の筆者に勘づかれてしまった。しかし、どうして勘づかれたのでしょうね、警視さん」

「あなたはこういう田舎の生活に慣れていらっしゃらないようですが、噂のひろまり方といったら、それはもう、驚くほど早いんですよ。何よりもまず例の電話があります。アグネスが電話をかけてきたとき、それに出たのはだれでした」

私は昨日の朝のことを思い返してみた。

「ぼくが最初電話に出て、それから、二階にいたパトリッジを呼びました」

「相手の女の名前をいって？」

「はい、そうです」

「そばで、だれか聞いていませんでしたか」

「ぼくの妹か、エメ・グリフィスが聞いていたかもしれません」

「ほう、エメ・グリフィスが？　彼女はどんな用事でお宅に行っていたのですか」

私は説明した。

「彼女はまっすぐ家へ帰ったようでしたか」

「いや、それからパイ氏の家に寄るといってました」

ナッシュ警視はため息を吐いた。

「結局その二人の口からその情報が町じゅうにひろまってしまったのでしょうな」

私は信じきれなかった。

「エメ・グリフィスやパイ氏が、そんなくだらない話をわざわざ言いふらしてまわったのでしょうか」

「こんなところでは、どんなことでもニュースになるのです。それはもう驚くほどですよ。たとえば仕立屋のおかみが手にたこを作ったというような話でさえ、みんなが珍しがって聞くのですからな！　しかもそのときに、こっちの家でもだれかに立ち聞きされていたかもしれないのですよ。ホーランドさんか、ローズか。それに、フレッド・レンデルの口も考えなくちゃなりません。アグネスがあの日の午後家へ帰っていたということが、彼の口から言いふらされたかもしれないのです」

私はかすかに身震いしながら、ふと窓から外を眺めた。前方にきれいに手入れされた芝生と小道と低いこぢんまりした門が見える。

だれかがあの門をあけ、何くわぬ顔で家の方へやってきて、郵便箱に手紙をほうりこんでいったのだ。私はぼんやりその女の姿を思い浮かべた。顔がぼやけて見えなかった——が、それは私の知っている顔にちがいなかった。

ナッシュ警視が話をつづけた。

「しかし、これでだいぶ網がせばまりましたよ。われわれはいつもこんなふうにして犯人をつかむのです。着実な、辛抱強い消去法です。網の中にはもう、そうたくさんの人はいませんよ」

「と、いいますと？」

「昨日の午後ずっと勤め先で働いていた女事務員たちを除くことができます。校長さんもね。彼女は授業をしていましたから。それに地区の看護婦も。昨日彼女がどこにいたかを、わたしが知ってますから。といっても、べつに彼女たちに嫌疑をかけていたわけじゃありませんがね——しかし、これではっきりしたわけです。ところで、わたしたちが焦点を合わすべき決定的な時刻は、これで二つになりましたね——昨日の午後と、一週間前のそれと。そしてシミントン夫人の死んだ日は、おおよそのところ、三時十五分から——（これはアグネスがいったん外出して、喧嘩をしてから家へもどってくるまでの時間を最小限に見積った時刻ですが）——郵便が配達されたと考えられる四時までということになります(しかし、郵便配達員に確かめたら、もっと正確にきめることができるでしょう)。それから昨日は、三時十分前から——(これはミス・ミーガン・ハンターが家を出た時刻ですが)——三時半まで。あるいは、アグネスがまだ服を着替えていないことから推して、三時十五分ごろまでとすることができるかもしれません」

「で、昨日はどんなことが起きたのでしょうか」

ナッシュは顔をしかめた。

「そうですな……。ま、一人の女が玄関へやってきてベルを鳴らし、落ち着き払ってにこやかな微笑を浮かべながら、午後の訪問客といった顔でたずねたでしょうな。ホーランドさんは在宅ですかとか、ミーガンはいませんかとかいってね。もしかしたら、何かの包みを持ってきたかもしれませんな。とにかくアグネスは、名刺受けのお盆を取りにもどるか、その包みを奥へ持っていこうとするかして相手に後ろを見せたその瞬間、そのおしとやかな訪問客は、いきなり彼女の後頭部を殴りつけたわけでしょう」

「何で?」

「このあたりのご婦人連は、たいがい大きなハンドバッグを持って歩いてますからね。中に何が入っていたか、知りませんけど」

「すると、彼女の後頭部を殴りつけてから、彼女を戸棚へつめこんだわけですね。しかしそれは、女にとっちゃかなり骨の折れる仕事じゃないでしょうか」

ナッシュ警視は目にちょっと奇妙な表情を浮かべた。

「われわれの追っている女は、正常な人間じゃありません——かなり異常なんです。精神異常者というやつは、驚くべき力をふるうものです。おまけにアグネスは体格のいい方じゃありませんしね」

彼は間をおいてたずねた。「しかし、ミーガン・ハンターはなぜ戸棚なんかのぞいたんでしょうね」

「なんの気なしにのぞいたらしいですよ」と、私が答えた。

それから、逆に私が質問した。「犯人はなぜアグネスを戸棚へひきずりこんだのでしょうかね。何かの役に立つからこそ、そうしたのだろうと思いますけど」

「死体の発見が遅れれば遅れるほど、死亡時刻を正確に判断するのが難しくなってくるわけです。たとえば、もしホーランドさんが帰ってきた直後に死体を発見していたら、医者は十分ぐらいの幅しかおかずにその時刻を推定することができたでしょう——犯人にとっては、はなはだ具合の悪いことになるわけです」

私は眉を寄せながらさらにたずねた。

「しかし、もしアグネスがその人に疑惑を抱いていたのなら——」

ナッシュは私をさえぎった。

「いや、彼女は疑惑といえるほどのものは感じていなかったのです。ただ、〝変だな〟と思っただけなんですよ。きっと頭の鈍い女だったろうと思います。なんとなくおかしいという程度の、漠然とした気持ちだったわけですね。だからこそ彼女は、相手の女が自分を殺そうとしていることに勘づかなかったのでしょう」

「あなたはこうなることを予測していましたか」と、私はたずねた。

ナッシュは首を振り、感情をこめていった。

「当然予測すべきだったのですがね……。結局あの自殺事件が、匿名の筆者をびっくりさせたのでしょうな。恐怖に襲われたわけですよ。しかし、恐怖というやつは、バートンさん、なかなか予測しがたいものなんです」

「恐怖、そうです、それを予想しなかったのがいけなかったんですね。恐怖——それがおかしくなった頭脳の中にたたきこまれたら……」

「しかもですよ」と、ナッシュ警視はいった。彼のつぎの言葉は、この事件がきわめて恐るべきものであることを物語っているようだった。「われわれが問題にしているその人は、みんなから尊敬され、重んじられ——そして、相当な社会的地位にある人物にちがいありません!」

3

やがてナッシュは、もう一度ローズに会ってみようといった。私は遠慮がちに、いっしょについていってもいいかとたずねたが、驚いたことに、彼は喜んで賛成した。

「あなたに協力していただけるのは、たいへん嬉しい」

「おやおや、こいつはちょっと怪しいな。小説ですと、刑事がだれかの協力を歓迎するときは、その相手は犯人である場合が多いようですからね」

ナッシュは軽く笑った。「あなたはどう見ても、匿名の手紙を書くようなタイプの人じゃありませんよ」

彼はさらにつけ加えた。「率直にいって、あなたはきっとわたしたちの役に立つでしょう」

「それを聞いてほっとしました。しかし、どうしてぼくがお役に立てるんでしょうか」

「あなたはこの土地の人じゃないからです。この土地の人々に対する先入観がない上に、いわば社交的な面から情報をとれる機会に恵まれているわけなんです」

「犯人は相当な社会的地位のある人物だからですね」

「そうです」

「スパイになって方々の家へ出入りするわけですか」

「何か反対する理由がありますか」

私は思案した。

「いや、何もありません。善良な女性を自殺させたり、若いお手伝いの頭を殴りつけて殺すような危険な気ちがいを捕まえるためなら、ちょっと卑劣な仕事をやるぐらいのことはなんでもありませんよ」

「よくおっしゃってくださいました。ところで、ちょっと申しあげておきますが、われわれの探している相手は、かなり危険なんですよ。ガラガラ蛇やコブラや黒マンバみたいに、いつ咬みつくかわかりません」

私は思わず身震いした。

「それならなおさら、早く解決する必要がありますね」

「そのとおりです。しかし、われわれは怠けていたわけじゃありません。いくつかの線をたどりながら、捜査をつづけているのです」

広く張りつめた細かい蜘蛛の巣の幻想が私の脳裏をかすめた。

ナッシュが私にもう一度ローズの話を聞いてみたいといったのは、彼女がこの事件についてすでに二つの異なる説明をしていたので、さらに問いただせば、また違った説明が得られて、そこからいくつかの事実を抽き出せそうだからだと、彼はいった。

ローズは朝食の後片づけをしていたが、私たちの姿を見るとすぐそれをやめ、目を丸くして両手で胸を押さえながら、今朝からずっと胸がどきどきするといった。

ナッシュは辛抱強くしかも威厳のある態度で彼女に接した。最初はやさしく、二度目は高飛車に出たという話だったが、いまはその二つを混ぜ合わせたような態度だった。

ローズはこの一週間アグネスがどんなにおびえつづけていたかを、かなり誇張しながら嬉しそうに語り、たびたび身震いして見せた。そして、彼女が何を恐れていたのかと訊かれると、「それは知りません。もし彼女からそんなことを聞かされたら、あたしまで怖くてたまらなかったでしょう」と、また目を丸くしながら楽しそうに答えた。

「アグネスは何を悩んでいるのか、いわなかったの」

「はい、彼女はただひとりで怖がっていました」

ナッシュ警視はため息をついてその問題の追及をあきらめた。昨日の午後のローズ自身の行動を正確につきとめたことだけで満足しなければならなかった。

おおざっぱにいうと、ローズは二時三十分のバスに乗り、その日の午後を晩まで彼女の自宅で家族たちと共にすごし、ニーザー・ミックフォードを八時四十分に出るバスで帰ってきたという話だった。ローズの説明には、妙な胸さわぎがしたことや、彼女の姉がそれについてどんなふうにいったか、またそのために彼女がせっかく出されたシード・ケーキを一きれも食べないでしまったというような尾ひれがついていた。

私たちは台所を出て、エルシー・ホーランドを探した。彼女は子供たちに教えているところだったが、すぐ立ちあがって子供たちにこういい、いつものとおりの従順さと、すぐれた家庭教師としての能力を見せた。

「じゃ、コリンもブライアンも、この数学の問題を三つやっててね。わたくしがもどってくるまでに、ちゃんと答えを出しておくのですよ、いいですね」

彼女は私たちを子供たちの寝室へ案内した。「ここでよろしゅうございますか。なるべく子供たちの前で話すのを避けた方がいいと思いますので」

「お仕事中にお邪魔して、どうもすみませんな、ホーランドさん。ところで、あらためておたずねしますが、シミントン夫人が亡くなってから昨日までのあいだに、アグネスは何か心配ごとがあるようなことを一度もあなたにいわなかったのですか」

「なんにもいいませんでしたわ。だいたい彼女はとてもおとなしい、口数の少ない人でした」

「すると、もう一人とは正反対だったわけですな！」

「はい、ローズはまた大変なおしゃべりですからね。わたくしもときどきたまりかねて注意することがあるんですけど」

「では、昨日の午後のことをありのままに説明してくださいませんか。思い出せるかぎりのことをぜんぶ」

「はい。わたくしたちはいつものとおり一時ごろ昼食をたべました。子供たちに規律正しい生活をさせる必要があるものですから。それから、シミントンさんはまた事務所へお出かけになり、わたくしはアグネスが夕食の支度をするのを手伝い——その間子供たちはわたくしが散歩に連れ出すまで庭で遊んでいましたわ」

「あなたはどこへ散歩に行ったのです」

「畑の道を通って、エーカー渓谷の方へ行きました——子供たちが釣りをしたいというものですから。で、そのときわたくし、うっかりして餌を忘れて、それを取りに一度もどりました」

「それは何時ごろです」

「わたくしたちが出かけたのは、だいたい三時二十分前——か、それよりちょっと後でした。ミーガンもくることになっていたのですけど、急に行きたくないといって、自転車で遊びに出かけました。あの子は自転車に乗るのがとても好きなんですの」

「わたしが聞いたのは、あなたが餌を取りにもどったのは何時ごろだったのかということです。あなたは家へ入ったわけでしょう」

「いいえ。餌は裏の温室の中においてありましたから。わたくしがもどったのは何時ごろだったかしら——たぶん、三時十分前ぐらいじゃなかったかと思いますわ」

「ミーガンかアグネスに会いましたか」

「ミーガンは出かけてしまっていたんじゃないかと思います。アグネスにも会いませんでした。だれにも会いませんでしたわ」

「それからあなたは釣りに行ったわけですね」

「はい、川に沿って行きました。なんにも釣れませんでした。いつだってほとんど釣れたことがないのですけど、子供たちはそれでも結構楽しいらしいんですの。でも、ブライアンが洋服を濡らしてしまって、帰ってから着替えさせなければなりませんでしたわ」

「あなたは水曜日にはお茶を給仕することになっているんでしょ」

「はい、旦那さまの分は客間に支度してあって、事務所からお帰りになったときにただ沸かしてさしあげればいいだけなんです。子供たちとわたくしは——ミーガンももちろんいっしょですけど——勉強部屋でいただくことになっていますの。わたくし自身のヵップなどはすべて、もちろん、二階の食器棚の中においてあります」

「あなたが帰ってきたのは、何時でした」

「五時十分前でした。わたくしはそれからすぐ子供たちを二階へあげて、お茶の支度をはじめました。それから、五時に旦那さまがお帰りになり、わたくしはお茶をいれるために階下へ行きましたが、勉強部屋でわたくしたちといっしょに飲もうとおっしゃいましてね——子供たちは大喜びでしたわ。その後で、鬼ごっこをして遊んだりしました。いま思うと、ぞっとしますわ——そのあいだあの子は、階下の戸棚の中に殺されてほうりこまれていたのですものね」

「あの戸棚はふだん使っていたのですか」

「いいえ、あれはがらくたを入れておくのに使うだけでしたから。帽子やコートなどは、玄関を入って右手にある小さな衣裳棚におくようになっておりました。ですから、あの戸棚はもう何カ月もあけたことがなかったろうと思いますわ」

「なるほど。で、あなたが家へ帰ったときは、べつに変な感じがしなかったのですね。なんにも気づかなかったのですか」

青い目が大きく見開かれた。

「ええ、ふだんと変わりありませんでしたわ。ですから、なんにも知らずにいたのですけど、考えるとほんとにぞっとします」

「話は違いますが、先週はどうでした」

「先週といいますと、奥さまの……？」

「そうです」

「あのときは、ほんとにびっくりしました――あんな恐ろしいことって、わたくし――」

「ええ、それはわかっておりますが、あなたはあの日の午後も外へ出ていたんでしたね」

「はい、午後は毎日――天気さえよければ、子供たちを連れて出ることにしていますから。勉強は午前中にすませることになっているんですの。あの日は、わたくしたちは狩猟場の方へ出かけました――かなり遠くまで行きましたわ。家へ帰って門を入りかけたとき、事務所から帰っていらっしゃる旦那さまの姿が道路の向こう端に見えましたから、帰りが遅くなりすぎたと思ってあわてました。湯沸しをかけたりしなければならないものですから。でも、まだ五時十分前でしたわ」

「あなたはシミントン夫人の部屋へ行かなかったのですね」

「はい、ぜんぜん行きませんでした。奥さまはたいがい昼食後はおやすみになっていました。神経痛の持病があって、よく食事をした後などにその発作が起こるのです。で、グリフィス先生からお薬をいただいておりました。ですから、昼食後はたいがい横になって、一眠りなさっていたようですわ」

ナッシュはなにげない口調でいった。

「すると、だれも郵便物を彼女の部屋まで持っていってやらなかったわけですな」

「午後配達になったものをですか？　さあ、たいがいわたくしが散歩から帰ってきたときに郵便箱をのぞいて、お手紙などはホールのテーブルにおいておくようにしていたのですけど、でも、奥さまがご自分で降りてきてお取りになることもよくございました。奥さまは午後ずっとおやすみになっているわけでなく、いつも四時ごろには起きていらっしゃるようでしたわ」

「あの日の午後にかぎって起きてこないのを、あなたは変に思わなかったのですか」

「いいえ、まさかあんなことになろうとは夢にも思いませんでしたもの。でも、旦那さまはホールでコートをお脱ぎになっているとき、わたくしが、〝もう少しでお湯が沸きますから、しばらくお待ちください〟と申しあげたら、うなずいてから、〝モナ、モナ!〟と奥さまをお呼びになったんですの。しかし、返事がないので、旦那さまは二階へあがっていらっしゃいました。びっくりなさっただろうと思います。まもなくわたしをお呼びになったので急いで行きましたら、〝子供たちを近づけないようにしてくれ〟といわれ、それから旦那さまはすぐグリフィス先生に電話をおかけになりました。わたくしはもう湯沸しを火にかけていることなどすっかり忘れてしまって、まっ黒焦げにしちゃったんですよ! ほんとにびっくりしてしまいましたわ。昼食のときはあんなに楽しそうにしていらっしゃったんですのに!」

ナッシュがだしぬけに訊いた。「奥さんの受け取った手紙について、あなたはどう思います、ホーランドさん」

エルシー・ホーランドは怒ったような調子でいった。

「いたずらにしてはあんまりひどいと思いますわ――悪質すぎます!」

「ええ、それはそうですが、わたしの質問の意味はそういうことじゃなくて、あなたがそれをほんとうだと思うかどうかと訊いているのです」

エルシー・ホーランドははっきり断言した。

「いいえ、でたらめですよ。奥さまはとても感じやすい――神経の細いかたでした。どんなことにも神経を使うのです。それに、とても……潔癖なかたでしたわ」エルシー・

ホーランドの顔が赤らんだ。「あんな——あんなみだらなことを書かれたら、きっとたいへんなショックだっただろうと思いますわ」

ナッシュはしばらく間をおいてから、さらに質問をつづけた。

「ホーランドさん、あなた自身はどうなんです——ああいう手紙を受け取ったことがありましたか」

「いいえ、とんでもございません。そんなものは一通もまいりませんわ」

「ほんとですか。いやいや——」彼は手をあげて制してから——「そうあわててお答えにならないで。あんなものを受け取るのは不愉快ですし、自分のところへきたことを認めるのが嫌いな人もいるでしょう。しかしこんどの事件は、われわれにそれを知らせていただくことが非常に大事なんです。もちろん手紙の内容がひどいでたらめだということは、わたしもよく承知していますから、気にかける必要はございませんよ」

「でも、わたくしは受け取っておりません。ほんとです。そうしたものは、一通もまいりませんでしたわ」

彼女はいまにも泣き出さんばかりに怒っていたし、受け取らなかったというのはほんとうのように見えた。

彼女が子供たちの方へもどっていくと、ナッシュは立って窓の外を眺めた。

「さて、どういうことだろう……手紙を受け取っていないとは……。彼女は嘘をいっているようじゃなかったですな」

「たしかに彼女は受け取っていないと思います」

「すると、どうなりますかな。よりによって彼女が受け取っていないというのは、いったいどういうことです」

彼は私をふり返って、ややいらだたしげに訊き直した。

「彼女はきれいですな」

「ええ、美人です」

「そう。きわだった美貌の持ち主で、しかも若い。つまり、匿名の手紙の筆者の餌になるのがむしろ当然とも思えるような女性です。それなのに、彼女はなぜ除外されたのでしょうかな」

私は首を振った。

「これは面白い問題ですよ。ぜひグレイヴズに知らせなきゃ。彼はほんとうに手紙を受け取っていない人がいたら知らせてくれといってましたからね」

「彼女は二人目ですね」と、私がいった。「エミリー・バートンがいますから」

ナッシュはちょっと苦笑した。

「バートンさん、人の話をむやみに信用しちゃいけませんよ。ミス・バートンは受け取っていますよ――それも、一度だけじゃないのです」

「どうしてそれを知っていらっしゃるんです」

「彼女が間借りしている家のおかみさんがわたしにいったのです――前に彼女の家のお手伝いをしていた女です。フロレンス・エルフォード。彼女はかんかんになって怒ってましたよ。書いたやつがわかったらぶち殺してやると、それはもうたいへんな剣幕でした」

「すると、エミリー・バートンはなぜ、そんな手紙をもらったことはないなんていったのですかね」

「お上品だからですよ。なにしろあの手紙の文句はえげつないですからね。ミス・バートンはそんな背徳的なことにはいっさい顔をそむけて暮らしてきた人なんです」

「その手紙には、どんなことが書いてあったのですか」

「例の調子ですよ。彼女の場合もまったくのでたらめでしてね。彼女の年老いた母親や姉さんたちを毒殺したというのです！」

私はたまりかねていった。

「危険な気ちがいがのさばっているのに、われわれはそいつを見つけることができないなんて――」

「いや、いずれは見つけますよ」と、ナッシュはきっぱりといった。「いずれそいつは、調子に乗って一通だけ余計な手紙を書くでしょうから」

「しかし、こうなると、もう書かないかもしれませんよ」

彼は私をじっと見つめた。

「いや、かならず書きます。書かずにおれないのです。もはや病みつきになってるのですよ。手紙はこれからもつづくでしょう――まちがいありません」

第九章

1

シミントンの家を出るまぎわに、庭でミーガンに出会った。彼女はもうすっかり元気を取りもどしたらしい。快活な調子で私に声をかけた。

またしばらく私たちの家へ泊まりにこないかと、私は誘ってみたが、彼女はちょっとためらってから首を振った。

「ありがとう——でも、あたし、やはりここにいるわ。ここがあたしの家なんですもの。それに、ここにいれば、あの子たちの面倒もみてやれるでしょう」

「そうかい。いや、きみの好きなとおりにしていいんだ」

「じゃ、あたしはここにいるわ。でも、もし——」

「なんだい？」と、私がうながした。

「もし何か恐ろしいことが起きたら、すぐにあなたに電話するわ。そしたら、きてちょうだいね」

私は嬉しかった。「もちろん、すぐ飛んでくるさ。だけど、そんなことをいって、また何か恐ろしいことが起こりそうな気がするのかい」

「いいえ、そんなわけじゃないけど」彼女はおぼつかなげな顔になった。「でも、こうなると、そんなふうにも思いたくなるわ」

「それはそうかもしれんけど、死体を探し回るのだけはもうよしてくれよ！　あんまりほめた話じゃないからね」

彼女はちょっと微笑を洩らした。

「そうね。ほんとに怖かったわ」

私は彼女をここに残して行きたくなかったが、彼女のいうとおり、ここが彼女の家なのだし、それにエルシー・ホーランドも、いまは前よりも彼女を大事にしてくれそうな気がした。

ナッシュは私といっしょにリトル・ファーズへきた。そして、私がジョアナに今朝の出来事を説明しているあいだに、ナッシュはパトリッジと渡り合った。しかし、彼はやがてがっかりした顔でもどってきた。

「あまり役に立たなかったですよ。彼女の話によると、アグネスは心配ごとがあって、どうしたらいいのかわからないので、彼女に相談したいといっただけだというのです」

「パトリッジはそれをだれかにしゃべったんじゃないですか」と、ジョアナがいった。

ナッシュは渋い顔でうなずいた。

「ええ、エモリー夫人に――通いのお手伝いをやっている女ですが――こんなふうにしゃべったらしいんですよ。つまり、アグネスは若いに似合わず年上の助言を聞いて、決して自分勝手なふるまいをしない感心な娘で、利口なたちではないかもしれないけれども、礼儀作法をよく心得ているというようなことを」

「パトリッジにしてみれば、得意だったのでしょうけど」と、ジョアナがいった。「エモリー夫人はそれを町じゅうに言いふらしたのかもしれませんね」

「そのとおりなんです」

「どうも腑に落ちないんですが」と、私がいった。「なぜ妹やぼくにまで匿名の手紙が舞いこんだのでしょうか。ぼくたちはこの土地の者じゃないし――だれからも恨みを買ったおぼえがないんですけどね」

「あなたは匿名の筆者の心理をよくわかっていらっしゃらないようですが、要するに八つ当たりなんですよ。恨みがあるとすれば、それはいわば人間に対するものなんです」

「デイン・カルスロップ夫人もそのようなことをいってたんじゃなかったかしら」と、ジョアナがいった。

ナッシュは問いかけるような目でジョアナを見たが、彼女は説明を加えなかった。彼はいった。

「お嬢さん、もしあなたが受け取った手紙の封筒をようくごらんになっていたらお気づきになっただろうと思いますが、あの宛名ははじめミス・バートン（Miss. Barton）になっていたのです。つまり、エミリー・バートンにあてたものなんですな。ところがそのaを後で、uに変えて、Miss. Burton つまり、あなたあてにしたわけなんです」

これは、もし適切な解釈を補って説明されれば、おそらく事件全体を解く重要な手がかりになっただろう。しかし、私たちのだれもその意味に気づかなかった。

ナッシュが帰っていき、私とジョアナが二人きりになったとき、彼女はじっさいその問題に触れたのだった。「兄さんは、あの手紙はほんとにエミリー・バートンへ送ろうとしたものだったと思う？」

「さあ、どうかな。もしそうなら、〝やい、淫売婦〟などという書き出しはしないだろうね」と、私は指摘した。ジョアナは同意した。

それから彼女は、私に町へ行ってみた方がいいんじゃないかといった。「みんながどういってるか、聞いておくべきだと思うの。今朝はきっと、その話でもちきりよ！」

私はジョアナにいっしょに行こうと誘ったが、驚いたことにジョアナはそれを断わった。庭をぶらぶらしているといった。

私は部屋の入口で立ちどまり、声を低めていった。

「まさか、パトリッジじゃないだろうね」

「パトリッジ？」

ジョアナのびっくりした声を聞いて、私はそんなことを考えた自分が恥ずかしくなった。そして、あわてて謝った。「いや、ちょっと気になったもんだからね……。彼女はある意味で少し〝変わって〟るだろ？　頑固な独身女らしいところがあって、なんというか――いかにも狂信的なことにとりつかれそうな女だよ」

「犯人は狂信家じゃないと思うわ。グレイヴズ警部もそういってたでしょ」

「セックス・マニアだろうってね。しかし、その二つは非常に近いと思うんだ。彼女は長いあいだ窮屈な抑制された生活をしてきたのだからね。おばさんたちといっしょにこの家に閉じこめられていたようなものなんだ」

「どうしてそんなことを考え出したの」

私はゆっくり答えた。

「つまり、あのアグネスという女が彼女にどんなことをいったのか、彼女しか知らないんだから、ぼくたちは彼女の話を信用するよりないわけなんだけどね。しかし、もしかするとアグネスはパトリッジに、なぜあの日シミントン夫人の家へやってきて手紙をポストにほうりこんでいったのかと、問いただし――それに対してパトリッジは、昨日の午後そちらへ行って説明しようと答えたのかもしれないんだよ」

「そして、それをごまかすために、わざとあたしたちのところへきて、アグネスが訪ねてきたら家へあげてもいいかなんて訊いたってわけ？」

「そう」

「でも、パトリッジは昨日の午後外出しなかったはずよ」

「それはわからんよ。ぼくらは出かけていたのだから」

「そうね。たしかにそういうこともあり得るわね」ジョアナはしばらく考えに耽った。

「でも、あたし、やっぱりそうは思えないな。手紙をあんなにうまく細工する知能を、パトリッジはもっていないと思うの。指紋がつかないようにしたり、そのほかいろんな細かい芸をやってるでしょ。あれを書くには、そういう点でかなり頭が要るだけでなくて、そうするには、器用なだけでなくて、知識が必要なのよ。彼女にはむりだと思うわ。それに……」ジョアナはやや躊躇してからゆっくりいった。「犯人はほんとに女なのかしら」


「おまえは男だと思うのかい」私は信じかねて叫んだ。

「もちろん普通の男じゃなくって——特殊なタイプの男ね。はっきりいって、パイさんなんか、くさいと思うわ」

「パイがおまえのお目当てなのかい？」

「彼はいかにもそんな感じじゃない？　孤独で——不幸で——しかも意地の悪そうな人だわ。みんなが彼をばかにしてるでしょ。だから、彼はひそかに世間の幸福な人たちを憎んでいて、自分のやってることに倒錯した奇妙な芸術的快楽を感じていたんじゃないかと思うわ」

「グレイヴズは、犯人は中年の独身女だろうといってたよ」

「パイさんだって、中年の独身者だわ」

「彼は不適格だよ」と、私はいった。

「そう見えるところがみそなのよ。なるほど彼はお金持ちだけど、金なんか問題じゃないわ。それに、彼は少し頭がおかしいんじゃないかしら。変質者なのよ」

「しかし、彼はたしか、手紙を受け取ってるはずだよ」

「そんなこと、わかりゃしないわよ」と、ジョアナは指摘した。「あたしたちがそう思っているだけでしょうよ。わざとそんな芝居をして見せたのかもしれないわ」

「われわれをだますためにかい」

「そうよ。それぐらいのことは考えるわよ、彼なら——しかも、やりすぎないようにちゃんと計算してるんだわ」

「一流の役者だね」

「だいたい、一流の役者でなくちゃこんなことやれないわよ。役者だからこそ、それを楽しむことができるんじゃない？」

「知ってるような口をきくじゃないか！　まるで犯人の心理がみんなわかってるみたいに聞こえるね」

「ええ、わかってるわよ。少なくとも犯人の気持ちになって考えることはできるわ。もしあたしがジョアナ・バートンでなかったら——もしあたしが若くなくて、ちょっとした美人でもなく、しかも楽しく暮らしていなかったら——もしあたしが——なんといったらいいかしら——つまり、ほかの人たちが人生を楽しんでるのを、柵の陰から指をくわえて見ていなければならない境遇にあったとしたら、つい憎らしくなって、いじめてやりたくなるだろうと思うわ。ときには殺してやりたくなるかもしれないわよ」

「おい、ジョアナ！」私は彼女の肩をつかんでゆすぶった。彼女はちょっとため息をついて体を震わせ、それからにっこり笑った。

「驚いた？　でも、この問題を解くには、そんなふうに考えるのが正しいと思うわ。犯人の気持ちになってみて、犯人がどう感じ、なぜあんなことをしたくなったのかを考えたら、犯人がこれから何をしようとしているのかがわかるだろうと思うのよ」

「ちえっ！　おれは植物のようになって、田舎の世間話を面白おかしく聞いて暮らすために、ここへきたのだぞ。ところが、大変な世間話もあったものだ！　悪口、中傷、おどし文句のはてが、人殺しときてやがる！」

2

ジョアナのいったとおりだった。大通りは野次馬でいっぱいだった。私は一人ずつみんなの反響を聞いてみようと決心した。

まず最初はグリフィスに会った。おやっと思うほど顔色が悪く、ひどく疲れているような様子だった。殺人事件に立ち会うばかりが医者の仕事でないことはもちろんだが、職業柄どうしても人間の醜悪な面を見たり、死人を扱わなければならない医者という商売も楽じゃなかろうと、同情させられた。

「大変お疲れのようですね」と、私はいった。

「そうですかな」彼は漠然と答えた。「最近はいろいろといやな仕事が重なりましてね」

「とくに気ちがい相手の仕事は、気が重いでしょうね」

「ええ、まったくです」彼は私から目をそらして、通りの向こうを見やった。瞼がかすかにけいれんしていた。

「その気ちがいはだれか、見当つきませんか」

「ぜんぜんわかりませんな。なんとかして見つけたいものですが」

それから彼は唐突に、ジョアナはどうしているかとたずね、彼女が見たいといっていた写真をいま持っていると、ややためらいがちに語った。

私はそれを彼女に渡してやろうかと訊いた。

「いいえ、いいんです。どうせ午前中にお宅の前を通る用事がありますから」

私は余計なことをいってグリフィスの気分を害したのではないかと心配した。それにしても、ジョアナのばちあたりめ！グリフィスみたいなりっぱな男の生首をかいて、それを見せびらかそうとするなんて！

私はすぐ彼と別れた。なぜなら、向こうから彼の妹がこちらへやってくるのに気がついたからだ。ぜひ話してみたい相手だった。

エメ・グリフィスは、いわば会話の途中から話しはじめるような調子で、いきなりこういった。

「ほんとに驚きましたわ！あなたはあそこへ行ったんですってね――朝早くから」

その言葉は疑惑めいたものを含んでいた。そして、〝朝早くから〟という言葉を強調していったとき、彼女の目がきらっと光った。私はミーガンが電話で私を呼んだことはいわずにおこうと思った。

「はあ、昨夜からちょっと心配だったので。あのお手伝いさんはぼくの家へお茶に呼ばれていたのに、現われなかったんですよ」

「それで、もしやと思ったんですか。勘がいいですわね！」

「ぼくは猟犬みたいな男ですから」

「リムストックで人殺しがあったのは、これがはじめてなんですよ。ですから、もうみんなが震えあがっちゃってますわ。警察がうまく犯人を捕まえてくれるといいんですけどね」

「それは心配ないでしょう。腕のいい刑事が揃っているようですから」

「これまで何度かわたしが訪ねていったとき、あのお手伝いは玄関のドアをあけてくれただろうと思うんですけど、どんな顔だったかさっぱり思い出せないんですよ。口かずの少ない、目立たない女だったけど。オーエンの話ですと、なんでも頭の後ろを殴られて、それから首の後ろから突き刺されて殺されたのだそうですから、だれか男友だちの仕業じゃないでしょうかね。あなたはどう思います」

「あなたはそう見ているわけですね」

「そう考えるのが普通じゃありませんか。きっと喧嘩したのでしょう。このあたりは近親結婚が多いもんだから、遺伝的にたちの悪い人間がかなりいるんです」彼女は間をおいてから、またしゃべりつづけた。「なんでも、ミーガン・ハンターが死体を見つけたという話ですね。びっくりしたでしょうね」

私は短くいった。

「そうですとも」

「それはあの子にはあまり良くありませんよ。あの子は頭がしっかりしてる方じゃないんですから――そんなことをしたら、頭が変になっちゃうかもしれませんよ、ほんとに」

私は急にある決心をした。ぜひ知りたいことがあったからだ。

「話は違いますけど、あなたは昨日ミーガンを説き伏せて家へ帰らせたのでしょう」

「説き伏せたわけじゃありませんわ」

私は追及の手をゆるめなかった。

「しかし、いずれにしろ、あなたは彼女に何かいったわけですね」

エメ・グリフィスは両足をふんばって、私を見返した。多少守勢に立っているようだった。

「若い女が自分の責任を回避するのは良くないと思いましてね。彼女は若いし、世間がどんな噂をしてるか知らないものですから、彼女にそれとなく注意してやるのがわたしの義務だと思ったまでですわ」

「噂を？」私は腹が立って、二の句がつげなかった。

しかし、エメ・グリフィスは持前の驚くべき自信と冷静な態度を持して話をつづけた。

「たぶんあなたはどんな噂が立っているのかを何もご存じないでしょうけど、わたしは知ってるんです！　みんながどんなことをいってるかようく知っているのですよ。断わっておきますけど、わたし自身はそれをほんとうだなんて思っちゃいないんですよ。でも、世間の人はそうじゃない——何か悪い噂が立つと、そのまま信じこんでしまうのです。ですから、働いて生活してる女性がもしそんな噂を立てられたら、それこそ大変ですよ」

「働いて生活している女性？」私はすっかりとまどってしまった。

エメはつづけていった。

「彼女としても苦しい立場ですよ。彼女はよくやってると思いますわ。まさか子供たちの面倒をみてやる人もないままにおっぽり出して辞めるわけにいかないでしょうからね。彼女はりっぱに働いてきました——じつに見あげたものですわ！　わたしはみんなにそういってるのです。しかし、なんといっても彼女はねたまれやすい立場にありますから、世間の人は噂するでしょう」

「いったいだれのことをいってるのですか」と、私はたまりかねて訊いた。

「あら、もちろんエルシー・ホーランドのことに決まってるじゃありませんか」エメ・グリフィスはじれったそうにいった。「彼女はほんとにりっぱな女です。彼女はただ自分の義務を果たしているだけにすぎないと、わたしは思いますわ」

「で、世間の人はどんな噂をしているのですか」

エメ・グリフィスは声をあげて笑った。変な笑い方をする女だと、私はひそかに思った。

「彼女はシミントンの二番目の夫人になろうとして、着々と準備をすすめているというんですの——男やもめを慰めて、自分を欠くことのできないものにしようとたくらんでいるのだというのです」

「しかし、驚いたな！　シミントン夫人が死んでから、たった一週間しかたっていないじゃないですか！」

エメ・グリフィスは肩をすくめた。

「もちろん、ばかげた噂です。しかし、世間の人はいつもそういった調子なんですよ。

ホーランドは若いし、きれいだし――それだけで充分噂になるでしょうよ。それに、こういっちゃなんですけど、家庭教師で一生すごそうなんていう女はあまりいませんからね。たとえ家庭教師が夫を持ち家庭を持ちたいと思い、それを実現するためにうまく立ち回ったとしても、ふしぎはないでしょう。

もちろん、ディック・シミントンは、そんなことをつゆほども考えちゃいませんよ。彼はモナ・シミントンが自殺したために、何を考える気力もなくなってますから。しかし、男ってものは、ご存じのとおりでしてね！　もし女がそばにつきっきりで男を慰め、面倒をみてやり、子供たちにも愛情を示してやれば、結局その女に頼るようになるでしょう」

私はおだやかにたずねた。

「すると、あなたはエルシー・ホーランドを、なかなか隅におけない女だと思っているのですか」

エメ・グリフィスは顔を赤らめた。

「とんでもない。彼女に同情してるんですよ――みんながろくでもない噂をしてることに対してね。わたしがミーガンに家へ帰るようにとすすめたのも、じつはそのためだったのです。その方が、ディック・シミントンとあの女を二人きりにしておくよりもいいだろうと、思ったからなんです」

私はやっと事情がのみこめた。

エメ・グリフィスは陽気な笑い声をあげた。

「この噂好きな町の人々の考え方には、いささかびっくりなさったでしょ、バートンさん。はっきりいうと、彼らはいつも最悪の場合を考えるのです！」

彼女はまたたかだかと笑い、うなずいて、大股に去っていった。

3

教会の近くで、パイ氏に出会った。彼はエミリー・バートンと話をしていた。彼女は顔を紅潮させて、興奮している様子だった。

パイ氏はいかにも嬉しそうに私に挨拶した。

「やあ、これはこれは、バートンさん、おはようございます。おきれいな妹さんも元気ですか」

ジョアナはとても元気だと、私は答えた。

「ところで、あなたはまだわれわれの話を聞いていらっしゃらないでしょうな。いま大騒ぎしてるところなんですが、じつは人殺しがあったんですよ！　新聞に書かれるような殺人事件が、この町で起きたのです。犯罪事件としてはあまり愉快な事件じゃありませんがね――ちょっと血なまぐさくて。とにかく、若いお手伝いの女が惨殺されたのです。詳しいことはまだわかりませんが、大変なことが起こったもんですな」

ミス・エミリーが声を震わせていった。

「驚きましたわ。なんという恐ろしいことでしょう」

パイ氏は彼女をふり返った。

「でも、あなたはそれを楽しんでいらっしゃるじゃないですか。正直におっしゃいよ。あなたはそれを非難したり、歎いたりなさるが、しかし、スリルがありますからな。断然スリルに富んでますよ、こいつは！」

「あんないい子がね……」と、エミリー・バートンがいった。「あの子は聖クロタイルド・ホームから家へきたのです。なんにも知らない子でしたけど、しかし、とてもすなおに人のいうことを聞きましてね。いいお手伝いさんになりましたよ。パトリッジもずいぶんあの子をかわいがっていましたわ」

私はすばやくいった。

「彼女は昨日の午後パトリッジとお茶を飲みにくる約束だったのですよ」そしてすぐパイ氏をふり返った。「その話はエメ・グリフィスからお聞きになってるでしょうね」

私はさりげない口ぶりでいったので、パイ氏はまったく疑いを持たなかったらしい。

「ええ、彼女がそんなことをいってました。お手伝い同士が勤め先の家の電話で話をするなんて、ずいぶん世の中も変わったもんだとね」

「パトリッジはそんな電話がかかってこようとは思ってもみなかったでしょう」と、ミス・エミリーはいった。「アグネスがそんなことをするなんて、わたしもほんとに驚いてますわ」

「あなたたちは時代遅れなんだ」と、パイ氏が反論した。「うちのやつらは二人とも、しょっちゅう電話をかけたり、家じゅうどこでも構わずタバコを吸ってるんで、しまいにはぼくも見かねて注意しましたけどね。しかし、そんなことであんまり小言をいうのはどうかと思いますよ。うちのプレスコットは気まぐれなのが玉にきずですが、料理の腕はすばらしいし、彼の女房がこれまたりっぱなお手伝いでしてね、よくやってますよ」

「そうそう、あなたは運がいいのですよ」

話題が純然たる家事に関することに移って行くのを食い止めるために、私は二人の話をさえぎった。

「早いものですね。人殺しのあったことを、もうみんなが知ってるのですか」

「もちろんですとも」と、パイ氏はいった。「肉屋、パン屋、ろうそく屋。やつらの耳に入ったら、いっぺんに噂がひろまっちゃいますよ。しかし、リムストックも堕落したもんだな！　匿名の手紙やら人殺しやら、だんだんたちが悪くなってきやがった」

エミリー・バートンは不安な口ぶりでいった。「その二つは——どうなんでしょうね——関係があるんでしょうか」

パイ氏はそれを聞いてこおどりして喜んだ。

「うん、そいつは面白い考えだ。あのお手伝いがそれについて何かを知っていたために殺される羽目になったというわけか。うん、こいつはいける。よく考えつきましたね」

「もう結構。そんな話はもうたくさんですわ」

エミリー・バートンはいきなりそういって、すたすたと逃げ出してしまった。

パイ氏はしばらく彼女の後ろ姿を見送った。彼の丸い顔がけげんそうに曇った。

それから、また私の方をふり返ると、静かに首を振った。

「敏感な人ですよ。でも、いい人でしょう？ ま、骨董品ですな。ひと昔前の人間なんですよ。彼女は。おふくろがよほどきびしい性格の女だったのでしょうな。たぶん、家の時計を一八七〇年に合わせていたのでしょう。家族をぜんぶ一つのガラスケースに閉じこめちゃってね。ぼくは元来そういう古いものが好きなたちなんです」

私は骨董品の話をする気にはなれなかった。

「この事件について、どうお考えです」と、訊いた。

「えっ、なんですか」

「匿名の手紙や、殺人などが――」

「つぎからつぎに犯罪が行なわれることについてですか。あなたはどう思います」

「いや、ぼくがあなたにお訊きしているのですよ」と、私はあいそうよく問い返した。

パイ氏は静かにいった。

「ぼくは以前から変質者について研究しているのですが、面白いですな。まさかと思うような人が、まるで気ちがいじみたことをやるものなんですよ。たとえば、リジー・ボーデン事件ですが、あれはぜんぜん理屈に合わない事件でした。で、この事件でも、ぼくはこう警察へ助言したいですね――性格を調べろと。指紋や筆蹟鑑定や顕微鏡なんかに頼っていたんじゃだめだ。関係者の手つきや些細な身ぶりや、食事の仕方や、ときどき理由もなく笑うかどうかを、丹念に観察しなきゃいけないと、注意してやろうと思うんです」

私は眉を上げた。「犯人は気ちがいでしょうか」

「そうでしょうとも」パイ氏はうなずいてから、さらにつけ加えた。「しかし、ちょっと見ただけでは、気ちがいかどうかわからんでしょうな！」

「それはだれです」

彼の視線が私のそれとからんだ。彼はにっこり笑った。

「いや、それは中傷になるでしょうからね。この上さらに中傷を加えるのはよすべきです」

彼はそう言い捨てて、足早に立ち去った。

4

彼の後ろ姿をぼんやり見送っていると、教会のドアが開いて、ケイレブ・デイン・カルスロップ師が出てきた。

彼は私に漠然とした微笑を投げた。

「おはようございます、ミスター……」

「バートンです」と、私が教えてやった。

「ああ、そうそう、これは失礼。ちょっと度忘れしましてね。いい天気ですな」

「そうですね」と、私は短く答えた。

彼はのぞきこむような目で私を見た。

「しかし、なんでしたかな……そうそう、シミントン氏の家で働いていた若い娘がかわいそうなことになったそうですな。われわれの中に人殺しをした者がいるとは、ちょっと信じられませんがね」

「ほんとに夢のようですね」と、私はあいづちを打った。

「それに、さっき聞いたばかりなんですが――」彼は私の方に身を乗り出した――「近ごろ匿名の手紙があちこちへ送られているらしいですな。あなたもそんな噂をお聞きになりましたか」

「ええ、聞いています」

「卑劣な、じつに卑怯なことをするものですな」彼は少し間をおいてから、ラテン語をながながと引用した。「このようなホレースの言葉がぴったりあてはまりますね」

「はあ、そうでしょうとも」と、私は漠然と答えた。

5

私がうまく話しかけることのできそうな人が見当たらなかったので、家へ帰りはじめたが、途中でこの事件に関するもっと謙虚な意見を聞くために、タバコとシェリーを売っている店に立ち寄った。

〝たちの悪い乞食の仕業〟だというのが、一般的な判断らしかった。

「やつらは玄関へきて、あわれっぽい声で金をせびっているうちに、その家の中に女が一人しかいないことがわかると、急に居直りますから、油断なりませんよ。コンビークル通りにいるわたしの妹のドーラも、ある日それでひどい目にあうところだったんですから。その野郎は酔っ払ってやがって、くだらねえ詩の本を売りにきたんだそうです……」

この説明はえんえんとつづいたが、結局その豪胆なドーラなる女は、勇敢にも男の鼻っ先でいきなり玄関のドアを閉め、説明をはばかるような場所へ逃げこみ、そこにじっと隠れていたというのだった。隠れた場所をはっきりいわないのは、たぶん彼女が便所へ逃げこんだからなのだろう。「その家の奥さんが帰ってくるまで、そこにじっとしていたらしいんです！」

私がリトル・ファーズに着いたのは、昼食の少し前だった。ジョアナは応接間の窓ぎわにぼんやり立って、考えごとに耽っていた。

「何をしてるんだ、そんなところで」と、私が声をかけた。

「べつに何もしてないわ」

私はベランダへ出た。鉄のテーブルに椅子が二つ寄せられ、シェリー・グラスが二つテーブルの上にあった。私はもう一つの椅子の上におかれたものを見て、ちょっととまどった。

「これは、なんだい」

「ああ、病気にかかった脾臓か何かの写真らしいわ。あたしが見たら興味をもつだろうと思って、グリフィスさんが持ってきてくれたのよ」

私は興味にかられてその写真を見た。男が女の関心を惹くために取る方法は千差万別であろうが、私ならとうてい病気の脾臓の写真を贈る気にはなれないだろう。しかし、この場合はジョアナの方からそれを頼んだらしかった！

「あんまり気持ちのいいもんじゃないな」と、私はいった。

ジョアナもそうだと答えた。

「グリフィスさんはどんな様子だった」と、私が訊いた。

「ひどく疲れたような、悲しそうな顔をしてたわ。何か心配ごとがあるみたいで」

「治療のきかなくなった脾臓のことでも心配してるのかな」

「ばかね。もっと現実的なことでしょ」

「あの男はおまえのことを思ってるんだよ、きっと。彼をいじめるのはよした方がいいよ、ジョアナ」

「あら、余計なお世話だわ。あたし、何もしてないじゃないの」

「女はみんなそういうけどね」

ジョアナはつんとして部屋から出ていった。

病気の脾臓は陽に当たってまくれはじめていた。私はその端をつまんで応接間へ持っていった。私自身はそんなものになんの愛着も感じなかったのだが、しかし、グリフィスの秘蔵品かもしれないと思ったのだ。

応接間に入ると、本箱のいちばん下の棚からできるだけ重い本を一冊取り出した。その写真を本の間にはさんで、のばしておくつもりだった。だれかがながと説教をならべた分厚い本だった。

すると、ちょっと驚いたことに、手にしたその本がひとりでに開いた。おやっと思ったつぎの瞬間、そのわけがわかった。本のまん中あたりの、かなりのページが、きれいに切り取られていた。

6

私はそれを見つめたまま呆然と立ちつくした。それから巻頭のページを見た。一八四〇年に出版された本だった。

もはや疑問の余地はなかった。私は匿名の手紙を作る材料となったその本をまじまじと見つめた。だれがこのページを切り取ったのだろう?

まず考えられるのは、エミリー・バートンだった。彼女はその機会にもっともめぐまれていたはずだ。その点はパトリッジにしても同様だろう。

しかし、ほかの可能性もあった。たとえばミス・エミリーに会いにきてここで待たされた訪問客が、つまりこの部屋にひとりでいる機会のあった来訪者が、そのページを切り取ったと考えることもできよう。あるいは、仕事の用件で訪ねてきた者かもしれない。

しかし、それはあまり可能性がないようだった。なぜなら、ある日銀行員が私を訪ねてきたことがあったが、パトリッジは彼を奥の小さな書斎へ案内したからだ。どうやらそれがこの家のしきたりになっているらしかった。

すると、普通の来訪客なのだろうか。しかも、〝相当な社会的地位〟のある者ということになると——パイ氏か。エメ・グリフィスか。デイン・カルスロップ夫人か。

7

鐘が鳴り、私は昼食をとるために食堂へ行った。そして、昼食がすんでから応接間でジョアナにそのことを話した。

私たちはそれをさまざまな面から検討したすえ、私がその本を警察署に届けた。

彼らは私の肩をたたいてこの偶然の発見を喜び合った。

グレイヴズは不在だったが、ナッシュがいて、すぐ電話で彼にそのことを知らせた。

そして、ナッシュはあまり期待していないようだったが、とにかく指紋を検出してみることになった。しかし、彼の思ったとおりだったらしい。私やパトリッジやどこのだれかわからない人の指紋はあったが、それは単にパトリッジがまめにはたきをかけていたということを実証したにすぎなかった。

ナッシュは私といっしょに、丘の上の私の家の近所まで行くことになった。途中私は彼に捜査の進捗《しんちょく》状態をたずねた。「いま網をしぼっているところです。余計な者を除去しているのです」

「なるほど。で、残っているのはどんな顔ぶれですか」

「まず、ミス・ギンチです。彼女は昨日の午後ある家で客と会う約束になっていたのだそうですが、その家はコンビークル通りに沿ってずっと行ったところにあり、その通りはシミントン氏の家の前を通っていますから、彼女は往きも帰りもそこを通らなければならなかったはずなんです。また、一週間前、匿名の手紙が投げこまれてシミントン夫人が自殺したあの日が、彼女がシミントン氏の事務所に勤めていた最後の日だったわけですが、その日の午後シミントン氏はずっとヘンリー卿と用談していて、最初は彼女が事務所にいるものと思いこんで何度もベルを鳴らしてミス・ギンチを呼んだのだそうです。しかし、調べてみると、彼女は午後の三時から四時まで事務所を出ていたんですよ。かなり高額の印紙をきらしていたので、それを買いに出かけたのだそうです。そんな用事は小間使いの少年にやらせればいいわけですが、ミス・ギンチは少し頭が痛かったので、外の空気を吸おうと思って自分で出かけたのだといっています。そう長いあいだ出かけていたわけじゃないんですけどね」

「しかし、必要なだけの時間はあったんでしょ」

「そう。町はずれまで行って、郵便箱に手紙を投げこんで急いでもどってくる時間はあったはずです。しかし、シミントン氏の家の近所で彼女の姿を見かけたという人はいないのですよ」

「気をつけて見ていなかったんでしょうしね」

「そうかもしれませんな」

「ほかにだれが残っているのですか」

ナッシュはまっすぐ前方を見つめた。

「厳密にいうと、われわれはだれひとり除外することはできないんです——おわかりでしょう」

「ええ、わかります」

彼は重々しい調子でいった。「ミス・グリフィスは昨日少女団の会合に出るためブレントンへ行き、かなり遅く帰ってきました」

「まさか彼女が——」

「ええ、そう思います。しかし、わかりませんよ。ミス・グリフィスは非常にまともな、健全な精神状態の女性です——が、わからんのです」

「先週はどうなんですか。彼女は郵便箱に手紙を入れることができたのでしょうか」

「ええ、できたでしょう。あの日の午後、彼女は買い物に出かけてますから」彼は間をおいていった。「同様なことは、ミス・エミリー・バートンについてもいえます。彼女は昨日の午後買い物に出かけてますし、しかも先週のあの日の午後は、友だちに会いにシミントン氏の家の前を通る道を歩いていってますからね」

私は信じかねて首を振った。ページを切り取った本がリトル・ファーズで発見されたことから、その家の持ち主に嫌疑がかかるのは当然だが、しかし、ミス・エミリーが昨日買い物から帰ってきたとき、いかにも楽しそうに顔を輝かしていたのを思い出すと……。

そう、彼女はたしかに興奮していた——ほおが桃色に上気し、目が輝いていたが——しかしそれは——。

私は重苦しい声でいった。「まったくいやな事件ですね！　いろんなことが見えるし、想像させられるので——」

「ええ、会う人ごとに、もしかしたらこの人が兇悪な狂人じゃなかろうかと疑って見なきゃならないのは、あまり愉快じゃありません」

彼はしばらく黙ってから、やがてまた口を開いた。

「それから、パイ氏もね——」

私はびっくりして訊き返した。「えっ、彼にも嫌疑が？」

ナッシュは苦笑した。

「ええ、そうです。非常に変わった性格の人で――それも、あまり感心できない性格ですからね。アリバイもまったくない。どっちの場合も、自宅の庭にひとりでいたというのです」

「すると、あなたが疑ってるのは女性だけじゃないんですね」

「ま、普通の男があんな手紙を書くとは思えませんよ――グレイヴズも同じ意見ですが――ただ、あのパイ氏は、なんといいますか、ちょっと女みたいな、変態的な傾向がありましてね。しかし、昨日のアリバイについては、彼にかぎらずこの土地の人をぜんぶ調べあげました。とにかく殺人事件ですからな。あなたはだいじょうぶですよ」彼は歯を見せて笑った。「あなたの妹さんもね。それからシミントン氏は事務所にもどってからずっとそこにいましたし、グリフィス先生は反対の方角に往診に行っていました。往診先をぜんぶ調べたのです」

彼は間をおいて、また微笑した。「われわれは徹底的に調べあげました」

私はゆっくりいった。「すると、結局つぎの四人が容疑者として残ったわけですね――ミス・ギンチ、パイ氏、ミス・グリフィス、それにミス・エミリー・バートン」

「いやいや、まだ二人ほどいます――それに、司祭の奥さんもね」

「彼女もですか」

「われわれはいちおうすべての人について考えてみました。もっともデイン・カルスロップ夫人は少しあからさま;すぎる変人なので――その意味はおわかりでしょうね。しかし、彼女もやればできたはずです。彼女は昨日の午後森の中でバード・ウォッチングをしていたそうですが――小鳥は彼女のアリバイを証言しちゃくれませんからな」

彼はそのとき、すれ違いに警察署へ入ろうとしてやってきたオーエン・グリフィスの方を急にふり返った。

「やあ、ナッシュさん。今朝わたしの家へいらっしゃったそうですが、何か重要な話でも？」

「もしご都合がよかったら、金曜日の検死審問においでねがいたいと思いましてね」

「承知しました。モアスビーとわたしで、今晩中に検死報告をまとめておきましょう」

ナッシュはいった。

「それから、もう一つお訊きしたいことがあるのです。亡くなったシミントン夫人は粉薬か何か、あなたの処方なさった薬を飲んでいたそうですが――」

彼はちょっと間をおいた。オーエン・グリフィスは問いただすようにうながした。

「それが何か？」

「その薬は、多量に飲めば死ぬような薬だったのでしょうか」

グリフィスは無造作に答えた。

「いや、そんな心配はありません。二十五回分ぐらいを一度に飲まない限りはね！」

「しかし、あなたは夫人に、それを指定量以上飲みすぎないようにと注意なさったそうじゃありませんか。ミス・ホーランドから聞いた話ですけど」

「ああ、その話ですか。ええ、注意しました。シミントン夫人は医者からもらった薬を飲みすぎる傾向があったからです――倍飲めば倍効くと思うらしくてね。いくらフェナセチンやアスピリンでも、飲みすぎちゃ毒ですからな――心臓に悪い。しかし、彼女の死因ははっきりしてるんですよ。まちがいなくシアン化物です」

「ええ、それは知ってます――わたしが訊いたのは、そういう意味じゃないんです。わたしはただ、もし自殺するのなら、青酸カリよりも睡眠薬を多量に飲む方を選ぶんじゃないかと思っただけなんです」

「ああ、そうもいえるでしょうね。しかし、青酸カリの方がいっそう劇的で、しかも効果がてきめんです。たとえば睡眠薬のバルビツール酸塩ですと、短時間のうちに手当てをすれば助かりますからな」

「なるほど。いや、ありがとうございました、グリフィス先生」

グリフィスが立ち去り、私はナッシュと別れて、ゆっくり丘の家へもどった。ジョアナは出かけていた——少なくとも姿は見えなかった。そして電話台の上に、パトリッジか私への伝言らしい謎めいた書き置きの紙片がおかれてあった。

もしグリフィス先生から電話があったら、あたしは火曜日には行けないけれども、水曜日か木曜日なら都合できると伝えてください

私は眉を上げてから応接間へ入った。そして、いちばん坐り心地のいい肘掛椅子に腰をおろし（大部分の椅子は背がまっすぐになっていてきわめて坐り心地が悪く、故バートン夫人の面影がしのばれるような代物ばかりだった）、そして足を前に投げ出して、事件全体について考えてみようとした。

警視と私との会話が、オーエンがきたために中断され、あと二人の容疑者が残っているということしか聞けなかったことを思い出して、残念に思った。

その二人というのは、だれだろう。

たぶん、パトリッジがその一人かもしれない。あのページを切り取られた本がこの家の中から発見されたこともある。また、アグネスは信頼すべき相談相手であるパトリッ

ジに、ぜんぜん警戒せずに殴り殺されてしまったのかもしれない。そう、たしかにパトリッジは除外できないはずだ。

しかし、もう一人はだれだろう。だれか私の知らない人かもしれない。クリート夫人か？　この町の人々ははじめから彼女に嫌疑をかけていたようだが？

私は目を閉じた。とうてい犯人とは思えないような四人の顔が、かわるがわる瞼《まぶた》の裏に浮かんだ。あのやさしい、か弱いエミリー・バートンか。彼女を疑うとすれば、どんな理由があるだろう。暮らしに困っていること？　幼いころから抑圧され、束縛されてきたこと？　あまりにも多くの犠牲を強いられてきたこと？　〝あまり上品でない〟話をすることを極端に恐れる彼女の奇妙な態度——それは悪事をはたらいたことに内心やましさを感じている証拠なのだろうか。そのような考え方は、フロイト流すぎるのだろうか。虫も殺さぬ顔をした貴婦人が麻酔をかけられたときにいううわごとは、驚くべき新事実の吐露であるといったある医者の話を思い出した。「この人がこんな言葉を知っていたのだろうかと、驚かされますよ！」

エメ・グリフィスは？

彼女には〝抑制〟症状らしいものはぜんぜんない。陽気で男性的で希望にあふれている。多忙な生活。しかし、デイン・カルスロップ夫人はなぜか彼女を〝かわいそうな人だ〟といっていた！

それから、ほかにも何か――ええと、なんだったか――あっ、そうそう、思い出した――オーエン・グリフィスがこんなことをいっていたっけ――「わたしが北部のある町で開業していたころ、匿名の手紙事件がありました」

それもエメ・グリフィスの仕業だったのではなかったろうか。偶然の一致かもしれない。しかし、同じ性質の事件であることは、見逃せない事実だ。

いや、待てよ。そうそう、その手紙を書いた犯人は捕まったのだ。グリフィスがそういっていた。女学生だったらしい。

私は突然寒気をおぼえた――窓から冷たい風が吹きこんだせいかもしれない。ぎこちなく椅子の中で体を動かして坐り直した。おれはなぜ突然ひやっとしたのだろう？

いや、前の問題を考えよう……ええと、エメ・グリフィスか。もしかすると、そのときの犯人はその女学生ではなくて、エメ・グリフィスだったのかもしれないぞ。そして、ここへきてからまた同じいたずらをはじめたのだ。だからこそ、オーエン・グリフィスがあんな憔悴した暗い顔をしていたのだろう。彼はそうじゃないかと思って心配しているわけだ。そう、疑っているのだ……。

パイ氏はどうかな？　たしかにあまり感じのいい男じゃない。いかにもこんなことを企みそうな――そして陰で笑っていそうな男だ……。

ホールの電話台の上にあったあの伝言の書き置き……。あれがなぜおれの頭を離れないのだろう。グリフィスとジョアナ……彼は彼女を恋している……いや、あの書き置きが気になるのはそのためじゃない。何かべつのことなんだ……。

頭が朦朧《もうろう》として考えがまとまらない。眠気を催していた。私はばかの一つおぼえのように、ひとり言をくり返していた。「火のないところに煙は立たぬ。火のないところに煙は……そう、その二つは密接な関連があるのだ……」

それから、私はミーガンといっしょに通りを歩いていて、エルシー・ホーランドがそばを通り過ぎていった。彼女は花嫁衣裳で着飾っていた。周囲の人々のささやき声が聞こえる。

「とうとう彼女はグリフィス先生と結婚するのね。なんでも、二人は何年も前からひそかに婚約していたんだそうだよ」

それから――私たちは教会の中にいた。デイン・カルスロップがラテン語で祈禱書を読んでいる。

すると、そのまっ最中にデイン・カルスロップ夫人が精力的な声で叫んだ。

「やめさせなければいけませんよ！　絶対にやめさせなければいけない！」

しばらくのあいだ私は眠っているのか目が覚めているのかわからなかったが、やがて頭がはっきりしてきた。そして、私がリトル・ファーズの応接間にいることや、デイン・カルスロップ夫人が庭から入ってきて、ドアの前に立って私に心配そうに話しかけていることがわかった。

「あんなことは、絶対にやめさせなければいけません」

私は飛び上った。「えっ、なんですか？　うとうとしていたものですから、よく聞こえなかったんですが、何かおっしゃいましたか」

デイン・カルスロップ夫人は握りこぶしで片方のてのひらをはげしく打った。

「絶対にやめさせなければいけないといったんですよ！　あんな手紙を！　人殺しを！　アグネス・ウォデルみたいな罪のない女を殺させちゃいけませんよ！」

「それはそのとおりですけど」と、私はいった。「だから、どうしろとおっしゃるんですか」

デイン・カルスロップ夫人は叫んだ。

「なんとかしなきゃいけないんです！」

私はたぶん相手をたしなめるような恰好に苦笑した。

「そうするには、どうしたらいいとおっしゃるのです」

「徹底的に調べあげるのですよ！　わたしはこの町にたちの悪い人間なんかいないといいましたが、あれはまちがいでしたわ。いるのです」

私は腹立たしさを感じ、言葉がややぞんざいになった。

「ええ、それはわかってますよ。しかし、あなたはどうするつもりなんです」

「もちろん、それをやめさせるつもりですわ」

「警察は最善をつくしているのですよ」

「アグネスが昨日殺されたんですからね。最善をつくしてるといえた義理じゃないでしょう」

「すると、あなたは警察よりうまくやれるというのですか」

「そりゃ、やれませんよ。わたしにはそんなことはできません。だから、わたしはその道の専門家を呼ぼうと思ってるのです」

私は首を振った。

「それは、あなたにはできませんよ。ロンドン警視庁は、州の警察署長の要請がなきゃ動きませんからね。いや、じつは向こうから、グレイヴズ警部が派遣されてきてるのですよ」

「いいえ、わたしがいってるのは、そういう種類の専門家じゃありません。匿名の手紙や殺人事件などに詳しい人のことをいってるんじゃないのです。わたしが専門家といったのは、世間をよく知ってる人のことなんです。わかりましたか。よこしまな行ないについて多くの実例を知っている人が、この際もっとも必要なんです！」

いかにも変わった意見だった。しかし、それはふしぎな説得力をもっていた。

私が唖然としているあいだに、デイン・カルスロップ夫人は私に軽くうなずいてから、早口で、自信たっぷりな口調でいった。

「わたしはこれからすぐ、それを探しにいってくるつもりですわ」

そして彼女はまた庭の方へ姿を消した。

第十章

1

つぎの一週間は、私の生涯の中でもっとも奇怪な一週間だったと思う。ふしぎな夢を見ているようだった。すべてが現実ばなれしていた。

アグネス・ウォデルの検死審問が開かれ、物見高いリムストックの人々がわんさとつめかけて大変な盛況だったが、新しい事実は一つも発表されず、ただ予想されたとおりの評決が下されただけだった——〝未知の犯人による殺害〟という。

かくしてアグネス・ウォデルは、ほんの一時間だけ晴れの舞台の脚光を浴びた後、静かな古い教会の墓地に埋められ、リムストックの人々はまた以前と変わらぬ生活にかえった。

いや、その最後の一節だけは、事実と違うかもしれない。以前と変わったところがあったのだから……。

ほとんどすべての人の目に、恐怖と貪欲のあい半ばした光が漂いはじめたのだった。隣り近所の人たちがたがいにそんな目で見合った。検死審問ではっきりさせられたことが一つあった――よその土地の者がアグネス・ウォデルを殺したとは、どうしても考えられないということだった。浮浪者や見馴れない者をこの町で見かけたという人はいなかったし、それらしい情報もなかったからだ。したがって、アグネスに不意に襲いかかって頭を殴りつけ、鋭い金串を脳みそに突き刺して殺した犯人が、大通りを歩いたり、買い物をしたりしながら、このリムストックのどこかに白昼堂々とのさばっていることは確かだった。

しかも、それがだれであるのかを、だれひとり知らないのだ。

先に述べたように、毎日が夢のように過ぎた。私は人に会うごとに、以前とは違った見方をした。もしかしたらこいつは殺人犯人ではあるまいかという目で見た。あまりいい感じではなかった。

そして夜になると、カーテンを引いてから、ジョアナと私は途方もない、信じがたいさまざまな可能性について語り合い、論じ合った。

ジョアナはパイ氏が犯人だという説に固執していた。私は多少迷ったあげく、結局は最初の容疑者ミス・ギンチにかえった。しかし、いちおう疑える人物については、何度も考え直してみた。

パイ氏か。

ミス・ギンチか。

デイン・カルスロップ夫人か。

エメ・グリフィスか。

エミリー・バートンか。

パトリッジか。

そしてその間、不安と期待の混った気持ちで、何かが起こるのを待っていた。

しかし、何も起こらなかった。私たちの知っているかぎりでは、あれ以来だれもあの手紙を受け取っていなかった。ナッシュは思い出したように町に姿を現わしたが、彼が何をしているのか、警察はどんな手段を講じているのか、私にはわからなかった。グレイヴズはロンドンへ帰ってしまった。

エミリー・バートンはお茶を飲みにきた。ミーガンは昼食にやってきた。オーエン・グリフィスは仕事で忙しく飛び回っていた。私たちはパイ氏の家へ出かけて、いっしょにシェリーを飲んだ。それから、司祭の家へお茶に呼ばれて出かけた。

デイン・カルスロップ夫人がこの前会ったときのような強引な態度を示さなかったので、私はほっとした。そんなことはすっかり忘れてしまっているようだった。いまの彼女の関心はもっぱら、カリフラワーやキャベツの虫害を防ぐために、モンシロチョウをどうしたら駆除できるかということにあるように見受けられた。

司祭の家での午後は、私たちがここへきてからすごした中でもっとも平和な午後の一つだったろう。古い魅力的な家で、大きな古ぼけた応接間には、色あせたばら色のクレトン地のカーテンがかかっていた。デイン・カルスロップ家には泊まり客が一人きていた。感じのいい中年を過ぎた年ごろの婦人で、白い毛糸でしきりに何か編んでいる。私たちが温かいスコーンを食べていると、司祭が入ってきて、にこやかな微笑を浮かべながら、上品な口調で博識ぶりを披瀝した。面白い話だった。

しかし、私たちはあの殺人事件に関する話題をことさらに避けたわけではなかった。

事実それも話題にのぼった。

泊まり客のミス・マープルは、その話題にひどく興味をそそられたらしい。そしてこんなふうに弁解した。「田舎に暮らしていると、話のたねがあまりありませんからね！」殺されたお手伝いは彼女の家のお手伝いのエディスみたいな女だったにちがいないと、彼女は断定した。

「いい子なんですよ、よく働くし。でも、ときどきちょっとものわかりの悪くなることがありましてね」

また、ミス・マープルのいとこの姪に当たる人の義理の姉が、かつて匿名の手紙でさんざん迷惑したことがあるので、こういう事件には非常に興味を持っているのだともいった。

「しかし、どうなんですか」と、彼女はデイン・カルスロップ夫人にいった。「村の人たち――いや、この町の人たちはどんなふうにいってるのですか。それをどう思ってるの」

「あい変わらず犯人はクリート夫人だと思ってるんじゃないかしら」と、ジョアナが口をはさんだ。

「いいえ、こんどはそうは思ってませんよ」と、デイン・カルスロップ夫人がいった。

ミス・マープルは、クリート夫人というのはどんな人かとたずねた。

鬼ばばあといわれていると、ジョアナが答えた。

「ほう、そうなんですか？」ミス・マープルはデイン・カルスロップ夫人に訊き直した。

司祭がラテン語の文句をながながと引用した。たぶん魔女の妖術に関することだったのだろう。私たちはみんなさっぱり意味がわからないながらも、かしこまって聞いていた。

「ばかな女ですよ」と、彼の妻はいった。「もったいぶってみせるのが好きでね。満月の晩に薬草を採りにいったりして、この土地の人たちにそれを吹聴して歩いてるんですよ」

「で、ばかな女たちが彼女の家へ病気を診てもらいにいってたわけね」と、ミス・マープル。

私は司祭がまた得意のラテン語で一席ぶとうとしているのを見て、急いで質問を投げた。「しかし、みんなはどうしてこの殺人事件について彼女を疑わないんでしょうね。あの手紙の事件のときは、彼女の仕業だといってたじゃないですか」

ミス・マープルがいった。「しかし、そのお手伝いさんは金串で刺し殺されたわけなんでしょ――(考えただけでぞっとしますね!)――だったら、そのクリート夫人とやらには嫌疑がかかりませんよ。なぜなら、もし彼女がそのお手伝いさんを殺すつもりなら、自然に衰弱して死ぬように呪えばいいわけなんですもの」

「そういう古い迷信がまだ残っていることは、まったく驚くべきことですな」と、司祭はいった。「キリスト教布教の初期には、地方の迷信がキリスト教の教義に巧みに混入していたものですが、長い間にそういう好ましくない不純物はしだいに除かれてしまったはずですがな」

「わたしたちは迷信の話をしてるんじゃありませんよ、あなた」と、デイン・カルスロップ夫人はたしなめた。「事実について話しているのです」

「しかも、はなはだ不愉快な事実についてね」と、私がいった。

「まったくそのとおり」と、ミス・マープル。「ところで――少し独断的すぎるかもしれないけど――あなたはこの土地の人でないだけでなく、世の中のことやいろんな社会生活について広い知識をお持ちでいらっしゃるようですから、きっとこの不愉快な問題に対する解答を発見することができそうなものですがね」

私は苦笑した。「これまで発見した解答というのは、夢ぐらいなものですよ。その夢を見てるときは、みごとに問題を解決したような気がするのですけど、遺憾ながら、目が覚めると、すべてがばかげた話なんです！」

「しかし、面白いじゃありませんか。ばかげた話って、どんな？」

「〝火のないところに煙は立たぬ〟というばかげた諺からはじまるわけなんです。人々がそれをうんざりするほどくり返していっているのです。で、やがてぼくはそれを軍隊用語と混同してしまう。煙幕、紙きれ、電話の伝言――いや、それはまたべつの夢でした」

「それはどんな夢ですか」

　この老婦人が夢の話にやけに興味ありげに熱心に訊くので、私は彼女もナポレオンの〝夢の本〟のひそかな愛読者にちがいないと思った。その本は私の乳母の座右の書だった。

「ま、ばかげたことですが——シミントン氏の家の家庭教師のエルシー・ホーランドが医者のグリフィスさんと結婚することになり、こちらの司祭さんがラテン語の祈禱書を読んでいたのです——（「まあ、それは適役だわ」と、デイン・カルスロップ夫人が夫をふり返っていった）——すると、突然カルスロップ夫人が立ち上って異議を唱え、それをやめさせるべきだといったのです」

　私は微笑してつけ加えた。「しかし、その部分は事実でした。ぼくが目を覚ますと、あなたがぼくのそばに立って、そういっていたのです」

「だって、そのとおりでしょ」と、デイン・カルスロップ夫人がいった——こんどはおだやかな調子だったので、私はほっとした。

「しかし、電話の伝言というのは、どこへ出てくるのです」ミス・マープルは眉を寄せていった。

「ああ、これはうっかりしていました。それは夢じゃありません。その前にじっさいあったことなんです。ぼくがホールを通りかかったとき、もしある人から電話がかかってきたらこう返事しておいてくれというジョアナの書き置きが目にとまったわけなんです」

ミス・マープルは身を乗り出した。ほおに薄く赤味がさしていた。「大変ぶしつけな、詮索じみた質問で恐縮ですけれども、その伝言はどんな内容だったのでしょうか」彼女はジョアナへ視線を投げた。「お訊きしてもよろしい？」

ジョアナは面白がっているような顔だった。

「ええ、構いませんわ。ただ、あたし自身はよく憶えていませんので、ジェリーに説明してもらいましょう。でも、たしかくだらないことだったと思いますわ」

私はその老婦人の異常な関心につられて、思い出せるかぎり正確に、きちょうめんにそれを説明した。

その伝言は彼女を失望させるかもしれないと思ったが、しかし彼女はそれによって何かを空想させられたらしく、大きくうなずき、にっこり笑って、いかにも嬉しそうだった。

「なるほど。たぶんそんなことだろうと思いました」

デイン・カルスロップ夫人が鋭くたずねた。「そんなことって、ジェーン？」

「ごくありふれたことですよ」と、ミス・マープルはいった。

彼女は思案しながらしばらく私を見つめていたが、やがてだしぬけにこういった。

「あなたは大変利口でいらっしゃるようですけど……でも、少し自信がなさすぎますね。もっと自信をお持ちになるべきですわ！」

ジョアナがひやかした。

「とんでもない。兄をおだてるのはよしてください。そうでなくても、うぬぼれが強いのですから」

「黙れ」と、私は彼女をたしなめた。「マープルさんのおっしゃるとおりだ」

ミス・マープルはまた編み物をはじめた。「ばれないように人殺しをするこつは、手品のこつとよく似てるのですよ」と、ぼんやりつぶやくようにいった。

「すばやい手さばきで、人の目をごまかす点がですか」

「それだけじゃありません。正しくないものを、正しくない場所で人々に見せる必要があること――いわば、いかさまな誘導がその秘訣なんです」

「なるほど」と、私はいった。「たしかにわれわれはみんな、野放しになっている気ちがいを、まちがった場所で探していたのかもしれませんな」

「わたしはむしろ、きわめて正気な人を探すでしょうね」と、ミス・マープルはいった。

「そうそう、ナッシュ警視もそういってました。りっぱな社会的な地位のある人だということを強調していましたよ」

「ええ、そうでしょう」ミス・マープルはうなずいた。「それは非常に大事な点だと思います」

みんながその意見に賛成のようだった。

私はカルスロップ夫人にいった。「ナッシュさんはこれからもまだ匿名の手紙が現われるだろうといってましたが、あなたはどう思います」

「たぶん、そうだろうと思いますわ」と、彼女はゆっくり答えた。

「警察が思っているくらいなら、かならずそうなりますよ」と、ミス・マープルはいった。

私はしつこくカルスロップ夫人にたずねた。

「あなたはまだあの手紙の筆者に同情しますか」

彼女は顔を紅潮させた。「だって、あたり前でしょう」

「この事件の場合は、わたしはそれに賛成しかねますね」と、ミス・マープルがいった。

私は腹立たしげにいった。「そいつは一人の女性を自殺させ、家族たちをはかりしれない悲しみのどん底につき落としたのですよ！」

「あなたも手紙を受け取ったんですの?」と、ミス・マープルはジョアナにたずねた。

ジョアナが大げさな声をあげた。「ええ、きましたとも！　すごくいやらしいことが書いてありましたわ」

「若くておきれいなかたは、とかくそんな手紙を書く者から目をつけられがちですからね」

「そういう点から見て変だと思うんですが、エルシー・ホーランドには一通もきていないんですよ」と、私がいった。

「えーと、それはあのシミントン家の家庭教師ですね――あなたが夢をごらんになったという?」

「そうです」

「じっさいは受け取っているのに、隠していわないんじゃないかしら」と、ジョアナ。

「いや、そうじゃないよ。ぼくは彼女の話を信じるね。ナッシュもそういっていたよ」

「ほう、それは面白い」と、ミス・マープルはいった。「こんな面白い話を聞いたのははじめてだわ」

2

家へ帰る途中でジョアナは、手紙がこれからもまだ現われるだろうといったナッシュの意見を、私がみんなに話すべきではなかったといった。

「なぜ？」

「カルスロップ夫人が張本人であるかもしれないからよ」

「まさか！　おまえほんとにそう思ってるのかい」

「それはどうかわからないわ。でも、彼女はかなり変人だわ」

私たちはまたあらゆる可能性について議論しはじめた。

私がエクサンプトンから車で帰ってきたのは、それから二日たった晩だった。私は向こうで夕食をすませ、それから帰途についたので、リムストックに入ったときはかなり遅くなっていた。

そのときヘッドライトの調子がおかしくなったので、私はスピードをゆるめ、スイッチを二、三度ひねってみてから車を停め、外へ出て故障を調べた。かなり手間どったが、やっとどうにか直すことができた。

通りはまったく人影が絶えていた。リムストックの人々は暗くなってからはめったに外へ出なかった。すぐ前方に数軒家が並んでいて、そのあいだに不恰好な切妻造りの婦人会館の建物が、薄明るい星空にぼうっと浮かんでいた。私はなぜかそこへ行ってのぞいてみたい気持ちにかられた。その門をかすめたおぼろな人影がちらっと目にとまったような気がした——それは気のせいだったかもしれない。意識に残るほどはっきりした映像ではなかったが、とにかく私は急にその場所に抑え難いほどの好奇心を感じた。

門はわずかに開いていた。私はそれを押しあけて中に入った。細い道を少し行くと、石段が四段あって正面入口のドアに通じていた。

私はしばらく躊躇しながらそこに立っていた。いったいおれは何をしようとしてこんなところへきたのだろう。自分でもわからなかった。だが、そのとき突然すぐ近くで、きぬずれの音がした。女のドレスのすれ合う音のように思えた。私はすぐ身をひるがえして、音のした建物の端の方へ回った。

人影らしいものは見えなかった。私はそのまま進んでもう一つ角を回り、建物の裏側へ行った。ふと見ると、私から二フィートぐらいしか離れていないところにある窓があけっぱなしになっていた。

私はそこへ忍び寄り、耳を澄ました。なんの物音も聞こえなかったが、なんとなく人の気配を感じた。

私の背中はまだアクロバットができるほどにはよくなっていなかったが、どうにか窓によじ登り、静かに中へ降りた。しかし、まずいことにやや高い音を立ててしまった。窓の内側に立ったまま耳を澄ましてから、両手を前方にのばしながらそっと歩きはじめた。するとそのとき、私の右前方にかすかな物音がした。

私はポケットから懐中電灯を取り出し、音のした方をねらってスイッチを押した。すぐさま低い声がいった。「消しなさい！」

私はすぐそれに従った。なぜなら、ほんの一瞬の間に、声の主がナッシュ警視であることを知ったからだ。

彼は私の腕をとり、ドアを一つ通り抜けて廊下へ出た。そこは周りに窓がなく、外から私たちの姿を見られる心配がなかった。彼はスイッチをひねって電灯をつけてから、怒っているというよりもむしろがっかりしたような顔で私を見た。

「いやはや、よくもまあ、肝心なときに邪魔が飛びこんできたものですな」

「すみません」と、私は謝った。「何やら怪しい予感がしたものですから」

「たぶんそれは当たっているでしょう。だれかを見かけましたか」

私は躊躇した。「さあ、はっきりはわかりませんでしたが、表門からだれかが忍びこんで行ったような気がしました。しかし、その姿を見たわけじゃありません。それから、この建物の裏の方へ回って行くようなきぬずれの音がしたのです」

ナッシュはうなずいた。

「そうなんです。だれかがあなたの前にこの建物の裏側へ回ってきたのです。そして、あの窓のそばでちょっとためらっていたのですが、それからすばやく逃げていきました――たぶん、あなたの足音を聞いたからでしょう」

私は重ねて謝った。「いったい何をしにきたのでしょうね」と訊いた。

「わたしは匿名の手紙の筆者が手紙を書くのをやめることができないだろうと、見越しているのです。やつはそれが危険なことは知ってるでしょうが、きっとやらずにおれなくなる。アルコールや薬のきれた中毒患者みたいなものです」

私はうなずいた。

「だれか知らないがその筆者は、おそらく、できるだけ手紙をこれまでと同じ体裁にしたいと思うでしょう。やつはあの本から切り取ったページをまだかなり持っているはずですから、手紙自体はその字句を切りはぎしてできます。しかし、問題は封筒の宛名なんです。おそらくやつは同じタイプライターでそれを打ちたがるにちがいありません。違うタイプライターを使ったり、自分の手で書くような危険をおかすはずはありませんから」

「しかし、犯人はほんとにゲームをつづけるでしょうかね」と、私は信じかねて問いただした。

「つづけますとも。やつは絶対的な自信を持ってるだろうと思うんです。これは断言できます。ああいう連中はうぬぼれが強いものですよ。ですから、やつはあのタイプライターを使うためにきっと夜中に婦人会館にやってくるだろうと、わたしは踏んだわけです」

「ミス・ギンチでしょうか」と、私がいった。

「さあ、どうですかな」

「まだわからないのですか」

「わかりませんね」

「でも、推測はついているのでしょう」

「まあね。しかし、相手は非常に狡猾ですからな。ゲームの秘訣をじつによく知っている」

私はナッシュの打った網の一部を想像することができた。ある容疑者が書いてポストに入れるか宛先の郵便箱に投げこんだ手紙はすべて、ただちに検閲されるように手配されているのだろう。早晩その犯人はどじを踏んで、尻尾を捕まえられるにちがいない。

私は気負いすぎて彼の邪魔をしてしまったことを、再三謝った。

「いや、仕方ありません。またつぎの機会を待ちましょう」

私は外の暗闇の中へ出た。ぼんやりした人影が私の車のそばに立っていた。驚いたことに、それはミーガンだった。

「あら、今晩は！　この車はやっぱりあなたの車だったのね。何をしてたの」

「きみこそ、こんな夜中に何をしてるんだ」と、私は訊き返した。

「散歩してたのよ。あたし、夜中に散歩するのが好きなの。だれにも呼びとめられて、くだらない話を聞かされる心配もないし、星はきれいだし、樹木や花のいい香りがするし、昼間見ればなんでもないものでも、夜はそれがみんな神秘的に見えるのよ」

「それは結構な話だけど、しかし、暗闇の中を歩くのは、猫と魔女くらいなものだぞ。家の人が心配してるかもしれんよ」

「いいえ、心配なんかしないわ。あたしがどこで何をしてようと、構っちゃいないのよ」

「その後どう？　元気かい」と、私は訊いた。

「あい変わらずよ」

「ホーランドさんはきみの面倒をみてくれる？」

「まあね。彼女はまるっきりばかになってるより仕方がないんでしょうよ」

「手きびしいね――しかし、そのとおりかもしれないな」と、私はいった。「とにかく、乗りなさい。家へ連れていってあげよう」

ミーガンの姿が見えないことをだれも心配していないというのは、かならずしも事実ではないようだった。

私たちの車が着いたとき、シミントンが入口の石段に立っていた。

彼は私たちの方をのぞくようにして見た。「やあ、今晩は。ミーガンですか、いっしょに乗っているのは」

「ええ、そうです」と、私は答えた。「送ってきたのです」

シミントンはきびしくいった。

「ミーガン、黙って出かけたりしちゃいかんよ。ホーランドさんがとても心配していたんだよ」

ミーガンは何かつぶやいてから、彼のそばをすり抜けて家へ入って行った。シミントンはため息をついた。

「母親がいないと、大きい娘ってのは世話がやけますよ。学校へやるにはもう年が多すぎるでしょうしね」

彼はやや疑わしげな目で私を見た。

「あなたがあの子をドライヴに誘ったのですか」

私はそういうことにしておくのが無難だろうと思った。

第十一章

1

　翌日、私はまるで気が狂ったようになった。思い出してみると、それ以外に説明のしようのない一日だった。

　私は毎月一度マーカス・ケントを訪ねて診てもらうことになっていて、その日も汽車で行った。意外なことに、ジョアナは家に残っているといった。いつもなら喜んでついてきて、二日ぐらい遊んでから帰るのに。

　私はその晩の汽車で帰ってこようとすすめてみたが、ジョアナはやらなければならないことがたくさんあると謎めいたことをいい、おまけに、あんな汚いおんぼろ汽車に何時間もゆられながら退屈しているより、田舎で気持ちよく晴れた一日をすごした方がどんなにましかしれないなどといって、いっそう私を驚かした。

たしかにそうには違いないが、ジョアナには似つかわしくない言葉だった。

彼女は車はいらないというので、私はそれを運転して駅へ行き、帰ってくるまでそこに駐めておくことにした。

リムストックの駅はどういう理由からか（鉄道会社にしかわからない理由だろうが）、リムストックの町から半マイル以上も遠くにあった。その道を半分ほど行ったころ、あてもなくぶらぶら歩いているミーガンに追いついた。

「やあ、何をしてるの」

「散歩よ」

「あまり楽しい散歩じゃなさそうだね。まるでくたびれたカニが、もそもそと這ってるみたいだぜ」

「だって、どこへ行こうと思ってるわけじゃないんだもの」

「じゃ、駅までぼくを見送りにこない？」私が車のドアをあけると、ミーガンは勢いよく中へ飛びこんだ。

「どこへいらっしゃるの」と、彼女が訊いた。

「ロンドンまで。医者に診てもらいにね」

「あなたの背中は、もうそんなに悪くないんでしょ」

「うん、もうすっかりよくなった。医者もぼくを診たら喜ぶだろうと思うよ」

ミーガンはうなずいた。

駅に着くと、私は車を駐めて出札所で切符を買った。プラットホームにはほんの二、三人しかいなかった。それも、私の知らない人ばかりだった。

「一ペニー貸してくださらない？」ミーガンがだしぬけにいった。「自動販売機のチョコレートを買いたいの」

「ほら、赤ちゃん」私は彼女に銅貨を一枚渡しながらいった。「クリヤ・ガム（きれいな歯ぐきという意味）やトローチは嫌いなんだろう」

「チョコレートがいちばん好きだわ」ミーガンは皮肉をいわれているとも知らずに、けろっとして答えた。

自動販売機の方へ行く彼女の後ろ姿を、私はいらだたしい気持ちで眺めた。かかとのすり減ったゴム靴、粗末な靴下、ひどく不恰好なジャンパーとスカート。それがなぜ私をいらだたせるのかわからなかったが、とにかく私は見るにたえない気持ちだった。

彼女がもどってきたとき、私は叱りつけるような調子でいった。

「きみはどうしてそんなみっともない靴下をはいてるんだ」

ミーガンはびっくりして自分の靴下を見おろした。

「これ、変かしら」

「変にきまってるじゃないか。見ただけで胸くそが悪くなるよ。それに、なんだってそんな腐ったキャベツみたいなジャンパーなんか着てるんだ」

「これはまだちゃんとしてるでしょ。もう数年も前から着てるんだけど」

「そうだろうよ。それに、きみはどうしてそんな――」

そのとき列車が入ってきて、私の小言をさえぎった。

私は空っぽの一等車に乗り、窓をあけて、話をつづけるために上体を乗り出した。

ミーガンは窓の下で、顔を上に向けて立っていた。そして、なぜ私が怒っているのかと訊いた。

「怒っちゃいないさ」と、私は嘘をいった。「ただ、きみがあんまりみっともない恰好をして、しかも自分の身なりをちっとも構わないから、ちょっと小言をいいたくなっただけさ」

「どうせあたしはきれいになれっこないんだから、どんな恰好したって大して違わないでしょ」

「そんなことないさ」と、私がいった。「きれいに着飾ったきみを見たくなったよ。ロンドンへ連れていって、帽子から靴まできちんと揃えてあげたいね」

「そうしていただけたら嬉しいわ」と、ミーガンは神妙にいった。

汽車が動きだした。私はやや仰向けになったミーガンの顔を見おろした。寂しげな顔だった。

そのとき、さっき述べたように、突然狂気が私を襲った。

私はいきなりドアをあけて、ミーガンの片腕をつかみ、彼女を抱き上げて車輛の中へ入れた。

駅の赤帽のわめき声がしたが、しかし彼にできたことは、すばやくドアを閉めることだけだった。私は衝動的に彼女を乗せたステップから、上のフロアへ彼女を引っぱり上げた。

「まあ、いったいどうしたの？」ミーガンは膝小僧をさすりながら訊いた。

「さあ、黙ってぼくといっしょにロンドンへ行くことだ。ぼくのいうとおりにしたら、きみはきっと見ちがえるようになるぞ。きみがどんなにきれいになれるか、きみに見せてやろう。とにかく、そのみっともない恰好にはうんざりしたよ」

「まあ！」ミーガンは恍惚とした声をあげた。

車掌がきて、私はミーガンに往復切符を買ってやった。彼女は隅っこに坐り、畏怖と尊敬の目で私を見つめていた。

「あなたって、ずいぶん突拍子もないことをやる人ね」車掌が行ってしまってから彼女がいった。

「ああ、親ゆずりでね」

さっき私を襲った衝動を、ミーガンにどう説明できよう？　彼女はさっき、まるで置き去りにされた犬のようにもの悲しい顔をしていた。しかし、いまの彼女は、ようやく散歩に連れ出された犬のような喜色を満面にたたえている。

「きみはロンドンをあまりよく知らないだろうね」

「知ってるわ。学校へ行ってるころよく通ったし、歯医者へ通ったこともあるし、一度おとぎ芝居を見にいったこともあるわ」

「これから行くロンドンは、それとはちょっと違うかもしれんよ」と、私はあいまいにいった。

汽車がロンドンに着いてから、私がハーレー通りへ行く約束の時間まで、三十分ほどあいていた。

私はすぐタクシーを拾って、ジョアナの行きつけのドレスメーカーのミロチンの店へ走らせた。ミロチンは四十五、六歳のマリー・グレイという女性がやっている店で、彼女は利口であいそうがよかった。私は前から彼女が好きだった。

私はミーガンにいった。「きみはぼくのいとこということにしよう」

「なぜ？」

「問答無用だ」

マリー・グレイは淡い青灰色のタイトのイヴニングドレスの好きな、体格のがっしりしたユダヤ人だった。私は彼女をほかの店員たちから少し離れたところへ連れていった。

「じつは、ぼくのいとこを連れてきたのです。ジョアナがくることになっていたのだけど、都合が悪くなりましてね。しかし、あなたにまかせればだいじょうぶだという話なので、ぼくが連れてきたわけなんです。あの子のいまの恰好じゃ、ひどすぎますからね」

「ああ、なるほど」と、彼女は感情をこめていった。

「で、あの子の足の先から頭のてっぺんまできれいにしてやりたいのです。ぜんぶまかせます。靴下も靴も下着も、ぜんぶですよ！　ところで、いつもジョアナの髪をやってる男の店が、たしかこの付近にありましたね」

「アントワーヌ？　この角を曲がったところですわ。あたしが連れていってあげましょう」

「そいつはありがたい。あなたのような人は、千人に一人しかいないでしょうな」

「まあ、お上手ですこと――でも、お金の方はべつですわよ――当節はその点をはっきりしておきませんとね――なにしろ、女のお客さんの半分は勘定を払わないんですから。でも、そうおっしゃっていただくと嬉しいですわ」彼女は少し離れたところに立っているミーガンへすばやい職業的な視線を投げた。「スタイルがよくていらっしゃいますこと」

「ほう、あなたはX線の目を持っていらっしゃるらしいな」と、私はいった。「ぼくにはまるっきりぶざまなスタイルに見えますがね」

マリーは声をあげて笑った。

「いくらおめかしをしてもどうにもならないような女の子に盛装させて、得意になっていらっしゃる殿方もいらっしゃいますよ。無邪気でかわいいなんておっしゃってね。じっさい、なんとか人並みの恰好ができるまでに一年もかかる人だって少なくないんです。ま、しかし、ご心配いりませんわ、あたしに任せてくださいませ」

「じゃ、頼みます。六時ごろもどってきますから」

2

マーカス・ケントは私を見て喜んだ。予想をはるかに上回る回復ぶりだといった。

「こんなによくなるなんて、あんたは芯が象みたいに頑丈なんですね。新鮮な田舎の空気を吸って、夜ふかしをせず、刺激や興奮から遠ざかっていると、こうもてきめんな効果があるものですかね。驚きました」

「いや、あなたが挙げたはじめの二つはともかくとして、あの田舎では刺激や興奮を避けるわけにはいきませんよ。すごいんですから」

「どういう刺激なんです」

「人殺しです」と、私はいった。

マーカス・ケントはややしばらくぽかんと口を開いていたが、やがて口笛を鳴らした。

「牧歌的な恋の悲劇でもあったのですか。農家の若者が恋人を殺したとかいう？」

「いや、そんななまやさしいもんじゃありません。凶悪な殺人狂事件ですよ」

「新聞には出ていなかったようでしたね。その男はいつ捕まったのです」

「いや、まだ捕まらないのです。しかも、犯人は女なんですよ！」

「へえっ！　それじゃ、リムストックで静養するのは考えもんですね」

私はきっぱり答えた。

「いや、いいところなんです。ぼくはすっかり離れられなくなっちゃいましたよ」

マーカス・ケントは根性が少しあさましかった。

「ははあ、わかった！　ブロンドの女の子を見つけましたね」

「とんでもない」私はエルシー・ホーランドを頭に浮かべていくぶんやましさを感じながらいった。「犯罪心理について大いに興味を持っただけです」

「なるほど、それなら害もないでしょうが、しかし、その殺人狂とやらにあんた自身まで抹殺されないように気をつけなきゃ」

「そんな心配はありませんよ」

「ところで、どうです。今晩わたしと夕食をつき合いませんか、そのすごい殺人事件の話を聞かせてくださいよ」

「残念ながら、約束がありましてね」

「ご婦人とデイト——でしょ。とすると、あんたはきっともうまもなく全快ですよ」

「ま、ご想像にお任せします」私は相手のミーガンを思い浮かべて苦笑しながら答えた。

ミロチンの店へ六時に行ってみると、店はもうしまいかけていた。私はショールームの外側の階段のてっぺんでマリーに会った。彼女は唇に指をあてていった。

「あなたはきっとびっくりしちゃいますよ！　あたしからこういっちゃなんですけど、腕をふるってやりましたからね」

私は大きなショールームへ入った。ミーガンが高い姿見に自分を映して眺めていた。私ははじめ、それがミーガンであるとは思えなかった！　一瞬息を呑んでその場に立ちつくした。全身が柳のようにすんなりと高く、薄い絹の靴下と形のいい靴をはいた脚が美しくのびていた。脚も手も体のふしぶしまで、あらゆる線が美しかった。髪は形よく作られ、つやつやしたくるみの実のようだった。その美容師はなかなかセンスがよくて、彼女の顔は素顔のままにしてあった。ぜんぜん化粧していないようだった。たとえしているとしても、かすかな上品な化粧なので、見た目にわからないほどだった。彼女の唇は口紅の必要がなかった。

いや、そればかりでなく、彼女には私がいままで見たことのないものが具わっていた。白いうなじのあたりに、無邪気な誇りがただよっていた。彼女ははにかみをふくんだ愛らしい微笑を浮かべながら、静かに私をふり返った。

「どう？　ちょっとすてきでしょ」と、ミーガンはいった。

「すてき？　すてきどころか、もっとすばらしいよ！　これから夕食をしに出かけて、もし一秒ごとに男がきみをふり返らなかったら、ふしぎなくらいだよ。ほかの女たちは、みんな尻尾を巻いて逃げちゃうだろう」

　ミーガンは美貌ではなかったが、非凡な個性的な顔立ちをしていた。彼女が私の先に立ってレストランへ入ると、給仕長が急いで駆けつけてきた。私は何か世の中にそうざらにない珍しいものを手に入れたときに感ずるようなばかげた誇りに、心の浮き立つのをおぼえた。

　私たちはまずカクテルを飲みながら語り合った。それから食事をし、その後で踊った。ミーガンが踊ってくれとせがむので拒みきれなかったのだが、私はよもや彼女が上手に踊れるとは思っていなかった。しかし、みごとだった。私に抱かれながら羽根のように軽々と舞い、彼女の体も足も完全にリズムに乗っていた。

「ほう、きみは踊れるんだね！」

　彼女はややびっくりしたようだった。「あら、もちろん踊れるわ。学校で毎週ダンスの時間があったんですもの」

「上手に踊るには、教室以外のところで踊らなくちゃ」と、私はいった。

私たちはまたテーブルにもどった。

「ここの料理、おいしいわね」と、ミーガン。「何もかもすてきだわ！」

彼女は嬉しそうにため息した。

「うん、ぼくも同感だ」

夢のような夜だった。私はまだ狂気にとりつかれていた。しかし、やがて彼女がおぼつかなげにこういったとき、私はいきなり地上にひきずり降ろされた感じがした。

「そろそろ家へ帰らなくちゃいけないんじゃない？」

私は思わずあっと叫んだ。たしかに私は狂っていたのだ。何もかも忘れてしまっていたのだった。現実と絶縁された世界で、私の創った異性と二人きりになって遊んでいたのだ。

「あっ、しまった！」と、私はいった。

終列車がとっくに出てしまったことに気づいたのだった。

「ここにいてくれ。電話をかけてくるから」

私はリュウィリン・ハイヤーへ電話して、いちばん大きくて速い車を一台至急手配してくれと頼んだ。

それから、席にもどってミーガンにいった。「終列車は出てしまったから、車で帰ろう」

「車で？　まあ嬉しい！」

なんというかわいらしい子供だろう。あらゆることを嬉しがり、一言も文句をいわずにすなおに、私のいうことを受け入れるのだった。

車がきた。たしかに大きくて速かったが、それでも、リムストックに着いたのは非常に遅かった。

私は突然良心がとがめた。「みんながきみのことを心配して、探し回ってるかもな」

しかし、ミーガンは落ち着き払っていた。

「いいえ、そんなことないと思うわ。あたし、黙って出かけたまま、昼食に家へ帰らないことがよくあるんだもの」

「それぐらいなら大したことはないだろうが、今日はお茶の時間にも夕食にも帰らなかったわけだからね」

しかし、ミーガンは運にめぐまれていた。彼女の家は暗くひっそりと静まりかえっていたからだ。ミーガンのいうままに、私たちは裏へ回ってローズの部屋の窓へ石ころを投げた。

案の定ローズが顔を出し、思わず洩れた驚きの声と胸の動悸を抑えながら、私たちを中へ入れた。

「あのね、あなたはもうとっくにやすんでいらっしゃるといってありますからね。旦那さまとホーランドさんは――（ホーランドの名前を口にしてから、ちょっとこばかにしたように鼻を鳴らした）――早目に夕食をすませて、いっしょにドライヴに出かけたんですの。あたしが子供たちの世話をするようにとおっしゃって。そして、旦那さまがお帰りになったときにあなたのことをお訊きになったので、あたしは二階の子供部屋で遊んでいるコリンを寝かせつけようとしていたら、階下であなたが帰ってきたような音が聞こえ、それからしばらくしてあたしが階下に降りたときには姿が見えなかったので、たぶんやすんでしまったのでしょうといったんですよ」

私は彼女の話をさえぎって、ミーガンにすぐやすんだ方がいいとすすめた。

「じゃ、おやすみなさい。とても楽しかったわ」と、ミーガンはいった。

私はまだいくぶん夢心地のまま車を家へ向け、運転手に気前よくチップを払い、もしよかったら泊まるようにとすすめた。しかし、彼は真夜中の道をひき返していった。

私たちが話しているあいだに玄関のドアの鍵があけられ、車が走りだしたときそれが大きく開かれて、ジョアナの声がした。

「あら、お帰りなさい。遅かったのね」

「心配したかい」私は中へ入ってドアを閉めながらたずねた。

ジョアナが応接間に入ったので、私はその後につづいた。コーヒー・ポットが湯気を立てていた。私は自分でウイスキー・アンド・ソーダを作って飲み、ジョアナはひとりでコーヒーをすすった。

「心配なんかしないわよ、もちろん。どうせあなたのことだから、向こうに泊まることに決めて、どんちゃん騒ぎをしてるんだろうと思ったわ」

「どんちゃん騒ぎか――まあね」

私は苦笑してから、急に声をあげて笑った。

そして、何がおかしいのかと訊いたジョアナに、一部始終を話して聞かせた。

「だけど、ジェリー、気が狂ったんじゃない？　正気の沙汰じゃないわ！」

「たぶんね」

「こんな土地で、そんなことをしたら大変よ。明日になったら、リムストックじゅうに知れ渡っちゃうかもしれないわ」

「そうかもしれん。だけど、ミーガンはまだ子供じゃないか」

「いいえ、彼女はもうはたちよ。はたちの女の子をロンドンへ連れていって、ドレスを買ってやったりしたら、変な噂の立たない方がふしぎなくらいだわ。大変なことやらかしたものね。あの子と結婚しなくちゃならないかもしれなくってよ、ジェリー」

ジョアナは半ばまじめくさった、半ば冗談めいた調子で私をおどかした。

私がある重大な発見をしたのは、そのときだった。「そうなったって構やしないよ。そう——結婚してもいいさ」

ジョアナの顔に奇妙な表情が浮かんだ。彼女は立ち上ってドアの方へ行きながら、そっけなくいった。

「そうなることは、あたし、だいぶ前から知ってたわ……」

自分の新しい発見に愕然となり、グラスを手にしたまま立ちつくしている私を残して、彼女は部屋を出て行った。

第十二章

1

男が結婚を申し込みに行くとき、普通はどんな反応を示すものか、私は知らない。小説では、喉がかわいたり、シャツの襟首が妙にきつくなった感じがしたり、そわそわしてはた目にも気の毒な状態になったりする。

私はぜんぜんそんなことを感じなかった。すばらしい思いつきだと思ったから、できるだけ早くきめてしまいたかっただけのことで、当惑すべき理由がなかったせいかもしれない。

翌朝の十一時ごろ、私はシミントンの家へ行った。ベルを鳴らし、ローズがやってくると、私はミーガンに会いたいといった。そのとき私がはじめてちょっとてれくささを感じたのは、ローズがいかにも心得顔な視線を投げたからだった。

彼女は私を小さな居間に通した。そこで待ちながら、私はミーガンがこの家の人々にいじめつけられて、気が転倒しているのではなかろうかと心配した。

しかし、ドアが開き、私がくるっとその方をふり返った瞬間、まずほっとした。ミーガンはぜんぜんはにかんでも、気が転倒してもいなかった。髪はまだくるみの実のような光沢を見せ、彼女の態度は昨日体得した自信と誇りがあふれていた。また古い服を着ていたが、着こなしがいつもと違っていた。女が自分の美しさを自覚するとこうも変わるものだろうか。ミーガンはすっかりおとなになっていた。

私はやはり多少落ち着きを失っていたのだろう。そうでもなければ、「やあ、キャットフィッシュ！」などと、親しげに呼びかけなかっただろう。これはどう考えても、恋人への挨拶とは言いがたかった。

しかし、ミーガンはその調子が気に入ったらしい。にっこりして「いらっしゃい！」と、挨拶した。

「昨日のことで、うるさくいわれなかったかい」と、私はたずねた。

ミーガンは首を振って、「いいえ、べつに」と答えたが、それから一度まばたきして、とぼけた口調でいった。「ま、ちょっと騒いでいるらしいけどね。みんなが変に思って、いろんなことをしゃべってるらしいの——でも、どうせくだらないことで大騒ぎする人たちのことだもの、いいたきゃいわしておくわよ」

まるでアヒルの背中が水を受けつけないように、不快な噂を軽く聞き流してけろっとしているミーガンを見て、私はほっとした。

「じつは、今朝こちらにきたのは、一つ提案したいことがあるからなんだ。きみも知ってるとおり、ぼくはきみが好きだし、きみもぼくが好きだと思うけど——」

「大好きだわ」ミーガンはやや熱っぽい調子でいった。

「それに、ぼくたちはおたがいに気が合う。だから、ぼくたちはいっそのこと結婚したらいいんじゃないかと思うんだけど、どうだろう」

「えっ」と、ミーガンはいった。

ちょっと驚いた様子だった。しかし、それだけでしかなかった。目を丸くもせず、顔色を変えもしなかった。おだやかな驚き方だった。

「あなたはほんとうにあたしと結婚したいと思ってるの？」彼女は念を押すような口ぶりで訊き返した。

「本気だとも。ぼくの最大の念願だよ」と、私はいった——それは嘘ではなかった。

「あなたはあたしを愛してるのね？」

「愛してるとも」

彼女の目は冷静で真剣だった。

「あたし、あなたはとてもすてきな人だと思うわ——でも、あたしはあなたを愛しちゃいないわ」

「じゃ、ぼくを愛せるようにしてあげよう」

「だめよ、そんなの。強制されるのはいやだわ」

彼女は間をおいてから、しんみりといった。「あたし、あなたの奥さんには向かない女なのよ。愛するより憎む方が得意な女なんだもの」

彼女はそれを奇妙なはげしい感情をこめていった。

私はいった。「憎しみは長つづきしないものさ。愛はいつまでもつづくけど」

「ほんとかしら？」

「ぼくはそう思うよ」

しばらく沈黙がつづいた。やがて私がたずねた。

「すると、返事は〝ノー〟かい」

「そう、ノーよ」

「ぼくに希望を持たせるようなことを、いってくれないの」

「そんなことをしたってむだでしょ」

「たしかにね」と、私は同意した。「じっさい余計なことだろう――きみがいおうというまいと、ぼくは希望を持ちつづけるつもりだから」

ま、そうならそうでいい。私はローズの燃えるような興味のまなざしが私の後を追っているのを腹立たしく意識しながら、やや目がくらむ思いでその家を出た。ローズが私をつかまえてしゃべりまくったので、私は逃げ出すのに一苦労したのだった。

2

あの恐ろしい日以来彼女は不安でたまらなくなってしまったこと。この家の子供たちのことや、シミントン氏に対する同情に縛られなかったら、彼女はとっくに出てしまっただろうということ。ほかのお手伝いが見つかったら、すぐにでも辞めたいが、人殺しのあったこんな家にくる者はいないだろうということ。ミス・ホーランドがしばらく家事の面倒をみるといっているのは、感心だと思うということ。彼女はとても気立てがやさしくて従順な女だが、彼女はそのうち晴れてこの家の主婦になることを、ひそかに夢見ているのだということ！　シミントン氏はそんなことを知らないようだけれども、男やもめが野心のある女にかかったらひとたまりもないだろうということ。たとえミス・ホーランドが亡くなった主婦の後がまに坐ろうとしなくても、そうなってしまうだろうということ！

私は早く逃れようとして機械的にあいづちを打っていたが、ローズは私の帽子をしっかと握ったまましゃべりまくった。

彼女のいっていることは、はたして事実なのだろうかと、私はいぶかってみた。エルシー・ホーランドは二番目のシミントン夫人になることをもくろんでいるのだろうか。それとも彼女はただ親切心から、主婦に死なれた家庭の面倒をみてやっているのだろうか。

しかし、どっちみち同じ結果になりそうな気がした。シミントンの子供たちはまだ母親が必要だろうし、エルシーは思いやりのある女だから——それに上品さはないが、あの美貌なら、たとえシミントンみたいな野暮な男でも、誘惑を感じずにはおれまい。

私はミーガンのことを考えるのを避けるために、そんなことを思い耽っていた。

読者はもしかすると、私が身勝手な気持ちでミーガンに求婚し、当然の結果としてひじてつを食ったのだと思うかもしれない——しかし、そうではなかった。私はミーガンの面倒をみてやり、彼女を幸福にし、彼女の身の安全をはかってやることが私の仕事だと思い、それが私のもっとも自然な、理にかなった生き方だと思ったのだ。そしてまた、彼女と私がともに似つかわしい二人だということを、彼女がわかってくれることを期待したのだった。

しかし、私はあきらめるつもりはなかった。ミーガンは私の恋人だった。なんとしても彼女を自分のものにしたかった。

しばらく考えてから、私はシミントンの事務所へ行った。ミーガン自身はどんな非難にも関心を払わないだろうが、しかし私はいちおういままでのいきさつを説明しておきたかったのだ。

シミントン氏はちょうど来客がなかったので、すぐさま私を彼の部屋へ通した。彼の唇がにがにがしく嚙みしめられているのと、いつにも増してぎこちない態度を見た瞬間、私をあまり快く思っていないらしいことに気づいた。

「おはようございます」と、私は挨拶した。「突然おうかがいしまして失礼しました。用件といいますのは、仕事の話でなくて個人的なことなんですが。ざっくばらんに申しあげましょう。じつは、あなたもお気づきかと思いますが、ぼくはミーガンが好きなんです。で、彼女に結婚を申し込んだところが、断わられました。しかし、ぼくはそれを最終的な返事とは思っておりません」

私はシミントンの表情ががらっと変わったのを見て、皮肉な目で彼の心を読んだ。ミーガンはいわば彼の家庭の異分子だった。もちろん彼は公平な、しかも親切な男だし、死んだ妻の娘を邪魔もの扱いにするつもりは毛頭あるまい。しかし、もし彼女が私と結婚すれば、彼はきっとほっとするだろう。凍りついたような表情が解け、慎重な微笑が洩れた。

「正直にいって、わたしはいままでそんなことを考えてもみませんでしたよ。いや、あなたがあの子に親切にしてくださっていることは知ってましたが、なにせわたしたちはあの子をまだ子供だと思っていましたので」

「もう子供じゃありませんよ」と、私は短くいった。

「そう、年はそうですけど——」

「彼女はまわりの者がそのつもりで見てやれば、年相応のことができるんですよ」私はいささか怒っていった。「まだ二十一歳にはなりませんけど、もう一、二カ月すればその年になるはずです。もしぼく自身のことについて知りたければ、詳しく説明いたしましょう。ぼくはかなりの資産もあり、裕福な生活をしています。そして、彼女を幸福にするためなら、できることはなんでもするつもりです」

「はあ——それはもうよく承知しておりますが、しかし、いずれにせよ、ミーガンがうんといわないことにはね」

「彼女はいずれ意見が変わるだろうと思うんですが、いちおうぼくからあなたにご説明しておいた方がいいだろうと思って、申しあげたまでなんです」

彼は快く了解してくれた。そして、私たちは気持ちよく別れた。

3

外へ出たとたんに、エミリー・バートンとばったり出会った。腕に買い物籠を下げている。

「おはようございます、バートンさん。なんでも、あなたは昨日ロンドンへお出かけになったとか？」

もう聞いているらしい。彼女の目は親切そうだったが、異様な好奇心に満ちていた。

「医者に会いに行ったのです」

ミス・エミリーはにっこりした。

マーカス・ケントの微笑を小さくしたような微笑だった。

「話によると、ミーガンはその汽車に乗りそこねるところだったそうですね。走りだしてから飛び乗ったとか？」

「ぼくが乗せてやったのです。抱きあげて乗せたのですよ」

「へえっ、運よくあなたがそこにいたからよかったものの、そうでなきゃ、大変なことになってたかもしれませんわね」

私はいままで、このおとなしい詮索好きな老婦人が男をこうも愚弄することができるとは、夢にも思わなかった！

しかし、そのときデイン・カルスロップ夫人が猛然と近づいてきたので、私はそれ以上苦しめられずにすんだ。夫人はおとなしい泊まり客の中年婦人を連れていたが、その婦人に聞こえるのも構わずにずけずけといった。

「おはようございます。あなたはミーガンにすてきな衣裳を買ってやったそうですわね……？　それはそれは、まあほんとによくお気づきになりましたこと。男って、なかなかそういう実際的なことには頭が回らないものですわ。わたしはあの子のことを前々から気に病んでいましたのよ。頭のいい子は、低能と紙一重ですからね」

彼女は私を煙にまいたまま、魚屋へ飛びこんでしまった。

私のそばに取り残されたミス・マープルは、目をぱちくりさせてからいった。

「彼女はじつに珍しい人です。彼女のいうことは、たいがい当たっていますよ」

「だから、みんなに煙たがられるわけですかな」と、私はいった。

「正直な人は、どうしてもそういうことになるでしょうね」と、ミス・マープル。

カルスロップ夫人はまた勢いよく魚屋から飛び出してきて、私たちに加わった。大きな真赤なロブスターを手にしている。

「どう？　パイさんとは雲泥の差でしょ」と、彼女はいった。「男性的でハンサムでね？」

4

私はジョアナと顔を合わせるのが多少不安だったが、家へ帰ってみると、そんな心配をする必要はなかった。彼女は出かけていて、昼食にも帰らなかったからだ。パトリッジはそのためにすっかり腹を立て、二人分のロイン・チョップを皿に盛ってくるなり、にがにがしくこういった。「お嬢さまは、いつもお帰りになる時間をおっしゃってお出かけになるんですけどね」

私はジョアナの遅刻の罪をおぎなうつもりで、チョップを二皿食べた。しかしこんどは、妹がどこへ行ったのかが心配になってきた。最近の彼女の行動は、謎めいたところがあった。

ジョアナが応接間に駆けこんできたのは、三時半ごろだった。私は外で車の停まる音がしたのを耳にして、グリフィスが訪ねてきたのかもしれないと思ったが、車はすぐまた去って行き、ジョアナがひとりで入ってきた。

その紅潮したただならぬ顔色を見て、私は何かあったのだなと直感した。

「どうしたんだ」と、問いただした。

ジョアナはいったん口を開きかけてからまたそれを閉じ、大きくため息をついて椅子に身を投げ出し、茫然と前方を見つめた。

「今日は、ひどい目にあっちゃった！」

「何かあったのかい」

「あたし、まるで信じられないようなことをしてきたのよ。ああ、怖かった――」

「なんだい、いったい」

「あたし、ぶらっと散歩に出たのよ、いつものように――丘を登って、それから狩猟場の方へ行ったの。二、三マイルも歩いたかしら、それからある谷間へ降りていったの。そこに農家が一軒あってね――すごく寂しい場所だったけど――あたし、とても喉がかわいていたので、そこへ行ってミルクか何か飲ませてもらおうと思ったわけなのよ。で、その農家の庭へ入ったら、そのとき玄関が開いてオーエンが出てきたの」

「ほう？」

「彼は地区看護婦がきたのだと思い違いしたらしかったわ。じつはその農家の奥さんがお産をしかかっていたわけなの。で、彼は看護婦を使いに出して、ほかのお医者さんを連れてくるように頼んだのだけど――それが結局間に合わなくなってしまったらしいのよ」

「なるほど?」

「で、彼はあたしを見ると、いきなり、〝あなたでもいい、ちょっときてください――だれもいないよりはましだから〟というのよ。あたしは事情を聞いてびっくりして、とてもそんなことはできない――そんなことをやったこともないし、なんにも知らないからといって断わったの。

そしたら、彼はそんなことなんか問題じゃないといって、それから、ものすごい剣幕でくってかかったのよ。〝あんたは女だろ? だったら、ほかの女を助けるために手をかすぐらいのことはできるだろう!〟それから、あたしがいつか、医者の仕事に興味を持ってるとか、看護婦になってみたいなんていったことを持ち出して、〝あんなりっぱな口をきいたじゃないか! それは本気でいったのじゃないかもしれないけど、現にそうしなきゃならないことになったんだから、おしゃれをすることしか知らない能なしのでくの坊だといわれたくなかったら、血の通った人間らしくふるまったらどうだ〟というわけなのよ。

それからあたし、まるで信じられないようなことをやったのよ、ジェリー。器具を消毒したり、いろんな手伝いをしてやったの。くたびれちゃった。まだ足がふらふらして、立てないわ。怖かったわ。でも、彼女も赤ちゃんも助かったの。ぶじに生まれたときは、ほっとしたわ！　彼も一時は、だめかもしれないと思ったんですって。ああ、いま思うとぞっとするわ！」

ジョアナは、両手で顔をおおった。

私はお産の手伝いをしている妹の姿をほほえましく思い浮かべ、心の中でオーエン・グリフィスに帽子を脱いだ。ジョアナを叱りつけて、生まれてはじめて現実と対決させてくれたのだ。

私はさりげない調子で彼女に知らせた。「おまえにきた手紙がホールにおいてあるよ。ポールからだと思ったけど」

「えっ？」彼女はちょっと間をおいてから、まだ興奮のさめないような調子でいった。「ジェリー、あたし、医者ってどんなことをしなければならないものか、ぜんぜん知らなかったわ！　勇気がなくちゃできないわね、あんなこと」

私は黙ってホールへ行き、手紙を持ってきてジョアナに渡した。彼女はそれを開き、ぼんやり目を通してからそれを捨てた。

「彼はとてもすてきだったわ。あの頑張り――負けまいとして必死になっている顔。すごく乱暴にあたしをどなり散らしたけど――でも、彼はすてきだったわ！」

私はある喜びを感じながら、床に捨てられたポールの手紙を見た。ジョアナは明らかにポール病がなおったようだった。

第十三章

1

ものごとは予期したときには決して起こらないものだ。

私はジョアナと私の個人的な問題にかまけていたので、翌朝ナッシュから電話がかかってこういわれたときは、びっくりして気が遠くなった。「ホシをつきとめましたよ、バートンさん！」

「それは――」

受話器があやうく私の手からすべり落ちるところだった。

彼がさえぎった。

「そこは、だれにも聞かれる心配はありませんか？」

「ええ、たぶん、だいじょうぶでしょう」

台所に通じるカーテンのついたドアが、ほんの少し開いているような気がした。

「すみませんが、警察へご足労ねがえませんか」

「はい、すぐまいります」

私は警察へすっ飛んでいった。奥の部屋にナッシュとパーキンズ警部補がいた。ナッシュは顔をほころばせた。

「さんざん苦労しましたが、やっと目鼻がつきました」

彼はテーブルの上の一通の手紙を指ではじいた。こんどはタイプで打った手紙だった。かなり乱暴な打ち方で、こう記されていた。

〝おまえが死んだ女のあとがまに坐ろうと思ったって、そうはいかんぜ。町じゅうの人がみんなおまえを嘲っているんだぞ。いますぐ家を出ろ。すぐ出ないと、手遅れになるぞ。あのお手伝いがどうなったかを思い出せばわかるだろう。重ねて警告する。さっさと出て行け。もう二度とくるな！〟

そして、ある下卑たののしり言葉で終わっていた。

「これが今朝ミス・ホーランドに届けられたのですよ」と、ナッシュはいった。

「彼女がこれまで一通も受け取ってないというのはおかしいと思っていたのです」と、パーキンズ警部補。

「だれが書いたのですか」と、私はたずねた。

ナッシュの顔から喜びの色がいくぶん消えた。

そして、疲労と憂慮の色が濃くなった。彼は静かにいった。

「これはありっぱな紳士を痛撃することになるでしょうが、しかし、事実は事実ですからな。たぶん、彼も前から疑惑を感じていただろうとは思いますが」

「いったいだれが書いたのです」と、私はくり返した。

「ミス・エメ・グリフィスです」

2

その日の午後、ナッシュとパーキンズは逮捕状を持ってグリフィスの家へ向かった。ナッシュの招きで、私も彼らと同行した。

「あの先生はあなたが大変好きです。彼はこの土地ではあまり友だちを持っていないのですよ。で、あなたにはいやな仕事かと思いますが、彼がこのショックに耐えられるように尽力していただきたいのです」

私はそれを引き受けた。そんな仕事はむろん楽しくはなかったが、少しでも役に立つならやってやろうと思ったのだった。

私たちはベルを鳴らし、ミス・グリフィスに面会を求め、応接間へ通された。エルシー・ホーランドとミーガンとシミントンが、そこでお茶を飲んでいた。

ナッシュはきわめて慎重に行動した。

まずエメに、個人的に二、三話したいことがあると告げた。

彼女はゆっくり立ち上って私たちの方へやってきた。彼女の目にかすかな動揺の色が浮かんだようだったが、それはすぐ消えた。態度はまったく自然で、あい変わらず快活だった。

「あら、わたしにご用？　また、車のライトのことで叱られるんじゃないでしょうね」

彼女は応接間を出てホールを横切り、小さな書斎に私たちを案内した。

私は応接間のドアを閉めるときに、シミントンがはっとしたように頭を上げたのを見た。職業柄これまで数多くの刑事事件に関係してきたために、特殊な勘が発達していて、ナッシュの態度から何かを勘づいたのだろうか。腰を浮かしていた。

ドアを閉める前に見たのは、それだけだった。私はそれからすぐ警視たちの後を追って書斎へ行った。

ナッシュはもう仕事にとりかかっていた。おだやかな礼儀正しい態度で、まず彼女に警告してから、いっしょに警察署へきてほしいと語った。そして逮捕状を出して、その状文を読んだ。

私はその正確な法律的な用語は忘れてしまったが、それはまだ殺人の容疑ではなく、手紙の事件に関するものだった。

エメ・グリフィスは昂然と頭をそらして、笑い飛ばした。「ばかばかしいにもほどがあるわ！　まるでわたしがあんな下劣なことを書きまくったようなことをいって。あなたは気が狂ってるんじゃないですか。わたしはそんなことは一言も書きませんよ」

ナッシュはエルシー・ホーランドに宛てられた手紙を出して見せた。

「これはあなたが書いたのではないとおっしゃるのですか、ミス・グリフィス」

彼女は躊躇したかに見えたが、しかしそれはほんの一瞬だけだった。

「もちろんですよ。そんなもの、見たこともありませんわ」

ナッシュはおだやかに告げた。「失礼ですが、ミス・グリフィス、あなたは一昨夜の十一時から十一時半のあいだに、婦人会館であそこのタイプライターを使ってその手紙を書いているのを見られたのですよ。そして昨日、あなたは手紙の束をかかえて郵便局へ行き――」

「こんなものを郵便で送ったおぼえはありませんわ」

「ええ、あなたは送りませんでした。切手を買って貼っているあいだに、あなたはそれを床に落としたのです――気がつかないふりをしてね。つまり、だれかが後でそれを拾って、なんの気なしにポストへ入れてくれるのを計算に入れていたわけです」

「そんな――」

そのときドアが開いてシミントンが入ってきた。「どうしたんです」と、鋭く訊いた。

「エメ、もし何か変な話になってるんなら、だれか弁護士を頼まなくちゃいけないよ。ぼくでよかったら――」

彼女の態度がそのときがらっと変わった。両手で顔をおおい、椅子の方へよろめきながら叫んだ。

「向こうへ行ってちょうだい、ディック！　あなたの出る幕じゃないわ！」

「しかし、弁護士を頼まなくちゃだめなんだよ」

「いいったら！　そんなことはどうでもいいの！　あっちへ行ってちょうだい――あなたに聞かれたくないことなんだから！」

彼はたぶん事情がわかったのだろう。静かにこういった。

「じゃ、エクサンプトンのミルドメイに頼もう。それでいいね」

彼女はうなずいた。声をしのばせて泣いていた。

シミントンは部屋を出ていった。通路ですれ違いにオーエン・グリフィスと衝突した。

「どうしたのです」と、オーエンは声をふるわせてナッシュに訊いた。「妹が何か――」

「はあ、大変恐縮ですが、じつはのっぴきならない事情がありましてね」

「妹があの――例の手紙に関係があるとおっしゃるのですか」

「はい、だいたいまちがいないと見ております」と、ナッシュが答え、エメをふり返った。「それでは、恐れ入りますが、いっしょにきていただきましょう——弁護士を頼むための便宜は充分とりはからいます」

オーエンは叫んだ。「エメ!」

彼女は彼を見ようとせずに、押しのけるようにして彼の前を通り過ぎた。

「話しかけないで。なんにもいわないで。おねがいだから、あたしを見ないでちょうだい!」

彼らは家を出ていった。オーエンはただ茫然と立っていた。

私は少し待ってから、彼に近づいた。

「グリフィスさん、何かぼくにできることがあったら、いってください」

彼はまるで夢にうなされているような口ぶりでいった。

「エメが? いや、信じられない」

「まちがいかもしれませんね」私は気やすめをいった。

彼はゆっくりいった。「もしそうなら、妹はあんなことに応じなかったでしょう。しかし、まさか……まったく信じられません」

彼は椅子に身を沈めた。私は少しでも役に立とうとして強い飲み物を探し、それを彼へ持ってきてやった。彼はそれを一息に呑んだ。やや効果があったようだった。

「さっきは気が狂いそうでしたが、もうだいじょうぶです。心配をおかけしてすみません。しかし、あなたにおねがいできるようなことは何もありませんよ。だれにも、どうしようもないのですから」

ドアが開いて、ジョアナが入ってきた。顔がまっさおだった。

彼女はオーエンに近づき、私の方を見た。

「あっちへ行ってよ、ジェリー。話があるんだから」

私はドアを閉めながらふり返ったとき、彼女の膝が彼の椅子のそばに崩れるのを見た。

3

つぎの二十四時間のうちに起きた出来事を、系統立てて説明することはできそうもない。さまざまな事件が、それぞれほかの事件とまるで無関係に突発したからだ。

まず、ジョアナが悄然と家へ帰ってきて、私が彼女を元気づけるために骨を折ったことを思い出す。

「こんどはだれが奉仕の天使になるのかね」と、私はいった。

彼女は泣き出しそうな微笑を浮かべていった。

「彼はあたしなんかいらないんだってさ。すごく、すごく傲慢無礼なのよ！」

私はいった。「ぼくの恋人もぼくをいらないそうだ……」

私たちはしばらく黙って坐っていたが、やがてジョアナが口を開いた。

「バートン家の者たちは、ここんところ売れ行きが悪いのね！」

私がそれに対して、「まあいいさ、おれたちはまだおたがいに慰め合えるのだから」

というと、ジョアナはこういった。「どういうわけか、いまのあたしには、そんなことはあまり気やすめにならないのよ、ジェリー……」

4

翌日オーエンがやってきて、ジョアナのことを熱狂的な調子で語った。彼女はじつにすばらしい女性であること。彼女が彼のところへやってきて、もしよかったら、いますぐにでも彼と結婚したいといったこと。しかし、彼は彼女の申し出を受け入れかねたこと。新聞社があのニュースを聞きつけたら、たちまち大変な騒ぎになるだろうから、彼女のような美しいりっぱな女性をそんないまわしい事件の渦中に巻き込むことはできないこと……。

私はジョアナが好きだし、彼女がどんな苦難にも耐え抜ける女であることを知っていたが、彼のもったいぶった話ぶりにうんざりさせられて、そう高尚ぶるのはよしなさいと、やや腹立たしく答えた。

私が大通りへ行ってみると、あらゆる人々の舌がめまぐるしく動いていた。エミリー・バートンは、エメ・グリフィスをまったく信用していなかったと語っていた。食料品屋の細君は、ミス・グリフィスはいつも変な目つきをしていたとまくしたてていた。

ナッシュから聞いた話では、エメ・グリフィスに関する証拠固めは完全に終わったということだった。家宅捜査によって、エミリー・バートンの本から切り取られたページの残部が発見された。それは壁紙にくるんで、こともあろうに、階段の下の戸棚の中においてあったという。

「気のきいた場所に隠したものですな」と、ナッシュが感心したような口ぶりでいった。「詮索好きなお手伝いなら、机や整理だんすのひきだしをあけてみないともかぎりませんからな。ところが、去年使ったテニスボールや、古い壁紙などのがらくたがいっぱいほうりこまれている戸棚なら、また何かをほうりこむとき以外は絶対あけないでしょうからね」

「その特定の隠し場所は、彼女の好みだったのかもしれませんね」と、私はいった。

「そう。犯罪者の心理は、あまり変化がないものなんですよ。ところで、あの殺人事件のことなんですが、重要な事実をつかみましたよ。じつは、あの医者の薬剤室にあった大きな重い乳棒が一つ、紛失していたのです。あのお手伝いが何を使って気絶させられたのか、もうおわかりでしょう」

「しかし、持ち歩くにはちょっと始末の悪いしろものじゃないですか」と、私は反論した。

「ミス・グリフィスの場合はそうでもなかったのです。彼女はあの日の午後少女団の会合に出かけたわけですが、途中で花や野菜を赤十字募金の即売会に出すために、でっかい籠を持っていたのですから」

「金串は見つからないのですね」

「ええ。それは当然でしょうな。犯人はたとえ気が狂っていたとしても、わざわざわれわれに便利なように、その金串を血がついたままましまっておくほど狂ってはいなかったでしょうから。ちょっと洗って、台所のひきだしにもどしておくだけでいいのです」

「あらゆる証拠を揃えるというわけにはいかないでしょう」と、私はしめくくった。

このニュースがいちばん最後に届いた場所の一つは、司祭館だった。ミス・マープルはそれを聞いて非常に悲しんで、その問題について私に熱心にこう語った。

「それはまちがいですよ、バートンさん。きっとまちがっています」

「ところが、ほんとうらしいんですよ。彼はあそこに張りこんでいたのです。そして、彼女があの手紙をタイプで打つのを、じっさいに見たのです」

「ええ、なるほど——見られたかもしれませんね。そう、それはわかりますよ」

「しかも、あの手紙を切りはぎして綴った書物のページの残りが、発見されたのです。

彼女は自分の家にそれを隠していました」

ミス・マープルは目を丸くして私を見つめた。それからごく低い声でいった。「しかし、それはひどいわ――ずいぶん悪辣だわね」

デイン・カルスロップ夫人がそのときあわただしくやってきて、私たちの話に加わった。「どうしたの、ジェーン」

ミス・マープルは絶望的につぶやいた。

「どうしようもないわ、これじゃ」

「何を怒ってるの、ジェーン」

ミス・マープルはいった。「これには何かわけがあるのにちがいないね。でも、わたしはもうすっかり老いぼれだし、無学だし、愚か者かもしれないのでね」

私はすっかり当惑させられて、カルスロップ夫人がまもなく彼女の友人を連れ去ったときには、ほっとした。

しかし、その午後に、私はまたミス・マープルと顔を合わせた。遅い時刻で、私は家へ帰る途中だった。

彼女は村はずれにある、クリート夫人の家に近い、小さな橋の近くに立っていた。しかも彼女が話している相手は、ほかならぬミーガンだった。

私はミーガンに会いたくて、一日じゅう彼女を探していた矢先だったので、その姿を見ると足を早めた。しかし、彼女たちのそばまで行ったとき、ミーガンはくるっときびすを返して、私とは反対の方向に歩いて行った。

それを見て私は腹が立って、彼女の後を追おうとしたが、ミス・マープルは道に立ちふさがった。

「あなたにお話ししたいことがあるんですの。いいえ、ミーガンを追いかけるのはおよしなさい。それは賢明じゃありませんよ」

私ははげしく言い返そうとしたとき、彼女はこういって私の気勢をそいだ。

「あの子は偉大な勇気を持ってるんです——きわめて高度の勇気をね」

私はなおもミーガンの後を追いかけようとしたが、ミス・マープルはいった。

「いけません、いま彼女に会ってはいけません。わたしはそれなりの理由があっていってるのですよ。彼女の勇気がくじけないようにしてあげなければいけませんわ」

この老婦人の主張は、私をしゅんとさせるような威力を持っていた。彼女は私の知らない何かを知っているようだった。

私は怖くなった。なぜ怖いのか、わからなかった。

私は家へ帰らずに大通りの方へもどり、あてもなく行ったり来たりした。何を待っているのか、何を考えているのかも知らずに……。

　そうこうするうちに、退屈きわまりない老人であるアプリートン少佐に捕まった。彼はいつものように私の美しい妹についてたずねてから、こういった。

「グリフィス氏の妹がすっかり気が狂ってしまったそうですな。あれほどみんなを悩ました匿名の手紙を書いた張本人が、彼女だったというじゃありませんか。わたしはまさかと思いましたが、しかし、どうもほんとうらしいですな」

　私はほんとうだといった。

「しかし、なんですな――警察の連中は、やっぱり大したもんですね。彼らにとっては、要するに、時間の問題だったわけですな。あの匿名の手紙もとんだ騒ぎを起こしたもんです――ひからびたばあどもは、それを受け取りたくてむずむずしてましたよ。グリフィス氏の妹は、歯が多少大きすぎるだけで、そう悪い顔立ちじゃないんですがね――どうしてあんなことをやらかしたんですかな。もっとも、このあたりには別嬪《べっぴん》なんかいませんよ。せいぜい、シミントン家の家庭教師ぐらいなもんでしょう。彼女は見れますわ。気立てもいい。あの女のためなら、どんなくだらんことでもやってあげたくなります。わたしもつい最近、子供たちをつれてピクニックか何かをしにやってきた彼女に会いましたよ。子供たちはギョリュウモドキの中を飛びまわって遊んでいて、彼女は編み物をしていたわけですが――毛糸がなくなって困っていたんです。そこで私は〝リムストックまで走っていってきたらどうです。わたしがちょっと向こうから釣竿を持ってくるまで待っていただけば――いや、十分とかかりませんよ――そしたら、どうぞ行っていらっしゃい〟と、すすめたのです。彼女は子供たちをおいて行くのは心配だといったのですが、わたしは、〝いや、だいじょうぶ。子供たちに悪いことをするやつなんかいるわけがない〟といって、彼女を町へやり、彼女が毛糸屋に行ってまたもどってくるまで子供たちを見てたわけなんです。たいへん丁重に礼をいわれましたよ。親切にしていただいてありがたいとね。まったく感じのいい女です」

私はやっと彼から逃れた。

ミス・マープルの姿を三度目に見かけたのは、その直後だった。彼女は警察署から出てくるところだった。

5

恐怖はどこから生まれるのだろう。どこで形づくられるのだろう。それが表面に現われるまで、どこに隠れているのだろう。

たった一つのごく短い言葉。それを聞き、心にとめたまま、片時も忘れることのできない言葉があった。

「あたしを連れていってちょうだい――ここにいるのはとても恐ろしいの――危険なような気がしてならないの――」

ミーガンはなぜあんなことをいったのだろう。何が彼女に危険を感じさせたのだろう。

シミントン夫人の死は、ミーガンに危険を感じさせるようなものは何もないはずだ。

あの子はなぜ危険だと感じたのだろう。なぜ、なぜだ?

何かの責任を感じて、そういったのだろうか。

ミーガンが? そんなばかな! ミーガンがあんな手紙に――あんなみだらな、下劣な手紙に関係があるはずはない。

オーエン・グリフィスは北部で起きたある事件を知っていた——その犯人は女学生だ……。

グレイヴズ警部がいっていたのは、なんの話だったかな？

そう、〝思春期の心理〟に関することだ……。

手術台の上でうわごとをいう無邪気な中年の貴婦人。チョークで壁に悪口を書く少年たち。

いや、とんでもない、ミーガンじゃないよ。

遺伝？　悪い血統？　自覚のない異常な性格の遺伝？　彼女の罪ではなくて、過去の代から彼女に伝えられた不幸な宿命？

「あたしはあなたの奥さんに向かない女なのよ。愛するより憎む方が得意な女なんだもの」

おお、ミーガン、そんなことをいわないでくれ！　よりによって、そんなことを。あのばあさんはきみに目をつけているようだ。きみを疑っているのだろう。きみが勇気を持っているといった。いったい何をする勇気なんだ。

これらの考えは、突然の一時的な精神錯乱にすぎなかった。それはやがて通り過ぎた。

しかし、私はミーガンに会いたかった――たまらなく会いたかった。

その晩の九時半ごろ、私は家を出て町へ降り、シミントンの家へ向かった。

私の頭にまったく新しい考えが浮かんだのは、そのときだった。それは、だれひとりとして一瞬も考慮に入れたことのない女に関することだった。

(それとも、ナッシュは彼女に注目していたのだろうか)

あまりにも途方のない、とうていありそうもないことだった。あり得ないことだと、私はつい今日まで思っていたにちがいない。しかし、そうではなかった。あり得ないことではなかったのだ。

私は足を早めた。なぜなら私はいまや一刻も早くミーガンに会う必要に迫られていたからだ。

やがて私はシミントン家の門を入って、家へ近づいた。墨をとかしたような闇にとざされた夜だった。小粒の雨が落ちはじめていた。視界はほとんどきかなかった。

ふと見ると、一つの窓から一条の光が洩れている。あれは小さな朝の居間だろうか?

私は一瞬躊躇してから、玄関の方へ行くのをやめ、道からそれて大きな灌木の茂みのへりを回って、姿勢を低くしながらそっとその窓へ近づいていった。

その明りは、すっかり引ききっていないカーテンの隙間から洩れているのだった。そこから簡単に中の様子をのぞくことができた。

それはふしぎなほど平和な家庭的な情景だった。シミントンは大きな肘掛椅子に坐り、エルシー・ホーランドは顔をうつむけて、子供のシャツのほころびをせっせとつくろっている。

窓の上部が少し開いていたので、話し声も聞こえた。

エルシー・ホーランドがしゃべっていた。

「でも、あの子供たちはもう寄宿制学校へ入れていい年だと思いますわ。といっても、わたくしはあの子たちを残して去るのがつらくないというのではありませんよ。ほんとに後ろ髪を引かれる思いですわ。わたくしはあの二人をとても好きなんですから」

シミントンが答えた。「ま、ブライアンの方はそうだろうね。じっさいわたしも、来学期からあの子をウインヘイズ校へやろうと思っていたんだ——あそこはわたしの母校なんでね。しかし、コリンはまだ少し早いよ。もう一年待ってやりたいね」

「ええ、それはわかりますわ。コリンはまだちょっと早すぎるかも——」

ごく家庭的な話——ごく家庭的な情景だった——金色の頭が針仕事に忙しい手の上に垂れている。

そのときドアが開き、ミーガンが入ってきた。

私は通路に立ちはだかった彼女の様子を見て、緊迫した、ただならぬ気配を感じた。今夜の彼女の顔はこわばり、ひきつり、目がはげしい決意をみなぎらせて光っていた。

彼女は、いつもの自信なさげな態度も子供らしさもまったくなかった。

彼女はシミントンに話しかけたが、しかし彼の呼称をぜんぜん使わなかった（私はそのとき、どんな呼び方にしろ彼女が彼を呼んだのを、一度も聞いたことがなかったことに気づいた。彼女は彼をお父さんと呼ぶのだろうか。ディックか？　なんと呼ぶのだろう）。

「ちょっと話したいことがあるの。二人だけで」

シミントンはびっくりしたような――私の想像では、ちょっと気分を害したような様子だった。彼は顔をしかめたが、ミーガンはいつもに似ずてきぱきとことを運んだ。

彼女はエルシー・ホーランドの方をふり返っていった。

「すまないけど、席をはずしてくれない、エルシー」

「ええ、いいですよ」エルシー・ホーランドがはじかれたようにして立ち上った。びっくりして、少しうろたえているようだった。

彼女がドアの方へ行くと、ミーガンは一歩中へ入って彼女を通した。

エルシーは一瞬通路に立ち止って、肩ごしに後ろを見た。

唇をきりっと結び、片手を横にのばし、一方の手で繕い物を抱きかかえるようにしながら、彼女は静かに立っていた。

彼女の容姿の美しさに圧倒されて、はっと息を呑んだ。

私はいま彼女のことを思うと、いつもそのときの彼女の姿が目に浮かぶ——動きを止めた一瞬の彼女の、古代ギリシャ人を思わせる、比類ない不滅の美。

やがて彼女はドアを閉めて立ち去った。

シミントンがややいらだたしげにいった。

「どんな話だ、ミーガン。何がほしいんだ」

ミーガンはテーブルのまん前にきた。そこに立ったまま、じっとシミントンを見おろした。私はその顔に浮かべたただならぬ決意の色と、はじめて見る冷酷な表情のきびしさに、新たな驚きをおぼえた。

やがて彼女の唇が開いて、私を唖然とさせるような言葉を吐いた。

「お金をちょうだい」

その要求は、シミントンの機嫌をいっそう悪くした。彼は鋭い声で答えた。

「明日の朝まで待てないのか。どうしたんだ、小遣いがたりないのかい」

やはり感情的な訴えよりも理屈を重んじる、法律家らしい返事だと、私は思った。

ミーガンが答えた。「あたしがほしいのは、大金なのよ」

シミントンは椅子にまっすぐ坐り直した。

「おまえはもう二、三カ月もすれば成年になる。そしたら、おまえのおばあさんが残してくれたお金が、受託者の手からおまえに渡るだろう」

ミーガンはいった。

「そんな話をしてるんじゃないの。あたしはあなたからお金をもらいたいのよ」彼女はしだいに早口になった。「あたしのお父さんのことをだれも話してくれないし、みんなはなるべくあたしに知らせたくないと思ってるようだけど、あたしはお父さんが刑務所に入ってることも、なぜ入れられたかも知ってるわ。それはゆすりだってことを！」

彼女はやや間をおいた。

「あたしはその娘ですからね。たぶん、父親に似てるんでしょうよ。とにかく、あたしがあなたに金を出せといってる理由は――」不気味な間合いをとってから、抑揚のない口調で、ゆっくりといった――「もしあなたが金を出さなかったら、あの日あなたがあたしの母の部屋で薬の入ったあのカプセルにどんなことをしたかを、あたしは見たとおりに警察にいうことができるからなのよ」

一瞬重苦しい沈黙の間があいた。やがてシミントンはまったく無感動な声でいった。

「なんのことをいってるのか、さっぱりわからないね」

「わかってるはずだわ」

彼女は微笑した。にこやかな微笑ではなかった。

シミントンは立ちあがった。そして書物机の方へ行き、ポケットから小切手帳を出して小切手を一枚書いた。ていねいに吸取紙をあて、もどってきてそれをミーガンにさし出した。

「おまえはもう大人なんだから、ドレスやいろんなものを買いたいと思う気持ちはわたしにもよくわかる。だから、この小切手をあげよう。おまえが何をいってるのかわからんが、ま、それは聞き流しておこう」

ミーガンはそれに目を通してからいった。

「ありがとう。これだけあればなんとかなるわ」

彼女はきびすを返して部屋を出ていった。シミントンは彼女の後ろ姿を見送り、閉められたドアをしばらく見つめてから、くるりとふり向いた。彼の表情を見た瞬間私は思わず身を乗り出した。

それはまったく思いがけない方法で阻止された。壁ぎわにあった大きな灌木が、突然灌木でなくなったのだ。ナッシュ警視の腕がだしぬけに私を抱き止め、彼の声が私の耳もとでささやいた。

「静かに、バートン！　やめてくれ！」

それから彼は慎重に気を配りながら、むりやり私を引きずるようにして窓のそばを離れた。

家の角を曲がると、彼はやっと体を起こして、ひたいの汗を拭いた。

「あなたが口を出したくなったのは、むりもありませんよ！」と、彼はいった。

「彼女が危険なんです」私はせがむような口調でいった。「彼の顔を見ましたか。一刻も早く彼女をここから連れ出さなくちゃ」

ナッシュは私の腕を強く握った。

「ま、落ち着いて、バートンさん。わたしの話を聞いてください」

6

私はその話を聞いた。

それは気に入らなかった――しかし、結局折れた。

だが、私は現場にとどまることを主張し、命令には絶対従うことを誓った。

こうして、私はナッシュおよびパーキンズといっしょに、すでに鍵があけられている裏口のドアから家へ入った。

そして、ナッシュと二人で階段を登り、おどり場のアルコーブをおおっているビロードのカーテンの陰に隠れて待った。やがて家の中の時計が二時を打つと、シミントンの部屋のドアが開き、彼が私たちの前を通ってミーガンの部屋へ入っていった。

私は身動きもせず、ただじっと待っていた。それは、パーキンズ警部補がその部屋のあけっぱなしになったドアの陰に隠れていることや、パーキンズが腕利きの刑事で仕事をよく知っていることや、私が約束どおりおとなしくじっと我慢していなければならないことを、承知していたからだった。

胸をどきどきさせながら待つうちに、シミントンがミーガンを抱いて出てきて、彼女を階下へ運んでいくのが見えた。ナッシュと私はすぐさま、安全な距離をおいて彼を追った。

彼は彼女を台所に運び入れ、彼女の頭がガス・オーブンの中に入るように寝かしてから、ガスの栓をひねった。その瞬間、ナッシュと私が台所におどり込み、電灯のスイッチを入れた。

リチャード・シミントンは、それで運がつきた。彼はその場に崩れるようにして倒れた。私はミーガンを抱き上げ、ガスの栓を止める間に、彼が倒れるのをはっきり見た。彼は抵抗しようとしなかった。賭けに負けたことを悟ったのだ。

7

二階で、私はミーガンの枕もとに坐って彼女が意識を回復するのを待ちながら、ナッシュをののしった。

「彼女はだいじょうぶだとおっしゃるけど、どうしてわかるんです。ちょっと冒険すぎましたよ、あれは」

ナッシュはひたすら私をなだめた。

「これは彼女がいつも寝る前に飲むミルクに睡眠薬を入れただけですよ。なんでもありません。なぜかというと、彼は彼女を毒殺するような危険なことはできなかったからです。彼にしてみれば、いっさいはミス・グリフィスの逮捕でけりがついたわけです。ですから彼はこれ以上変死事件を起こしたくなかった。毒殺も、暴力で殺すことも避けたかった。しかし、もしこの不幸な女性が母親の自殺によって頭が少々おかしくなり、ついにガス・オーブンに首をつっこんで死んだということにすれば、世間の人は、もともと彼女はまともじゃなかったのだから、母親の自殺したショックがそれに重なれば、そんなこともやりかねないと思うにちがいないと考えたわけです」

私はミーガンを見守りながらいった。

「それにしても、目が覚めるのがずいぶん遅いじゃないですか」

「あなたはグリフィス先生のいったことをお聞きになったでしょう。心臓も脈搏もだいじょうぶだ――ただ、よく眠ってるだけだから、自然に目が覚めるだろうって。使われた睡眠薬だって、彼がよく患者に飲ませる無難なやつなんだそうですからね」

ミーガンが寝返りを打ち、何かつぶやいた。

ナッシュ警視はそっと部屋を出ていった。

まもなくミーガンがぱっちり目を開いた。「あら、ジェリー」

「やあ、ミーガン」

「あたし、うまくやれたの？」

「きみはゆりかごの中にいたころから、ゆすりを働いていたんじゃないかと思うくらいだったよ！」

ミーガンはまた目を閉じ、ゆっくりつぶやいた。

「ゆうべ……あなたに手紙を書いたのよ……万一うまくいかなかった場合のことを考え

てね。でも、書いてる途中で眠くなっちゃったの。あそこにあるはずだわ」

私は机の方へ行ってみた。使い古された小さな吸取紙の下に、書きかけの手紙があった。

〝わたしの親愛なるジェリーへ〟という、しかつめらしい書き出しだった。

〝わたしは学校で習ったシェークスピアのこんな十四行詩をくちずさんでいました。

さればそなたはわが心にとって命の糧なり、

または、慈雨の大地をうるおすにぞ似る。

そして、わたしはやはりあなたを愛していたことがわかりました。なぜなら、わたしのいまの気持ちは――〟

第十四章

「わたしが専門家を呼んだのは、正しかったわけね」と、デイン・カルスロップ夫人はいった。

私はあっけにとられて彼女を見つめた。私たちはみんな司祭館にいた。外はどしゃ降りだったが、暖炉にはこころよい火が燃えていた。カルスロップ夫人は部屋を歩き回り、ソファのクッションを持ち出して、どういうわけかそれをグランドピアノの上においた。

「専門家を？」と、私は驚いて訊き返した。「だれですか、それは。いったい彼はどんなことをしたのです」

「彼じゃありませんよ」と、カルスロップ夫人はいった。

彼女は大げさな身ぶりでミス・マープルを指さした。ミス・マープルは毛糸の編み物を終わり、いまはかぎ針で木綿糸の玉にとっ組んでいた。

「この人がわたしのいう専門家――」と、カルスロップ夫人が話をつづけた――「ジェーン・マープルです。彼女をようくごらんなさい。この人は、人間のやらかすさまざまな不正や悪について、じつによく知っているんですよ」

「あら、そんな言い方をされると困るわ」と、ミス・マープルがつぶやいた。

「だって、そうじゃないの」

「ある村に暮らしている人たちの人間性を、年がら年じゅう非常によく観察している人というべきでしょうね」と、ミス・マープルはとりすまして答えた。

それから、みんながこの殺人事件について説明してもらいたがっているのを感じたらしく、おもむろにかぎ針をおいて説明に入った。

「こういう事件でもっとも必要なことは、まったく偏見のない心を持ちつづけることです。たいがいの犯罪は、きわめて単純なものです。この事件もそうでした。はなはだまっとうな、まっ正直な、ごく理解しやすいものだったわけですよ――もちろん、不愉快な性質のものではありますけれども」

「大いに不愉快ですとも！」

「この事件は、はじめっから見え透いていました。バートンさん、あなたは真相を見抜いていたのですよ」

「とんでもない。ぜんぜんわかりませんでした」

「いや、しかし、あなたの目にはちゃんと見えていたのです。あなたはわたしにこの事件の全貌を解き明かしてくださったのですから。それぞれの事実の相互関係を、あなたは完全に見抜いていらっしゃったのですが、ただ、あなたはご自分の感じたことの意味をはっきり見きわめるだけの自信が、少々たりなかったのですわ。まず、あの〝火のないところに煙は立たぬ〟という陳腐な諺。あなたはそれが気になり、考え抜いた結果、その本質をずばりと言い当てることができました――つまり、煙幕だということを見破ったのです。方向を見誤らせること――みんなの目を見当違いのものに――匿名の手紙に向けてしまうことなんです。つまり、要点をいえば、匿名の手紙なんか一つもなかったのです！」

「とんでもない。それはありましたよ、マープルさん。現にぼくも一通受け取っていましたからね」

「ええ、しかし、あれはまがいものです。ここにいるわたしの友だちのモードは、それに気づいていました。いくら平和なリムストックでも、スキャンダルはたくさんありますす。ですから、この土地に住んでる女ならだれでもそれをよく知っているはずですし、したがってそれをねたに使うこともできたでしょう。しかし、男はそれほど噂話に興味を持たないものです――とくにシミントン氏みたいな偏見のない、論理的な男はなおさらです。あれらの手紙の筆者がもしほんとうに女だったら、もっと気のきいた手紙を書いたでしょう。

ですから、もし煙を払いのけて火に近づいたら、状況がはっきりわかったはずです。つまり、じっさいに起きた事実に着目したでしょう。そして手紙のことを除けば、シミントン夫人が死んだという、ただ一つのことしか起こっていなかったのです。そうなると当然、シミントン夫人を死なせたかったのはだれかということを考えるようになる。そしてそのような事件でだれでもまっ先に疑いを向ける相手は、夫なんです。それから、動機はなんだろうか――たとえば、ほかに女ができたのだろうか――などと考えたりするわけです。

ところで、わたしがあなたから最初に聞いたことは、あの家に若くてとても魅力的な家庭教師がいるということでした。で、もう明らかでしょ？　怒りっぽくて神経衰弱気味な妻に縛られていた男、冷静に抑制された無感動なあのシミントン氏の前に、突然そのまばゆいほど美しい若い乙女が現われたわけですからね。

男のかたはある年になってから恋をしますと、はなはだたちの悪い病いにとりつかれることが多いようですね。それはまぎれもない狂気なんです。しかもシミントン氏はわたしが判別するかぎりでは、決して善良な男とはいえません――あまり親切でないし、情愛も同情心も薄い——性格が陰性でした。そういう男は、えてして狂気と戦う力に欠けているものです。しかもこんな田舎では、女房の死ぬことだけが彼の問題を解決するほとんど唯一の道でしょう。彼はあの女性と結婚したくてたまらなかったのですが、しかし、彼には社会的地位がある。それに、自分の子供はかわいくて、手放したくなかった。つまり、家庭も子供も社会的地位もエルシーも、何もかもほしかった。そこで、彼がその代償として実行しなければならなくなったのが、人殺しだったわけです。

彼は、ま、非常に賢明な方法を選んだと思います。職業柄これまでさまざまな犯罪事件を見聞きしていたので、妻が怪しい死に方をした場合は、まずその夫に嫌疑がかかることを知っていました。むやみに毒殺しても、死体を発掘されて調べられる可能性があることも知っていたでしょう。で、彼はほかのことに付随して起きた単なる事故死としか見えないような死に方を創案したわけです。そして、そのために架空の匿名の手紙の筆者をでっちあげました。そうすれば、警察は女性に疑いをかけるだろうと考えたあたり、じつに巧妙です——警察にしても、そう考えたのがある意味では正しかったわけですけどね。ああいう種類の手紙は、これまですべて女性の手紙だったのですから。で、彼は、昨年の同種の事件の手紙や、グリフィス先生から聞いた事件を参考にして巧みにあれをでっちあげたのです。わたしは彼が一字一句までそれらの手紙をまねたとは思いませんが、ある程度はその表現や文句を採用し、それをさまざまに混ぜて、女性の心理が——抑制された、半ば狂気にとりつかれた女の性格が、その手紙によく現われているように作ったのです。彼は筆蹟やタイプライターの鑑定など、警察の捜査手段についても詳しく知っていました。そこで、かなり前から準備にとりかかりました。封筒の宛名をぜんぶ打ってから、そのタイプライターを婦人会館へ寄付してやり、ある日リトル・ファーズを訪ねて応接間で待たされているとき——といってもずっと前のことでしょう——そのときに、あの本からページを切り取っておいたのです。説教の多い本なんか、だれも開いて見ませんからね！

こうして彼は、架空の匿名の筆者をうまく設定し終えてから、いよいよ本番にとりかかることになったわけです。そして、家庭教師や男の子供たちやミーガンが外出しそうなある晴れた日の午後、しかもお手伝いたちが休日で出かけるときを選びました。しかし、まさかお手伝いのアグネスがボーイ・フレンドと喧嘩して家にもどってこようとは、予想もしなかったでしょう」

ジョアナがたずねた。

「しかし、彼女はいったい何を見たのですか。あなたはそれを知っていらっしゃるのですか」

「いいえ、知りません。ただ、推測はできますわ。たぶん彼女は何も見なかったのだろうと思います」

「何も？」

「つまり、彼女はあの食器室の窓のそばに立って外を眺め、青年が彼女に謝りにくるのを待っていたわけなんですが、文字通り何も見なかったのですよ。つまりですね、だれもあの家へこなかったのです——郵便配達員も、ほかのどんな人も。

彼女は頭が鈍かったので、かなり暇がかかったのでしょうが、とにかく変だなと思いはじめたわけです。なぜなら、あの日の午後、シミントン夫人は匿名の手紙を受け取ったはずなんですから」

「すると、手紙を受け取ったわけじゃなかったのですか」私はあっけにとられながら訊いた。

「もちろんです！　わたしがさっき申しあげたとおり、この事件は非常に単純なんです。要するに、昼食後神経痛が痛みだしたときに飲む薬の入ったカプセルのいちばん上のやつの中へ、彼女の夫が青酸カリをちょっと入れておいただけの話なんです。それから後でシミントンのやるべきことは、エルシー・ホーランドよりも先に、あるいは彼女と同じころ家へ帰ってきて、妻を呼び、返事がないので彼女の部屋へ行き、彼女がいつも薬を飲むときに使っていた水の入ったグラスの中へ青酸カリを少し入れ、匿名の手紙をもみくしゃにして暖炉の火格子の中へほうりこみ、〝生きていけなくなりました〟（I can't go on）と書かれた紙きれを、彼女の手のそばにおいておくだけでよかったのです」

ミス・マープルは私をふり返った。

「その点でも、あなたの勘は当たっていたのですよ、バートンさん。〝紙きれ〟に書くというのは、たしかにおかしいですからね。自殺するときに、紙をちぎってそれに遺書を書く人なんかいませんよ。ちゃんとした一枚の用箋を使うのがあたり前です——封筒に入れておく場合さえ多いんですもの。そうですよ、紙きれはおかしいと思ったあなたの勘は正しかったのです。あなたはそれをちゃんと知っていたんですね」

「あまりおだてないでくださいよ」と、私がいった。「ぼくはぜんぜん何も知らなかったのですから」

「いいえ、あなたはほんとうに知っていたのです。でなきゃ、あの電話台の上にあった妹さんの伝言の書き置きに、すぐ目を惹かれるはずがないじゃありませんか」

私は記憶をたどりながらゆっくりつぶやいた。「えーと、"I can't go on Friday"（金曜日には行けない）――そうだ！“I can't go on”（生きていけなくなりました）というところですね」

ミス・マープルは私にほほえみかけた。

「そのとおりです。シミントンはいつかそんな書き置きを見て、これは使えると思ってとっておいたのでしょう。正真正銘の彼の妻の筆蹟で書かれたある伝言の書き置きをちぎって、いざというときに必要なその文句だけをとっておいたわけですよ」

「ほかにぼくの驚くべき天才ぶりを示す事実はありませんか」と、私はたずねた。

ミス・マープルは私に目をぱちくりして見せた。

「あなたはわたしの道案内をしてくださったのです。わたしのためにいろんな事実を順々に集めてくださったわけです――とりわけ重要な事実は、エルシー・ホーランドがあの匿名の手紙を一度も受け取っていないということでしたわ」

「ぼくは昨晩、彼女があの手紙の筆者かもしれないと、思いつきました。そう考えれば、彼女がなぜ一通も受け取っていないかが説明つくわけですから」

「いいえ、その考え方はまちがってます。匿名の手紙を書く者は、かならず自分にも送るものなんです。たぶん、それは快適な刺激になるのでしょうね。しかし、わたしがその事実に興味をもったのは、べつの理由からなんです。それはシミントン氏の一つの弱点だったのですが——つまり、彼は愛する女へいやがらせの手紙を書く気になれなかったわけなんですね。人間の非常に興味ある一面です——ある意味では、彼の名誉になる話でしょうけど——でも、彼はそのためにみずから墓穴を掘る結果になってしまったわけですね」

ジョアナがいった。

「しかも、彼はアグネスを殺したのでしょ。しかし、そんな必要はなかったのじゃありませんか」

「ま、そういえるかもしれませんけれども、ただ、あなたが——(人殺しをなさったことがないために)——お気づきにならないことがあるのです。それは、人殺しをした者の判断は犯行後にかなり歪められ、あらゆることが誇張されて見えるということです。きっと彼はあのお手伝いさんが電話で、シミントン夫人が死んでから腑に落ちないことがあって悩んでいるといったようなことを、パトリッジにしゃべっているのを立ち聞きしたのだろうと思います。そして、これはほっておけない——このとんまな女は、何かを見たに相違ない、何かを知っているにちがいないと決めこんでしまったのです」

「しかし、彼はあの日の午後、ずっと事務所にいたのですよ」

「彼は事務所へ行く前に彼女を殺したのだと、考えるべきでしょう。エルシー・ホーランドとアグネスが食堂や台所にいたとき、彼はホールへ出て、さも出かけたように見せかけるために玄関のドアをあけてすぐ閉め、それからそっとあの小さな衣裳棚に隠れたわけです。やがてアグネスがひとりになると、たぶん彼は玄関のベルを押してからすぐまた衣裳棚の中に隠れ、彼女が玄関をあけようとして出てきたところを、後ろからそっと忍び寄って頭を殴りつけ、死体を戸棚の中へ投げこんでから急いで事務所へ行ったのでしょうね。事務所に少し遅くやってきたのをだれかが気がついたかもしれませんが、そんなことは気にとめなかったでしょう。だれも男を疑っていなかったのですから」

「まったくひどい男だわ」と、デイン・カルスロップ夫人がいった。

「あなたは彼には同情してないのですね」と、私がたずねた。

「あたり前ですよ。なぜ?」

「とにかく、それを聞いてほっとしました」

ジョアナがいった。

「しかし、エメ・グリフィスはなぜあんなことをしたのでしょうね。あたしは、オーエンの薬剤室から乳棒がなくなっているのを警察の人が発見したことや、金串がなくなっていることなども知っていました。男が台所のものをもどしに行くなんてことは、案外難しいのでしょうからね。で、それをどこへやったのだろうかと、考えていたわけです。

ところがさっき、ここへくる途中でナッシュ警視に出会い、彼から聞いたばかりなんですけど、それはシミントンの事務所のかびくさい書類箱の一つに入っていたそうです。亡くなったジャスパー・ハリントンウエスト卿の私書箱だったらしいですわ」

「まあ、ジャスパーの？」と、デイン・カルスロップ夫人が叫んだ。「あれはわたしのいとこなんですよ。曲がったことの嫌いな人でした。あの世でかんかんになって怒ってるでしょうね！」

「あんなものをしまっておくなんて、どうかしてるな」と、私がいった。

「いいえ、捨ててしまう方がどうかしてるんですよ」と、カルスロップ夫人はいった。

「だれもシミントンを疑っていなかったのですから」

「でも、彼はあのお手伝いさんを乳棒で殴ったのじゃなかったらしいですわ」と、ジョアナがいった。「あの家の大きな柱時計の分銅振子に、髪や血がついていたんですって。彼はエメが逮捕された日に乳棒を盗んだのじゃないかと、警察では見てるようでしたわ。あの本から切りとったページは、そのとき彼女の家へ持って行って隠したらしいのです。警察で、最初の質問にもどりますけど、エメ・グリフィスはどうしたんでしょうね。警察はたしかに彼女が手紙をタイプで打っているのを見たといってるんですよ」

「ええ、もちろん見たでしょう」と、ミス・マープルはいった。「彼女はじっさいあの手紙を書いたのですから」

「しかし、なぜ？」

「あなたは、ミス・グリフィスが昔からシミントンを愛していたことにお気づきになりませんでしたか」

「気の毒にねえ！」と、カルスロップ夫人はそっけなくいった。

「二人は昔から仲のいい友だちだったのです。ですから、シミントン夫人が死んだとき、彼女はたぶん――つまり、こんどこそと思ったでしょうね」ミス・マープルはそっと咳ばらいをした。「ところが、それからすぐエルシー・ホーランドの噂がひろまりはじめた。彼女はきっとあわてたろうと思います。彼女の目には、エルシー・ホーランドがシミントンをたらしこんで、彼の愛情を獲得しようと企んでいるように見えたのでしょう。そして、あんなくだらない女に彼をやってなるものかと思い、つい誘惑に負けちゃったのです――もう一つ匿名の手紙を書いて、あの女をおどかして追っ払ってやろうという誘惑にね。彼女はそれがばれる心配はないように思えたのでしょう。彼女は慎重にやったつもりだったのですよ」

「それで？」と、ジョアナが訊いた。「結局それがどうなったのですか」

ミス・マープルはゆっくり答えた。「ホーランドさんがシミントンにその手紙を見せたとき、彼はそれを書いたのがだれであるかがすぐわかったので、このチャンスを利用して事件のけりをつけ、わが身の安全をはかろうとしたわけです。彼女に罪を転嫁するのは、彼としてもあまりいい気持ちではなかったでしょうけど——しかし、彼は怖かったのです。匿名の手紙を書いた者があげられないかぎり、警察は捜査をつづけるでしょうからね。で、彼はその手紙を警察署へ持って行き、エメ・グリフィスがそれを書いていた現場を彼らが見たのを知って、事件のけりをつけるには願ってもないチャンスだと思ったわけです。

で、彼は昨日の午後家族を連れてあの家にお茶を飲みに行きました。あの本から切り取ったページの余りをアタッシェケースに入れて行ったのです。それを階段の下に隠したあたりは、なかなか細工がうまい。アグネスの死体の隠し方を思い出させるようにしたわけですが、実際問題としても、それはいちばん簡単な隠し方だったでしょう。彼が警察の人やエメの後を追って行ったとき、ホールを通り過ぎる際にちょっとあそこへほうりこんでおくだけでよかったのですから」

「話は違いますけど」と、私がいった。「ぼくはあなたを許せないことが一つあるのです——ミーガンをけしかけたことです」

ミス・マープルはいったん手にしたかぎ針をおいて、めがねごしに私を見た。その目がきびしかった。

「それは、あのままではどうしようもなかったからですよ。あの非常に狡猾な男を捕まえるための証拠が、ぜんぜんなかったのですからね。わたしはだれかに手伝ってもらわなくちゃならなかったのです——非常に勇気のある、頭のいい人に。で、彼女に白羽の矢を立てたわけなんです」

「しかし、彼女にあんな危険なことをやらせるなんて——」

「ええ、危険は危険でしたよ。しかし、友人たちが無実の罪を着せられて殺されようとしているときに、危険だからといって手をこまねいて見てるようなやつは、人間じゃありませんよ。おわかりでしょ」

私は納得した。

第十五章

大通りの朝。

ミス・エミリーが買い物籠を下げて食料品屋から出てきた。ほおが赤く、目が興奮していた。

「あら、バートンさん！　わたしはもう気が気でなくて弱っちゃいましたわ。いよいよ漫遊旅行に出かけるのかと思うとね！」

「楽しいですよ、きっと」

「ええ、期待してますわ。ひとりで行くなんて、いままで夢にも思いませんでした。それがこんなことになるなんて、ほんとに神さまのお恵みですわ。わたしはずっと前からリトル・ファーズを手放さなくちゃいけないと思っていたのですよ。わたしの手じゃ持ちきれませんもの。ですけど、そこに見も知らぬ他人が住むことを思うと、手放す気になれなかったんですの。だけど、こんどあなたがそれを買ってミーガンといっしょに住むことになったのですから、話は違いますわ。それに、エメ・グリフィスはあんなひどい目にあったばかりでどうしていいかわからなくなり――しかも、彼女の兄さんは結婚するのですよ――でもあなたたちが落ち着いてくれるからよかった。だから、彼女はわたしといっしょに行くことになったんですの。当分お別れですわね。わたしたちは――」エミリー・バートンは声を落とした――「世界を一周するんですよ！　しかも、エメはあのとおり実際的で頼りになりますから、安心して行ってこれますわ。ほんとに、なにもかもねがったりかなったりですわ」

私はその瞬間、シミントン夫人やアグネスが教会の墓の下でそれを聞いたら、はたして同意するだろうかと考えてみた。そして、アグネスの恋人が彼女をあまり好いていなかったことや、またシミントン夫人が娘のミーガンにあまり親切でなかったことを思い出した。人間はどうせいつかは死ぬのだ！　結局私は、何もかもねがったりかなったりだというこの幸福なミス・エミリーの言葉に賛成した。

大通りを行き、シミントンの家の門をくぐったところで、家から出てきたミーガンとばったり出会った。

しかし、これはあまりロマンチックな逢いびきではなかった。なぜなら、恐ろしくでかい英国産の番犬がミーガンといっしょにやってきて、私を突き倒さんばかりの勢いで飛びつき、せっかくの情緒をぶちこわしてしまったからだ。

「かわいらしい犬でしょ」と、ミーガンがいった。

「ちょっと圧倒されちゃうね。ぼくたちの犬かい」

「そう。結婚のお祝いに、ジョアナが連れてきたの。みんなから、いろいろすてきなお祝いをもらったわ。なんだか知らないけど、ぽかぽかした毛糸の編み物をマープルさんが贈ってくれたし、パイさんからはりっぱなクラウン・ダービーのティー・セットをもらったし、エルシーはトーストラックを――」

「ずいぶんありきたりだね」と、私は口をはさんだ。

「彼女は歯医者さんの家に勤め口が決まって喜んでるわ。それから、えーと、どこまで話したかしら」

「お祝いをすごくたくさんもらった話さ。もしきみの気が変わったら、それをぜんぶ送り返さなきゃならないんだぞ」

「変わるわけがないじゃないの。ほかに何をもらったかしら……？　そうそう、カルスロップさんはエジプト人がお護りにしていた宝石を贈ってくれたわ」

「変わってるね、彼女は」

「あら失礼よ、そんなこといっちゃ。もっと傑作なものがあったわ。パトリッジがプレゼントをくれたのよ。それが、すごいぼろみたいなテーブル掛けなの。でも、彼女はそれをぜんぶ自分で刺繡したといってたから、いまはもうあたしを好きになってくれたらしいわ」

「すっぱいブドウやアザミの模様じゃないのかい」

「いいえ、結婚祝いにふさわしい模様だったわ」

「あっ、パトリッジがきたぞ」と、私がいった。

ミーガンは私の手を引いて家の中へ連れこんだ。

それから、彼女がいった。

「わからないことが一つあるのよ。ジョアナがあの犬についてる首輪と引き綱のほかに、余分な首輪と引き綱を贈ってくれたのよ。どういうわけだと思う?」

私は苦笑していった。「それは、ジョアナらしい冗談さ」

解説

作家
久美沙織

大きめの活字で読みやすいクリスティー文庫もはや五〇巻め。

この『動く指』が、生まれてはじめて読むアガサ・クリスティー作品だ！　というかたは、たぶんあまりおられないのではないかと思う。たぶん、クリスティーの新刊は揃えることに決めているか、ミス・マープルものなら読むことにしているひとが「待ってました！」と手にとってくださる率のほうが圧倒的に高いだろう。

たとえば読書の習慣はまったくないが長距離列車に飛び乗ってヤレヤレと座ったらお尻になにか硬いものがあたる、ひっぱり出してみたら座席のミゾにこの本がつっこまれていた……などという、まるでミステリにあるような状況で唐突にこの本を手にいれたかたであっても、テレビの映画番組で繰り返し放送されている《ナイル殺人事件》や

《オリエント急行殺人事件》などは一度はご覧になったことがあるだろうし、積極的な翻訳ミステリ好きならば、世界のオールタイム・ベスト・リストに必ず入る『アクロイド殺し』や『そして誰もいなくなった』を読んでいないはずはない。アガサ・クリスティーの名前をこれまで聞いたこともないし、どんなひとなのかどんな作品を書くのかなんのイメージも浮かばない、なんてひとは……そもそも本屋さんにいらっしゃらないでしょう、きっと。

クリスティーはなんだか松任谷由実さんに似ている。というか、ひょっとするとYUMINGがリスペクトして真似なさることにしたのではないかと思うのだが、たとえば年に一回、入念に仕上げた今年の「成果」をクリスマスに発表する、とか。世間の流行や時代の空気に流されず、むしろそれをリードするような強烈な個性と自覚と、センスをしっかりと持っていることとか。突飛でハデハデしく短命なものではなく、ごく日常的で身近にあるが繊細すぎて普通の生活人のセンサーには感知しにくいものを掬いあげ、しみじみ眺め味わわせてくれるところなど。卑近ということばにはイヤシイという文字がつくが、生きていく人間のこころの動きはキレイゴトではすまされない。そここそ「だから面白い、かわいい、いとおしいじゃない？」と彼女たちは微笑む。年齢も性別も国籍も超えてしまった、天才の輝きで。

さて『動く指』だが、ミス・マープルファンには残念あるいは不満な部分があるかもしれない。なにしろ肝心のミス・マープルはほんのちょっとしか出てこないのだ。だが、軽快で楽しいこの物語は、特に女性読者……古きよきロマンスに夢中になった少女時代を持つひと……には、ステキに魅力的だと思う。クリスティー自身、一九七二年に日本のファンの質問に答えた自薦十作品の中に、最後にこれをあげている。

物語の語り手は、大怪我をして軍歴を中断することになった飛行機乗りジェリー（とうぜんハンサム）。英国階級社会で上から三番目ぐらい、王室の係累や貴族ではないまでもかなり上流で育ちの良いおっとりと寛容な青年である。田舎療養をすすめられると、いきなり古城のごとき邸宅を一軒、半年にわたって借り上げてしまうというのだから裕福だ。そんな彼はやがて土地の娘と出会う。機知に富む跳ねッ返りの変わり者ミーガンに対して、ジェリーは、徐々に『あしながおじさん』な気分を抱く。だがしかしクリスティーだからして、もちろんそこに殺人事件と、不気味な悪意、正体を隠した犯人がからむのである。解説から読んでいるかたがおられるといけないから詳しくは言わないが、わたしはすっかり騙された。というか、読んでいるうちについ大好きになってしまったキャラたちが、ほんとはズルい悪いウソツキのひとだったりしたらどうしよう？　そうじゃなきゃいいなぁ、とハラハラさせられたのだ。英国田舎地方の風物や雰囲気を堪能できることはいうまでもない。

次に『動く指』という一見ジミなタイトルについて。

原題もTHE MOVING FINGERなのだが、ネイティヴにとっては、MOVINGにはただ動くだけではなく「(なにか不気味なことを)引き起こす」といったニュアンスがあり、犯罪を暗示しているらしい。日本でもスリを示すのには人差し指をカギガタにする。昔のサスペンス(たとえばヒッチコック)では、ワルイやつは両手を胸のあたりにかまえて指を半開きにし、実にわかりやすく、いかにも隙あらばヒトの頸をしめようとしてるジンブツのような顔をしてみせてくれたりする。たぶんそういった感じだろう。

クリスティー自身は当初『もつれたクモの巣』という題を考えていたのだが、既存の作品『蜘蛛の巣』に似すぎていると版元が難色をしめしたため、いったん『煙幕』にしようかとも思ったという(『アガサ・クリスティーの生涯』ジャネット・モーガン著)。すでに本文を読まれたかたは、むしろこちらのほうに頷かれるかもしれない。

が、みなさん、思い出してください。ミス・マープルはいつも「なにかふわふわしたものを編んでいる」。実は彼女自身が、つねに指を動かし続けているひとなのだ。そういう意味からすると、このタイトルには「動く指同士の対決」という意味が隠されているのかもしれない。

そもそも指先を鍛えるのは、脳を活性化するのにたいへんよろしいらしい。やったことのないかたには、地味でつまらぬ単純作業に見えるかもしれないが、編み物というのはあれでなかなか侮れぬ奥の深いものなのである。色合いやデザインを工夫するのはセンスをためされる問題であり、美しい模様や減らし目増やし目などを間違いなく正確に行ないきちんと使えるかたちに編み上げるには、注意深さと、よく見える目と、たゆまぬ根気が必要である。一見優雅で女性らしい趣味だが、あまり親しくない他人の会話をそ知らぬ顔で盗み聞きするときのカムフラージュとして最適であるばかりではなく、同時に、衰えがちな身体をひそかに鍛錬し続け、思考をつねに研ぎ澄ましておくこともできる、まことに優れた「内職」なのである。もうひとつ。ミス・マープルはいつも、誰かのために、どこかの赤ちゃんにプレゼントするために編んでいる。質素で古風な日常においても、遠くにいる誰かに静かにやさしい思いをかけ、きれいで可愛らしいものをその手で作り出す喜びは、こころのみずみずしさを保つなによりの薬になるだろう。

そう、ミス・マープルの編み物はけっして単なる暇つぶしではない。常に何かを編んでいるひとであることと、ミス・マープルがほかならぬミス・マープルであることは、まったく同じひとつのことなのだ。

ちなみに、スティーヴン・キングに同タイトルの短篇があるが(「いかしたバンドのいる街でナイトメアズ&ドリームスケープスI」〔文藝春秋〕に収録〕こっちは英語では「悪夢と超現実的光景」といった意味のタイトルがついているらしいので、たぶん、関係ないと思う。

なんだかどんどん「トリビアの泉」的になってきたので、最後に隠し玉を。

ミス・マープルのフルネームは、ジェーン・マープルだが……『Jane Marple』という女性向け服飾ブランドが日本にあり、その会社の名前はなんと株式会社セントメアリミードである！

これは偶然とは思えないので、公式サイトhttp://www.janemarple-stmm.co.jp/にメールを出して問い合わせたところ、「はい、確かに。ミス・マープルにちなんでつけたものです。設立者、デザイナー共にアガサ・クリスティーの小説のファンです。凛として素敵なミス・マープルや、物語の背景の魅力が『日常・年齢・性を振り切ったところにある永遠の少女のための服』をコンセプトとするわたくしどものイメージにぴったりだったのです」と、答えていただいた。

ミス・マープルのファンのかたは、是非一度、ジェーン・マープルのお店に足をおはこびになられ、同じものを愛するかたの作り上げられた世界を堪能されよ。アートでモードで可愛くて面白いお店です。

永遠の少女、というコトバに、わたしはとても弱い。その昔、《りぼん》の一条ゆかり先生のラブコメに「いくつになっても、どんなにトシをとっても、心はいつも少女のままで」とかなんとか（太古の記憶なのでウロ覚え）いう文句があり、「ああ、そうよそうよ、わたしもそうでありたいわ！」と熱烈に決意してしまった。ちなみにその時小学生だったと思う。以来、成長を拒絶して生きている。

老嬢というコトバにも弱い。オールドミスというとなんだかネガティヴだが、年はとっていてもお嬢さまっぽい、ってステキじゃございませんこと？　ババアとかオバアチャンとか呼ばれるよりは「老嬢」とよばれるオトシヨリになりたい。いま熱烈に決意することにする。あいにくと（？）ヒトヅマだけど……。

かくて、いま、この本以外のミス・マープルものをせっせと読んでいる。過去に読んだことのあるものも、未読だったものも。シュウトメ収蔵のポケミスで。全部読み終わるまで待っているとシメキリにまにあわないので原稿はとっとと提出するが……それにしても、読めば読むほど、その頃のイギリスに生まれてみたかったと思う。お手伝いさんとか、コンパニオンさんとか、家政婦さんとかじゃなくて、あくまで「奥様」もしくは「お嬢さま」で。朝食とお紅茶をベッドまで運んできてもらったりしてみたかった。みなさんも、きっと、そんなふうに思われるのでは？

訳者略歴　1924年生，1949年東京大学文学部卒，英米文学翻訳家　訳書『暗闇へのワルツ』アイリッシュ，『餌のついた釣針』ガードナー（以上早川書房刊）他多数

動《うご》く指《ゆび》

〈クリスティー文庫37〉

二〇〇四年四月十五日　発行
二〇二五年二月十五日　九刷

（定価はカバーに表示してあります）

著者　アガサ・クリスティー
訳者　高《たか》橋《はし》豊《ゆたか》
発行者　早川浩
発行所　株式会社早川書房

東京都千代田区神田多町二ノ二
郵便番号一〇一 - 〇〇四六
電話　〇三 - 三二五二 - 三一一一
振替　〇〇一六〇 - 三 - 四七七九九
https://www.hayakawa-online.co.jp

乱丁・落丁本は小社制作部宛お送り下さい。
送料小社負担にてお取りかえいたします。

印刷・信毎書籍印刷株式会社　製本・株式会社明光社
Printed and bound in Japan
ISBN978-4-15-130037-0 C0197

本書は活字が大きく読みやすい〈トールサイズ〉です。